It has been three years since the dungeon had been made.
I've decided to quit job and enjoy laid-back lifestyle
since I've ranked at number one in the world all of a sudden.

AREA 12 INVESTIGATIVE REPORT

VOLUME : SS

TOP SECRET

This confidential document is under the control of JDA

PROJECT : D Genesis

WRITTEN BY : Kono Tsuranori

ILLUSTRATION BY : ttl

よし、ではここから
反時計回りにアキバを
ぐるっと回りますよ！
おー！

JDA
Japan Dungeon Association

D
GENESIS
ダンジョンが出来て3年
WRITTEN BY Kono Tsuranori
ILLUSTRATION BY ttl
It has been three years since the dungeon had been made. I've decided to quit job and enjoy laid-back lifestyle since I've ranked at number one in the world all of a sudden.
Side Stories

CONTENTS

INFORMATION

SECTION :

刊行にあたって

本巻は、各巻を発売したときのおまけ小説（SS）をまとめたものです。

何巻の頃からか、読者の方から過去のSSって読めないんですか？　というお問い合わせをよく頂くようになりました。そこで将来的にはどうにかしたいなあなどと思いながら、忙しく過ぎていく日々に流されるままになっていました。

そうして訪れた運命の八巻。SS（黒猫）を書いてしばらくした後、やはり同じご要望を頂いて、「そうだよ！　期間限定なんだから新しく買ってくださった人には読みようがないんだった！」と、気が付いたときはすでに後の祭り。いきなりアイちゃんやめぐみちゃんが出てきたら、そりゃ分かんないですよね……

そういうことが契機にもなって、編集のNさんと、どうにかなりませんかねーなどと、雁首付き合わせて検討したんです。

読者の要望には応えたいけれど、単純に公開してしまうと他の書籍の期間限定SSとの兼ね合いもあるし……ぬぅ。

結果、短編集にしませんかとのお話が。

それなら、期間限定版は先行して本文を読める特典になりますから、ある程度は納得していただけるかなと。それでも単なる再録ではつまらないので、何か付加価値を付けなきゃなと思いまして、ところどころ本編に合わせてリライトしたり、各巻を書いたときの四方山話などをＤＶＤによくあるコメンタリーのごとく付け加えたりしてみました。

未読の方はもちろん、既読の方も楽しんでいただければ幸いです。

第01章

D Genesis 01 SIDE STORY

神の棲む島

CHAPTER 01

Three years since the dungeon was made.
Suddenly,I became the world's top rank.
I am leaving the company and living leisurely.

SECTION：

解説

実は一巻にはおまけSSがありません。

代わりに書かれたのが、一巻の途中に入っている伊織が自衛隊に入隊する切っ掛けになったお話です。さすがにここに再掲載するわけにはいかないので、お持ちの方は一巻をお手にとっていただければと思います。

さて、私は、とある事情で一年半くらい沖縄の離島にいたことがありまして、そのとき、久高島の最後の巫女をテーマにファンタジーを書いたのですが、そのエッセンスを少しだけ借りてきて、この物語を書きました。

なお登場する沖縄方言は本島のものなので、結構苦労しました。沖縄の離島は本島と全然言葉が違うのです。特に八重山。初めて行ったときは、もはや何を言っているのか分からないレベルで、おじいやおばあの話は「ほにゃらら、なんちゃら、何々、さー」と、最後の「さー」しか分かりません。島の中学生たちも、言っていることは分かるけれどしゃべれないと言っていましたから、少し訪れたくらいでは歯が立たないのも仕方がないと言えるでしょう。

一世を風靡したモダンホラージャンルは大好物でしたので、この話はとても楽しく書いたことを覚えています。残念ながら、コミカライズでは、話の流れの都合上カットされてしまったのですが、後日譚も含めて、作者としては結構気に入っているお話なのです。

ところで、伊織と鋼はくっついてもいいんじゃないかなと思っているのですが、どうでしょう？　鋼が年の差（十一歳差）を気にしているのと、職場の階級というやつが邪魔しているようで、どうにも煮え切らない。二人が登場するたびに、ユー、さっさとくっついちゃいなよと思いつつ書いています。

あ、彼女のファントム様への感情は、一種の憧れのようなものでしょうね。

第02章

D Genesis 02 SIDE STORY

ashes to ashes

CHAPTER 02

Three years since the dungeon was made.
Suddenly,I became the world's top rank,
I am leaving the company and living leisurely.

SECTION：

前書き

この話は、二〇一九年の八月八日から八月十日の三日間の物語です。

三日目が芳村の誕生日で、彼は二十九歳になります。

Dジェネシスは、二〇一九年六月二十八日から二十九日にかけて行われた大阪サミットが一つの山場になる（予定。なにしろ『ダンジョンが出来て三年』ってサブタイトルですからね。なお、この「出来て」が痛恨の一撃だったのは以前どっかに書いたような気がしますが、本当は「できて」の予定でした。Ｗｅｂ版はそうなってます。どうして「出来て」のままになっちゃったのかは、今となってはよく分かりませんが、たぶん作者のミスだと思われます）ため、この話は一段落付いた後のお話というわけです。

すべてが終わった後の未来の話だということもあって、八巻で描かれる金枝篇の内容がちらっと出てきたりします。本来の小説だと絶対に許されそうにありませんが（読者には意味が分からないから）、この辺がＷｅｂ発小説の緩さでしょうか……

なお、この伝統？は、延々と後のSSに引き継がれることになります。ああ、やんぬるかな。

とにかく初めて書いたSSだったため加減が分からず、立派な中編の長さになっても全然終わらない。そうこうしているうちに発売日は迫ってくるし、それはもう死ぬほど焦りました。

そうして、この状況もまた、後のSSに引き継がれ、嫌な伝統になるのでした……

Dジェネの場合、初稿を脱稿した後、出版までには三～五か月くらい間があります（書き下ろしなので、全部が終わった後、イラストが描かれたり校正があったりするから）

それだけあれば、SSどころか、次の巻まで書けそうなものですが、生来の怠け癖が祟（たた）っているのか、はたまたホリデーノベリストの限界か、なぜかああでもない、こうでもないとこねくり回しているうちに、なぜか出版予定日がやって来るのです。おかしい……

SIDE STORY -> CHAPTER_02

ashes to ashes

SECTION:

プロローグ

暑い――

俺たちは熱く焼けた白い砂浜に黒い影を落とす傘の下で、まるでスライムもかくやと言わんばかり蕩けていた。俺の隣には、麦わら帽子を目深にかぶった三好の死体が、もとい、肢体がだらしなく横たわっている。

「なあ」

「なんです？」

「なんで俺たちは、海なんかに来てるんだ？」

「そりゃ、本編はいつまでも冬なのに、真夏に本が出ちゃうんですもん。特典くらいは夏らしいことをしなけりゃまずくないですか？」

ちょっとメタでどうかと思うが、言いたいことは分かる。だが――

「夏と言えば海――って、そりゃあ少し短絡的じゃないか？」

「じゃあ花火とか？」

「夜空に開く大輪の花。うん、いいね――とでも言うと思ったか！　東京の大規模な花火大会なんて、ぎゅうぎゅう詰めで暑苦しいし、密集している人の群れしか思い浮かばないぞ」

「都会あるあるですよねぇ」

江戸川も墨田川も、ついでにお台場も、下手すりゃ地獄が待っているのだ。

「じゃあ風鈴とか？」

「南部鉄の風鈴が、ちりーんと鳴る。うん、涼しげでいいね——とでも言うと思ったか！　風ってのは、吹き続けるものなんだよ！　ちりんちりん鳴り続けてうるさいっての！　樹脂やガラス製の涼しげな見た目のやつなんか、カンカン耳障りな音を立てやがって！」

ああ、夏の暑さは俺の怒りをかき立てる。

「じゃあ打ち水とか？」

「朝夕の打ち水は涼しげでいいけどな。昼過ぎに打ち水するヤツはサウナでも作ってんのかと言いたい」

頭上にはじりじりと照りつける真夏の太陽が、俺たちを焼き殺すかのごとき勢いで、盛大に活動している。周りを楽しげに歩く女の子たちは、自らの体にオイルを塗りつけ、自ら進んで炙(あぶ)られたあげく、美味しそうな小麦色に焼けていた。

「注文の多い料理店かよ！　そのうち塩をもみこめって言われるぞ。あ、すでに海水に浸かってるか」

「もう、文句の多い先輩ですね。やっぱもう海でいいですよ、海で」

「じゃあお前が水着要員とかやるわけ？」

「ななな、なんですかその不満そうな顔は！　いいでしょう、受けようじゃありませんか！　その挑戦を‼」

「お？　おお」

三好は、元気に跳ね起きると、上に羽織っていたヨットパーカーを思い切りよく脱いで、腰に手を当てて仁王立ちした。

「どうです！」

最近流行(はや)りのクロスデザインのタンキニだ。あのいい加減っぽい生活をしているにもかかわらず、ウエストも結構しまっているし、よく似合ってはいるけれど——

「んー。ちょっと凸凹が……控えめ？」

「ムキー！　先輩、超失礼ですね！」

「まあまあ。水着要員は周りの女性たちに任せて——」

周囲を見回してみたが、夏の海など、家族連れでなければカップルの巣窟みたいなものだ。俺たちの周辺も多分に漏れず、いちゃいちゃいちゃいちゃいちゃいちゃ……

「——暑苦しいな」

「タイトル通りでいいじゃないですか」

「なんだよそれ」

「ほら、あっちのカップルも」

「？」

「こっちのカップルも」

「だからなんだよ？」

「男女ができて三年ですよ！」[注1]

俺はあまりのくだらなさに脱力した。

「さっさと結婚しろ！」

そんなわけで、夏と言えばホラー特集だ。

この話は、とある夏の日に彼らを襲った、恐怖と狂気に彩られた二泊三日の記録なのである。

（注1）　**男女ができて三年**
作者がtwitterでやらかした誤字。あまりにくだらなくて笑っちゃったよ。

SECTION :

DAY 1

「んあー」

車を降りた俺は、思わず変な声を上げながら背を伸ばした。

北陸自動車道の、賤ヶ岳(しずがたけ)ＳＡには、夏の青い空が広がっていた。

「東京から四時間ちょっとか」

「へー、ここが賤ヶ岳ＳＡ？」

そう言って後部座席から出てきたのは、夏らしいノースリーブでプチハイネックのトップスと、ハイウエスト仕様の活動的なキュロットをはいた斎藤さんと、長袖のカットソーに黒のデニムのスキニーパンツに、キャペリン型のシルエットの麦わら帽子をかぶった御劔(みつるぎ)さんだ。

「あんなにこのＳＡをプッシュしていたくせに、来るのは初めてだったのか？」

「へっへー。ちょっとね」

そう言って、何か目的があるように、彼女は早速探検に出かけて行くようだった。

「斎藤さんって、日焼けしても大丈夫なんですかね？」

御劔さんは、明らかに日焼けを避けようとしているファッションだったが、斎藤さんは解放感にあふれている。

「ＳＰＦ50は伊達じゃないんだよ、とか言ってたぞ」

「そういえば二人とも、髪もＵＶスプレーでガードしてました。さすがに女優やモデルは気を遣うんですね」

「そういうお前は？」

「一応対策はしますけど、あれに比べれば、両手ぶらりのノーガード戦法みたいなものですよ」

「お前、実は年をごまかしてるだろ」

「ジョーだんでしょ」

「あのな……」

早朝に東京を出発したから、まだ午前中だ。日差しはこれから徐々に強くなるだろう。

こんなメンバーでこんな場所にいるのには訳がある。

先日うちの事務所にやって来た斎藤さんが、一緒に夏休みを過ごさないかと持ちかけて来た。なんでも、彼女たちの知り合いが、オープン前の別荘風のホテルに招待してくれるのだという。

なんというセレブ感！　俺たちじゃ、鼻セレブがせいぜいだ。ところで、あの箱は横から見るとちょっと怖いと思う。ストッカーに積み上げておくと、開けるたびにあの無機質な目が、ずらりとこっちを見つめているのだ。

閑話休題。

どうしようかと迷ったのだが、どういう訳か三好がことのほか乗り気になって、「女の子が多いから荷物が多そうですし、車で行きましょう」なんて言い出す始末だったのだ。もちろん運転手は俺だ。

「なかなかいいペースで来たな」

「ふふふ。私の素晴らしいナビがあったからに違いありません」

「何がナビだよ。大橋ＪＣＴから首都高三号線に入ったら、後はずっと高速じゃないか。途中で大口を開けて寝てたのがばれていないとでも思ってるのか？」

朝も早かったし、やることのない車内で単調な風景が続けば眠くなるのは仕方がないが、同乗者に寝られると、運転している身としてはちょっとイラっとするのだ。するよね？

「運転中によそ見をするのは危険だからやめてくださいよ」

三好が口をとがらせながら、問題点をすり替えた。

「第一先輩に任せておいたら、面倒だから全部東名でいいかってなるでしょう？」

最終的には、敦賀ＪＣＴ方面らしいから、小牧から名神に入ることになるだろう。東京ＩＣから小牧なら、三好の言う通り、ずっと東名を走っていたに違いない。なにしろ東名高速は、東京〜小牧間に作られた道なのだ。

「まあな」

「いいですか、先輩」

三好は、生徒に言い聞かせるかのように、人差し指を立てて話し始めた。

「東京ＩＣから小牧まで、全部東名で行くと三四六・七キロですけど、新東名と伊勢湾岸自動車道をバイパスに使えば三三五・七キロなんですよ。十一キロも違うんですからね！」

「はいはい」

俺は適当に返事をしながらその場を離れて、休憩所の奥のＩＴＯ園の自動販売機で、エビアンを購入した。ごとりと落ちたそれを取り出し、キャップをひねって一口飲むと、そういや飲み物も食べ物も、まだまだたっぷり〈保管庫〉の中に入っていたっけと思い出した。そろそろ整理をしなけりゃなぁと考えながら休憩所を出ると、左の方から、明るくはしゃいだ声が聞こえてきた。

「師匠、師匠！　ほらほら、これこれ」

振り返ってみれば、そこには、浅井三姉妹の顔抜けパネル(注2)に顔を突っ込んだ斎藤さんが、楽しそうに笑いながら看板の上から手を振っていた。十年近く前に放映されたＮＨＫの大河ドラマにあやかったものだろう。大河ドラマを活かした観光活性化策については、日本政策投資銀行のレポートを紐解かなくても、日本中で行われている。

「まさかとは思うけれど、それが目的だったの？」

御劔さんに写真を撮ってもらいながら、斎藤さんが小さく舌を出した。

「今をときめくかもしれない女優さまが何やってんのさ」

「かもしれないって何よ！　ときめいてます！」

「はいはい。で？」

「これ、結構前の大河でしょ？　そりゃ主演にあやかろうってものよ」

（注2）　浅井三姉妹の顔抜けパネル
見かけたのは結構前なので、現在もあるかどうかは謎。たぶんあるんじゃないかな。

「それでなんで、左側から顔を出してんのさ?」

その顔抜けパネルは、三姉妹らしく三人が並んで立っていた。中央の女性が少し前に立ち、後ろに二人が控えている並びだった。

「え? だってこの話って、江姫がヒロインじゃなかったっけ? 浅井三姉妹が並んだら、中央は茶々でしょ?」

右側の女性は髪が短い。おそらくは、旦那の死後に出家して常高院になった初だろう。消去法で、左側が江だと判断したようだった。

「それに、ほら。ちびキャラの江姫って赤いハチマキをしてるじゃない!」

彼女は、中で貰ったペーパーに描かれている江姫を見せた後、先の顔抜けパネルを指差した。

「でもって、あれ」

そこには、三人のちびキャラが描かれていて、確かに左端のキャラが、ペーパーにある江姫と同じデザインに見えた。だが――

「普通ヒロインは真ん中でしょ……」

「え、違うの? こっちって、脇役!?」

それに――

「ほら、涼子。ここにちゃんと書いてあるよ?」

御劔さんが、パネルの下に書かれているちびキャラの脇に書かれている小さな文字を、しゃがんで指差しながら言った。

「そんなぁ……これがバイプレイヤーの呪いってやつ？」

絶対違うから。ただのうっかりさんだから。

「映画は一応ヒロインだったんだろ？」

「いや、あれだって、主役はやっぱり男優でしょ」

「その顔ハメパネルがどうかしたんですか？」

遅れてお手洗いから出てきた三好が、騒いでいる俺たちのところへやって来た。

「顔ハメ？」

「こういうのって、顔ハメパネルとか、顔出しパネルとかいいません？」

三好が検索して、wikipediaの項目を見せてくれた。

「正式名称なんかあるのか？　だけどなぁ……」

「なんです？」

「いや、顔ハメとか顔ヌキとか顔出しとかさ……ほら、分かるだろ？」

ちょっと辺りをはばかるように言った俺の様子を見て、斎藤さんが呆れた顔をした。

「芳村さんでも、そういうこと言うんだ」

「先輩、結構下ネタ多いですよ」

「ええ!?」

俺は「もうおっさんですからね」と言う三好のセリフを聞き流して続けた。

「ま、そういうわけで、俺的には顔抜けパネルなの」

「はいはい。まあ子供だましですけど、意外と愛されてますよね、こういうの」

「人や動物はおろか、プリン[注3]になれる顔抜けパネルまであるしな」

「プリンになってどうするんです？」

「そりゃあ、美味しく食べてって——ごはぁっ!!」

俺の脇腹に肘をめり込ませた三好は、二人に向かって、ほらね、と言った顔をしていた。

「げほっ、げほっ。ちょっとは手加減しろよ……」

昼が近づくにつれ、夏はますますその威力を増しながら、人々の解放感を煽り続けていた。

§

ＳＡを出発した俺たちは、敦賀ＪＣＴから舞鶴若狭自動車道に入って小浜ＩＣを下り、そのまま海沿いの国道一六二号線に入った。三好たちは、その閑散とした風景を珍しそうに見ていた。

「先輩、ほら。駐在所がまるで民家ですよ」

道の左側にあった、福谷駐在所は、まるっきり普通の民家だった。

屋根瓦には奇妙な取っ手のようなものが、まるで何かの配列のように、おおむね規則正しく並んでいた。

「屋根の上を走るときの足場ですかね？」

「誰が走るんだよ、誰が」

「ちょっと、鱗(うろこ)みたいにも見えます」

ちらりとそれを見上げた御劔さんが、そう口にした。

「鱗？」

「なるほど。若狭の甘鯛(アマダイ)は有名ですもんね。パリパリに火を入れた甘鯛の鱗、美味しいですー」

想像していておなかが減ったのだろうか、三好がよだれをぬぐうポーズをしつつそう言った。

松笠(まつかさ)仕立ては甘鯛の定番だ。和食なら揚げ物だが、フレンチならポワレだ。最初は多めのオリーブオイルを超高温にして皮目から焼き始めるので、こちらも皮は揚げると言ってもいいだろう。鱗側の水分を残して焼き始めるのが、きれいに鱗を立てるコツだ。

「絶対違うと思うぞ」

そんなやり取りを笑いながら聞いていた御劔さんが、「小浜って、人魚伝説で有名な土地だそうですから」と付け加えた。

「へー。オバマ元大統領のとき大騒ぎしてただけじゃないんだ」と斎藤さんが、御劔さんの取り出したガイドをペラペラとめくりながら言った。

（注3） プリンになれる顔抜けパネル

葉山小学校前のマーロウ。二〇一九年六月二十五日に移転のため閉店した。

プリンのパネルは……移転しなかった。（その後、移転したようだ）

「来る前に、それをちょっと読んだだけだよ」

「あ！　今通り過ぎた『箸のふるさと館』には、世界最大の箸があるんだって」

「世界最大の箸？」

「そう。なになに、全長八・四メートル……はぁ？」

「そんな箸をどうやって使うんでしょうね？　それはもう箸じゃなくて、若狭塗の角材ですよ」

三好が呆れたように言った。実にもっともな話だ。だが――

「きっと、ダイダラボッチのために作られたんだろ」

「ダイダラボッチ？　巨人のですか？」

「そうそう。一説によると、日本海を渡ってきた大坊主は、蓮如たち本願寺の指導者のことだって言われてるからな。その教えの拡大は、若狭や湖北辺りから舟運を利用して行われたわけだ。なら、その始点としての若狭に、その痕跡があってもおかしくないだろ？(注4)」

「何をもっともらしいことを言ってるんですか。大体時代が五百年以上ずれてますよ――あ、その内外海(うちとみ)小学校の先を左です」

　その心持ち狭い通りの入り口には、エンゼルラインへ向かうことを示す標識が立っていた。そこには『夜間通行止』と赤文字で記されていた。

「十九時から朝の七時まで通行禁止？」

　季節で通行止めになるのは積雪のせいだと分かるが、夜の間の通行止めというのは、一体どんな理由なんだろう？

「物の怪でも出るんですかね？　なんだか稗田先生っぽくなってきましたよ！」

三好が嬉しそうにこぶしを握り締めた。

うら寂れた寒村、怪しげなルール、これで排他的なジモティが登場すれば、確かに完璧だ。

「いや、街灯がなくてガードレールがないとか、そういう話じゃないの？」

「えー？　そんな道日本中にありませんか？　だけど夜も通れますよ？」

自己責任だけどな。

「うわー、海が！」

斎藤さんが思わず上げた声が、目の前の道の異常さをよく物語っていた。

右に広がる田んぼと、左に広がる海が、道路とほとんど同じ高さにあるように見えるのだ。海は今にも道路を越えて来そうに見えた。車は、まさに海と陸との境界を走っていたのだ。

そんな風景を楽しみながらしばらく行くと、道路の脇に商店の看板が見えてきた。何もない田んぼの脇に立っているその看板(注5)には、『後方五百メートル左折』とあった。

「後方？」

(注4)　五〇〇年以上
蓮如は一五世紀の人。世界一長い箸が作られたのは二〇〇九年。

(注5)　看板
この看板、本当にある。どないせーちゅーんじゃ。

思わずバックミラーを見上げると、斎藤さんと御劔さんが後ろを振り返っていた。

「見渡す限り、田んぼしかないよー？」

「ここで止まって、五百メートルバックしろってことですかね？」

この先××メートルなんて看板なら分かる。だが、後方五百メートルってなんなんだ？

「なんだか、この先へ行かせたくないみたい」

ぽつりと御劔さんが呟いたセリフが、妙に大きく車内に響いた。

しばらく行くと、道路のセンターラインが白の破線から黄色の実線に変化して、道幅が心持ち狭くなったような気がした。すぐにその線も薄れ、海側のガードレールが突然なくなったあたりから、センターに走るアスファルトのヒビが、黄色の実線に取って代わった。

「これ、左側がどこまであるのかよく分からないぞ」

草が路肩を覆うように生えていて、路側帯を示す白線もほとんど見えない。

神経をとがらせながら進んで行くと、突然行く先の路肩に、ぽつんと二十フィートコンテナサイズの、まるで何かのケージのような金網でできた大きな箱が現れた。

「何、あれ？」

「まるで、道端で、鷹でも飼ってるみたいだな」

近づいてみると、なんとそれはゴミ集積所だった。だが、周囲の少なくとも百メートル圏内には、畑と海しか存在していない。一体誰がここまでゴミを持って来るというのだろう？

「若狭湾から人魚がごみを捨てに来るんだったりして」

「ははは」

俺は、微妙に不気味な雰囲気を漂わせた三好の冗談を吹き飛ばすように笑い声を上げたが、出てきた笑いは少々乾いていた。

いくつかの小さな集落を過ぎたところで、道はさらに、すれ違えるかどうかすら怪しいほどに細くなった。

「東京から、たった数時間でこの秘境感は凄いな」

俺は、車を徐行させながら、辺りを見回して言った。

「先輩、いくらなんでも、これ、おかしくありませんか？」

「そうは言っても、ナビ通りだぞ。この住所で間違いないんだよな？」

「教えてもらった住所だとそうなってるんですけど……ちょっと、その辺で訊いてみた方がよさそうですね」

少しましな道まで戻り、海沿いの路肩に停車すると、俺は車を降りて辺りを見回した。

そこには船の形をした奇妙で小さな建物が立っていた。立派な門の下に据えられた看板には『泊処理施設』(注6)とだけ書かれている。すぐ隣に立っている電柱の上には、黄色い警告灯が設置されていて、何かに備えているようだった。なんだこりゃ？

「一体何を処理するんですかね？」

三好が警告灯を見上げながら訝しげに目を細めた。

「さあな……しかし道を尋ねようにも店の一つもなさそうだぞ」

辺りを見回しても、人っ子一人見当たらない。

「神社があるみたいですよ」

三好が携帯にマップを表示しながら言った。携帯のアンテナは、心もとないながらも立っているようだ。

「なら社務所には人がいるかもな。ちょっと待っててくれ」

俺はマップに従って、神社へと向かう進に足を向けた。

その道の入り口には、足首くらいの高さに赤い一方通行を表すような矢印が立っていた。

意味の分からないその矢印に導かれるように細い路地に入ると、そこには無花果(いちじく)に囲まれた廃墟が数件続いていて、まるで人類が滅びた後の世界のような静けさに包まれていた。無花果の枝を這うゴマダラカミキリが、最後の生き残りである自分を嘆くように、キーキーと虚空に向かってあげる声が、今にも聞こえてきそうな気すらした。

そんな道を数十メートル行った左手に、その神社はあった。

狭い境内にも周囲の道路にも、まったく人の気配はない。社務所に使われているように見える小さな建物の入り口には、しばらくの間誰も訪れていないかのように埃が積もっていた。

「仕方ない、電話してみるか」

そうしてアクセスした神社庁のサイトには、神社こそ掲載されてはいたが、メールアドレスはおろか電話番号すら空欄になっていて、由緒の欄には何も書かれていなかった。

「なんだこれ?」

俺は仕方なく携帯を仕舞うと、辺りを見回した。

「しかしまいったな」

境内をうろうろしていると、花壇のような場所に丸く滑らかな石が三個並べて置いてあった。祭神が天津日高彦火火出見尊（いわゆる山幸彦）と豊玉姫命（山幸彦の奥さん）らしいから、塩盈珠と塩乾珠だろうか？　以前、若狭彦神社の上社で見た図だと、珠といいながら、イモガイを立てたような形だった。便利な道具には毒があるってことなのか？　と当時は思ったものだが、普通珠と言われれば球を連想するだろう。

だが、石は全部で三個ある。最後の一つは一体なんだ？　と、それに触れようとしたとき——

「あんやんなんしよんど？」

「え？」

振り返ると、そこには地元民らしい四十がらみの男が立っていた。潮風にさらされ続けた赤銅色の肌には深いしわが刻まれていて、いかにも海の男といった感じだった。

（注6）　泊処理施設

人気のない集落の外れに本当に立っている。

最初はなんだかよく分からない奇妙な形の建物も、よく見ると小さな漁船を模していることが分かる。警告灯といい、何か原子力関連か？　とも思ったのだが、建物が貧弱すぎてそれはないだろう。あったら怖いよ！

実際のところは漁業集落排水のようだが、それはそれでいろいろな妄想が浮かんでくる名称だ。ＧＪ！

「ああ、すみません。ちょっと迷ったので道を訊こうと人を探していたんです」

「なんや、街の人かい。釣りか？」

男は観光客だと分かると、若狭方言の交じった標準語で話し始めた。

「そういうわけではないんですが……そうだ、宿須ってご存じですか？」

そう言ったとたん、男のまとう雰囲気が一変した。

「す、宿……？」

何か信じられない言葉を聞いたかのような反応で、男はその地名を繰り返そうとして言いよどんだ。それを口にすること自体がタブーであるかのように。

「ええ、確かそんな名前の地域だったと思うんですが——」

俺は言葉の途中で、それを呑み込んだ。

男が、夜の暗い道で突然幽霊に出会ったとでも言わんばかりに目を見開いて、顔面を蒼白にしながら、後退ったからだ。

「——あの？」

俺が一歩を踏み出すと、男は、病原菌をたっぷり持っていそうな腐ったネズミに近づかれたかのように、一定の距離を保って移動しながら、俺が歩いてきた道路の先を指差して言った。

「こ、この道をまっすぐ行けばいずれ門に着くわいや」

この道をまっすぐ行くとすると、さっき不安を感じた細い道へそのまま入るということだ。三好のナビで合っていたのか。だが——

「門?」

そう聞いた俺に、男はさらに顔色を悪くした。何かの発作じゃないだろうな?

「あの、大丈夫ですか?」

「じゃ、じゃまない!」

男はそう吐き捨てると、俺に背を向けて走り出した。

「なんなんだ? 一体?」

俺は首を傾げながら、来た道へと引き返した。

「あ、先輩。どうでした?」

「いや、一応話は聞けたんだけど……」

俺は男の奇妙な、まるで何かを恐れているような様子を思い出して言った。

「なあ、宿須って、何かの忌み地だったりするのか?」

斎藤さんに向かってそう訊いてはみたが、彼女がそれを知っているはずもなかった。

「この辺は釣り客も多いみたいだし、今時忌み地だなんて。第一、そんな場所にホテルを作るわけないでしょう?」

確かに雑貨屋の一軒もない小さな集落に、渡船を営んでいると思われる店が三件もあるのだ。釣りを目的とした観光客が少ないとは思えない。

「宿須をゴグってみましたけど、なんにもヒットしませんね」

「まったくか?」

「中山道に須原宿っていうのはありますけど……完全一致で検索してもゴーグルって間の記号を無視しちゃうんですよ。だから、宿須で検索しても、『上松宿→須原宿』みたいなのが、全部ヒットしちゃって」

「完全一致検索くらい、余計なことをしないでほしいよな」

「まったくです。いずれにしても該当しそうな情報はゼロですね」

このご時世に、ネット上にまったく存在しない地名というのも、何かこう、そこはかとない違和感が……

「まあ、とりあえず道は間違っていないそうだから、このまま行ってみるか。腹も減ってきたし」

そうして分け入った細い道の先にあったのは、廃墟、廃墟、また廃墟だった。

庭や路肩には、山崎製パンや、ホークスマークがプリントされたダイエーのコンテナが点在していて、以前はそれに人が住んでいたと言わんばかりの状態だった。だが仮に、人が住んでいたとしても、窓もないコンテナの中で、一体どんな暮らしを送っていたと言うのだろう。それにコンテナの中には、大きな何かで叩き潰されたかのように、へこみ歪んでいるものすらあった。

「門はあれども家はなしって感じだな。この先でホテルなんか本当に経営できるのか？」

俺は、門の名残の向こう側の、母屋があるはずの場所に放置された、ひしゃげたコンテナを見ながらそう言った。

「海から船で来るんじゃないですか？　この辺って、海側の奇岩や洞窟を見るためのクルーズとかもあるみたいですし」

「なるほど。それなら道路が整備されていない理由も分かるか」

この道は、いわゆる酷道に分類されそうな道だ。もしも小浜までの道を整備しようとすれば結構な金額になるだろうし、私企業がそれを行うわけにもいかないのだろう。それなら海上ルートを確保するというのもよく分かる。文字通り陸の孤島ってやつだ。離島のホテルと同じで、それを売りにするというのもありだろう。人はなかなか行けない場所に惹かれるものだ。もっとも大抵は行ってから後悔することになるのだが。

大学時代に離島に行ったときがそうだった。そういう場所だ、食事には海の幸を期待するのが人情だが、出てきたのはギョニソのソテーだの、ＳＰＡＭの揚げ物だの、もやしを炒めたのだったりしたのだ。冷静に考えてみれば、流通が存在しない島の宿だ。周りの海に素材は沢山いるだろうが、それを採るものも売るものもいないのだ。漁師ならともかく、島のおばあやおじいにそれができるはずがない。

「むしろ整備されていない方が、ひなびた感じがしていいのかもな」

「向こうには、整備された港もあるって聞いたよ」

「へー」

斎藤さんの話によると、そこは昔、貿易で栄えた町だと言うことだった。

「まあ、鉄道が建設されるまで、敦賀は、古くは渤海使（ぼっかいし）の頃から貿易港としてとても栄えていた港だからな」

近くにおこぼれにあずかって栄えた港があってもおかしくはない。

「なんです？　あれ？」

三好の驚いたような声に、路面を注意していた俺は、前を見て思わず目を見張った。

それは、道に覆いかぶさるように茂り、日の光を遮っている木々のアーケードに囲まれるようにしてそこにあった。

「門ってのはこれか」

車がすれ違えそうなほど大きなその門は、頑丈な青銅か鉄でできていて、上部に丸に十の字を重ねた紋章のようなものがつけられていた。

「どういう意味です？」

「いや、道を尋ねた人が、いずれ門に辿り着くって言ってたから」

門の前に車を停め、外に出た俺は、その場で門を見上げた。

「門柱はともかく、門自体はそれほど古いものには見えないな」

門柱と門自身は、明らかに時代が違うように見えた。

「この先なんだとしたら、どうやってここを――」

三好がそう言いかけた瞬間、門は小さな軋みを立てて、内側へと少しだけ動いた。

「うわー、ホラーっぽい！　ロケ地によさそうー」

それを見た斎藤さんの能天気なセリフを背中で聞きながら、門の前にいた俺たちは、その雰囲気に固まっていた。

「先輩。私、某館を思い出したんですけど」

「奇遇だな、俺もだよ」

しかしこんな場所にそんなものが現れるはずがない。

門柱には削りとられたような文字で『宿須口』と刻まれていた。宿須への入り口ということだろう。どうやらこの道で合っているようだが、どうして分かれ道の入り口に、こんな門が作られているのだろう。

「もしかしたら、門の向こうが全部私有地なんですかね？」

「そうかもしれないが、これじゃまるで中世のゲットーみたいだぞ」

俺は内側にも外側にもある門を目にしてそう言った。

中世のゲットーは、さしずめユダヤ教に対する宗教的迫害の象徴的存在だ。

彼らは迫害行為から身を守るために内側から壁を作り、宗教的に重要な日に彼らが出てこないように外側から壁が作られた。

「それじゃこの向こうは――」

「さしずめ若狭彦と若狭姫の支配が及ばない領域なのかもな」

「おおー、稗田度が上がってきましたよ！」

「あのな」

呆れたようにそう言い返してはみたが、木々のアーケードに覆われたこの場所は、真夏の最も暑い時間に差し掛かろうとしている割には、異常にひんやりとしていて、そのくせ、ひどく湿度が高いようにも感じられた。

「あのマークって、島津本家の家紋ですよね？」

御劔さんが門を見上げながら首を傾げていた。

「どうしてこんなところに？」

「はるちゃん、いつから歴女に！」

「涼子ったら。そんなんじゃないけど、さすがに有名でしょう？」

「先輩、先輩。島津の十字は、破邪の印ですよ」

「十字を切るってやつか？」

それは災厄を打ち払い福を招くと信じられた行為だ。

「十字架を意味しているなんて話もありますけどね」

「さすがにそれは……島津の十字って、キリスト教伝来以前から使われてるだろ」

「そこは、歴史の不思議ってやつですよ！」

「はいはい。まあ、私道じゃないならいいんだ。ちょっと車を通すから開けといてくれ」

「了解です」

門をくぐり、しばらくの間グネグネとした道を下っていくと、突然何かで切り取ったかのように、陰鬱な森が途切れ、明るい夏の日差しに照らされた開けた場所が現れた。

「うわー。ちょっと地中海沿岸の崖沿いに作られた小さな村みたい！」

そこは入り江の奥の小さな平地に作られた村だった。入り江の向こう側に小さく広がっている白い砂浜は、まるでサンゴから作られたように、エメラルドグリーンの海を作り出していた。

「こんなところにサンゴ礁があるんですか？」

御劔さんがその色を見ながら驚いたように言った。

「日本のサンゴ礁の北限は、太平洋側だと千葉の館山あたりだけど、日本海側はなぁ……せいぜい対馬あたりじゃなかったかな」

「じゃあ、あの白い砂は……」

ひょいと顔を出した斎藤さんが、あっけらかんと言った。

「上のホテルのオーナーが、どっかから持ってきたとか？」

「夢も希望もありませんね、それ」

「もしも天然だとしたら――」

俺は、館のたたずむ丘の下部に広がっている岩肌を指差して言った。

「――特別に白い花崗岩(かこうがん)の砂だろうな」

「石英ですか？」

「たぶんね」

和歌山県の白良浜(しららはま)の石英砂が特に白いと言われていて、海の色もそれなりに緑色だが、視線の先にある海は、それに勝っているようだった。おそらく水深が浅い部分が広いのだろう。

町は、さすがにイタリアや南フランスのように石造りとはいかなかったが、それでも和洋入り混じったひなびた家々が入り江の奥に立ち並んでいる様子は、遠目に見れば美しかった。

そうして入り江の向こうにある、海に飛び出したように見える小高い丘の上に、その建物は立っていた。

「あれか？」

「あー、きっとそうかも」

「思ったよりも大きいですね。しかも洋館ですよ、洋館。こんな寒村に」

「新しく建てたってことじゃ……」

「んーん。なんか、ありものの館を改装したって話だったよ」

「貿易で栄えていたっていうから、その時に南蛮から来た金持ちが建てたんじゃないのか？」

「それにしたって、日本に西洋風の建物が建てられ始めたのは幕末からですよ。あの建物の来歴ってどうなってるんでしょう？」

確かにレンガの出どころなども気にはなるところだろう。なにしろ日本初のレンガ工場が作られたのは、明治に入ってからなのだ。

道路は、町の外周をぐるりと回りながら、丘の上に向かっていた。皆、どこかへ仕事に行っているのだろうか、途中、まったく人と出会わなかった。時折干されている洗濯物だけが、風に揺れながら、誰かが住んでいることを主張していた。

泊処理施設を過ぎた辺りから携帯が圏外になっていたが、ホテルに近づくにつれ、別の電波を受信するようになっていた。どうやらホテルには、Wi-Fiが設置されているようだ。

丘を登ってホテルの門をくぐり、車をエントランスに横付けすると、すぐに男が現れた。

それは、ベルボーイやドアマンというよりも別の——さしずめ執事というのがぴったりと当てはまりそうな男だった。

「ようこそいらっしゃいました、斎藤様」

「こんにちは、お世話になります！」

彼の後ろから現れた二人のポーターが、車のトランクからそれぞれの荷物を降ろして、斎藤さんと御劔さんを部屋へと案内していった。

「歴史のありそうな建物ですね」

近づいてみればそれはレンガではなく石と木の組み合わせで作られていた。

「記録によると、慶長六年、この地に流れ着いた南蛮の女がここに居を定めたとあります」

「慶長六年？」

「関ヶ原の戦いが慶長五年ですから、一六〇一年ですよ」と、三好が教えてくれた。

「関ヶ原の翌年？」

「日本に初めてオランダの船が流れ着いたのが、慶長五年の三月ですね。出港したのは、その二年前だったそうです。その頃の神聖ローマ帝国は、あちこちに船を出していたんでしょう」

「リーフデ号か」

「ポルトガル船なら一五〇〇年代後半にはマカオから数多くやって来てますし」

「だけど、こんな場所に漂着した船があるなんて話、聞いたことがないぞ？」

オランダ船のリーフデ号が歴史に残っているのなら、こちらもそうなっていてもおかしくない。

むしろ、残っていない方が不思議だろう。

「女は小さな箱のようなものに乗って、久乙ヶ浜（くおとがはま）に流れ着いたそうですから」

「くおとがはま？」

「その崖の下にある白い砂浜です。もっとも当時は名もない小さな浜で、その女が後に付けた名前だそうですが。今では当ホテルのプライベートビーチになっております」

「しかし、小さな箱のような舟って……もしかしてうつぼ舟か？」

「さらに稗田度が上がりましたよ！　先輩！」

「あのな。うつぼ舟は立派な民間伝承だぞ。しかし、あれが頻発したのは一八〇〇年代だろう」

「そうなんですか？」

三好は素早くそれを検索すると「ちょっと検索した感じだと、最高に古い記録でも元禄（げんろく）っぽいですね」と結果を見せてくれた。

「元禄っていつだ？」

「一七〇〇年前後です」

「え、じゃあ、もしかしてこれって、日本最古のうつぼ舟の記録ってこと？」

それを聞いた男は、微妙な笑顔で首を振った。

「残念ながら資料と申しましても、私的な書き付けのようなものですから」

「私的な書き付けって……一体誰のです？」

「その女を保護したと言われている神社の神主です」

「ええ？」

それは、近くにある森の中の古い小さな神社で、現在は神社本庁にも登録されていない神社だそうだ。

神社本庁は、俺たちの家のそば、明治神宮の山手線側に寄り添うように北参道の入り口に立っている、木々に隠された、黒くちょっと怪しい建物だ。監視カメラが露骨に設置されていて、遠目には秘密結社のアジトのようにすら見えるが、れっきとした神社を包括する宗教法人だ。

もちろん神社本庁に属していない神社だってそれなりの数がある。

近年では本庁から離脱する神社も多く、一九八五年には日光東照宮が、近年では殺人事件にまで発展した富岡八幡宮が離脱している。

二〇〇四年には明治神宮が離脱して大騒ぎになった。元鞘に戻るまでの数年間は、神社本庁が寄り添うようにしている大神社が本庁に属していないという一種のギャグのような状態にすらなったくらいだから、そう珍しいと言うわけでもなかった。

「祭神は？」

「別天津神（ことあまつかみ）だと伺っております」

「御嶽（みたけ）神社の関係ってことですか？　なんでこんなところに？」

「詳しいことは。多少でしたらこのホテルにも文書が展示してありますが、ご興味がおありでしたら、神社まで足を伸ばされてはいかがでしょう」

「ああ、そうですね。機会があれば寄ってみます」

男はそれを聞いて一礼すると、ロビーの奥へと去っていった。

「四百年以上前に流れ着いた女の館、ね」

俺は改めて、壮麗なロビーの天井を眺めながら、そう呟いた。さすがに内装は当時のままというわけではないだろうが。

「その女って、救命ボートに乗って流れ着いた、イギリス人じゃないですかね」

「どうして？」

「だって、下の海岸の名前はその人が付けたらしいじゃないですか」

「クオトガハマだっけ。苦しい航海をしてきた自分が流れ着いた浜ってことじゃないの？　永遠の乙女なんて字を当てるのはどうかと思うけどさ」

「彼女を奥さん？にした神主が付けたんならそうでしょうが、南蛮の女に漢字が使えるはずありませんよ。これって、元は彼女が『くおつ』って呼んでいたんだと思いませんか？」

「くおつ？　……クオーツか！」

あの白い砂浜は、おそらく石英でできている。イギリス人ならクオーツの浜だと言ったとしても、不思議はない。

「だが、当時の船ってポルトガルやオランダじゃないのか？」

「オランダ船のリーフデ号にだって、三浦按針（あんじん）が乗ってたじゃないですか。彼の本名は、ウィリアム・アダムス。立派なイングランド人ですよ」

二階の部屋へと向かう階段の踊り場で、窓から見える海を見ながら三好が言った。

「当時のイングランドといえば、水晶玉の中に現れるウリエルと交感して、エノク語を作り出したジョン・ディーがエリザベス一世に寵愛されている頃ですからね。水晶の浜に流れ着いた自分に何か特別なものを感じたとしても不思議はないでしょう」

そういえば、一六〇〇年頃の神聖ローマ帝国の皇帝はルドルフ二世だ。政治家としては疑問の残る皇帝だったが、文化人としては傑出していて、魔術や錬金術には造詣が深かったらしい。

仮にローマ帝国に属しているどこかの国の船に乗って来ていたのだとしたら、そういう影響を受けていても確かにおかしくはない。

「それにしても、交易で栄えていたって、ここから何を運ばせたんでしょうね?」

確かにそうだ。ここは少し東へ流れれば、すぐに敦賀の港なのだ。普通の品物ならそちらへ運んだ方がずっと金になるだろう。持ち帰る品だって、ここよりはるかに多かったはずだ。

「当時の主要な輸出品って銀だっけ?」

「そうです。他には日本刀や螺鈿細工。あとは――奴隷ですね」

ポルトガル船が、本国の常識に従って、世界各地から奴隷を集めていたのは歴史的な事実だ。

日本でも、天正の役あたりの長崎の人たちや、文禄・慶長の役後の朝鮮人などが運ばれていったらしいが、一六〇〇年にはすでに禁止されていたはずだ。

「秀吉は一五八七年に、当時イエズス会の副管区長だったコエリョに、『ふざけんなよ奴隷の買い付けをやめろ』と書簡を送ってますし、ポルトガルでも一五九五年に、中国人と日本人の奴隷売買を禁止する法律が制定されたそうですけど――」

「貧しい農村から集めた女たちを、秘密裏に売りさばくには、うってつけの場所だって?」

「かもしれません……ま、所詮はただの想像ですよ。それに、先輩。私たちって何をしに来たか覚えてます?」

「え? この旅行って、何か目的があったのか?」

「夏休みですよ、夏休み! ちょっとは夏を満喫してくださいよ!」

「ええ?」

「十分で準備してロビーに集合ですよ!」

そうして俺は、無理やり夏の焼けた白い砂浜へと連行されることになったのだ。

§

「まったく……」

水着に着替えて、ヨットパーカーを羽織った俺は、そのままロビーへ行こうとして、ふと、この格好でうろうろしても大丈夫なのか? と階段を下りかけたところで足を止めた。

その時、階段の隣の部屋から出てきたスタッフらしい男たちの声が聞こえてきた。

「突然のことで参ったな。明日の夜だって?」

「ああ、準備が間に合うといいが」

「それより、明後日までに、なんとか用意しないと……」

その声は次第に遠ざかっていった。

「明後日に何かあるのかね？」

突然のことってのは、俺たちの乱入だろうか。

オープン前の招待に、いきなり便乗したのは、やはり少々迷惑だったかなと、小さな罪悪感を抱きながら、俺はロビーで三好と合流した。ここから砂浜へは、崖沿いにある白い石の階段を下りていくそうだ。

「おいおい、こんな階段、お年寄りや小さな子供が下りられるとは、とても思えないぞ」

岩肌に刻まれた石の細い階段には、白いロープの手すりが申し訳のように取り付けられていたが、目が眩みそうな高さから、それなりの急角度で落ちていく道のりから見れば、それはいかにも頼りなかった。

「お、先輩。早速プレオープン招待客目線のチェックが入りましたね」

「ちげーよ！　斎藤さんや御劔さんを心配――」

そう言おうとしたとき、下の海岸から手を振る二人の人影が見えた。

「ええ？　俺たちが出るとき、まだホテルにいたよな？」

「エレベーターで、下まで行けるらしいですよ」

「……なんで俺たちはこんな危ない目に遭ってるんですかね？　三好さん」

「いやー、タオルミーナのホテルみたいでいいですよね」

「行ったことないだろ！　白い石の階段だけ見たらそんなイメージも湧くが、こんな高さのある階段があるとは思えないぞ……」

俺は力なくそう言って肩を落とした。

おっかなびっくり崖に張り付きながら、なんとか下まで辿り着くと、件の執事めいた男が、慇懃に口を開いた。

「あの階段を利用される方はあまりいらっしゃいませんが、ご無事で？」

「ええ、まあ、なんとか……」

「それはよろしゅうございました。それでは当ホテルのプライベートビーチを存分にお楽しみください。なお、夕食は十六時三十分からとなっておりますので、お早めにお戻りください」

「十六時？」

俺は時間を聞き間違えたのかと、思わず問い直していた。本当だとしたら、いくらなんでも早すぎる。それはまるで、明かりが貴重で日没と同時に寝るしかなかった時代のようだった。

「テラスで夕陽を見ながらの夕食をご堪能いただければと存じます」

なるほど。しかしそれにしたって、今の日没時間は十八時三十分よりは先だろう。演出を考えても十八時スタートくらいが妥当な気がするが……

「帰りはエレベーターをお勧めします」

俺はちらりと階段を見ると、これを上る根性なんかあるもんかと、内心ため息をついた。

「そうします」

その時、ふと視線を感じた気がして館の方を見上げると、金色に輝いた髪を残して、赤いドレスを着た誰かが慌てて顔を引っ込めたように見えた。俺たち以外の客がいるんだろうか。

「今日、俺たち以外にお客様が？」

「いいえ、斎藤様がご滞在中は、ずっと貸し切りにさせていただいております」

「え？　今、上に誰かが……」

執事然とした男は、俺の言葉に館を見上げたが、すぐにこちらを振り返ると、「スタッフの誰かでしょう」と少し早口で言った。

「そうそう、十八時三十分以降、ホテルのスタッフは皆退去いたしますので、後はご自由にお過ごしください」

「え？　ここって、コンドミニアム風のサービスなんですか？　この構えで？」

「申し訳ございませんが、ご了承ください」

彼はそう言うと、有無を言わさぬ態度で、エレベーターへと向かって行った。後には、パラソルの下にある寝椅子の横で、飲み物の準備をしているメイドが一人残されているだけだった。

「先輩。このあたりの日没は、十八時四十分から五十分くらいですよ。夕陽を見ながらの食事って、普通、日没して明かりを灯すまでやりますよね？」

「まあその境目が見どころだからな」

「あれじゃまるで、夜の館にいたくないみたいでしたよ」

「お前、今日はちょっと変だぞ？　ずいぶん稗田脳になってないか？」

「稗田脳って……だって、おかしくないですか？　色々と」

「上の館に、四百年以上前に流れ着いた女の亡霊でも巣くってるって言いたいのか？」

「この世に怨霊や亡霊なんかいませんよ」

「ゴーストはいただろ」

「ダンジョンのモンスターと一緒にしないでくださいよ」

「なになに？　どしたの？」

その声に振り返った俺は、二つの花のあでやかさに、思わず見惚（みと）れてしまった。

派手な大柄のビキニで、健康的な肢体を惜しげもなくさらす斎藤さんと、白いビキニに、長めのパレオをつけた御劔さんだ。パレオの裾から覗く白い足がとても眩しい。

「え？　あ、ああ……」

「どうどう？　師匠。似合ってる？」

斎藤さんは、その場でくるりと回ってモデルポーズを決めた。

「あ、まあ。その、似合ってますよ？」

「なんで敬語なの！」

俺は、けらけらと笑う彼女を放置して、御劔さんの方を向いた。

「だ、だけどさ、焼いちゃっていいわけ？」

「あら、師匠。それは、はるちゃんの体に、オイルを塗りたくりたいってこと？」

後ろから俺の背中に張り付きながら、体の横から顔を出した斎藤さんが、楽しげに俺を横目で見上げている。

「わっ！　って、そのやらしい表現はなんだよ。違うに決まってるだろ」

「ほほー」

「えーと、背中なら……」

恥ずかしげに言う御劔さんに向かって、「違ーう」と叫んだ俺は、そのままずっと彼女たちに弄られていた。

§

ずいぶんと早い時間ではあったが、テラスで食べた夕食は、地元の食材を利用した、さすがに素晴らしいものだった。それに、お昼がいい加減だった俺たちにとって、このくらいの時間の方が都合が良かった。

十八時を過ぎる頃、お茶や食後酒を持ってきたサービスマンが、恭しく頭を下げた。

「日が沈むまでしばしご歓談を」

そうして、執事然とした男が、彼と入れ替わりにやって来た。

「それではそろそろ失礼させていただきます。ホテル内の設備や備品は自由にお使いいただいて構いませんが、日が沈んだ後は、部屋から出ない方がよろしいかと」

「部屋から出るな？　それって何か意味があるんですか？」

「いえ。片付けは明朝行わせていただきますので、そのままにしておいていただいて結構です」

「え、ちょっと――」

「それでは、また明日の朝」

「――待って」

呼び止める声が聞こえなかったように、彼は足早にテラスからホテルの中へと戻って行った。

「どう思う？」

「外資って、就業時間に厳しいじゃないですか。それなんじゃ？」

「そういうレベルだったか？　あれ」

「まあ確かに。夜になれば化け物が徘徊する館から、さっさと逃げだしたように見えますね」

「ええ!?　三好さん、やめてよ！」

確かにそうだ。いくら夏でも、リアルで化け物は勘弁していただきたい。

なお、テラスから見る夕陽は、血のように赤く、最高に美しいと言えば言えた。

だが、その残照が消える頃には、南から突然湧き上がった黒雲が空を覆い始めていた。

すぐにも泣き出しそうな空の様子に、慌ててテーブルウェアをワゴンに乗せて屋根の下まで移動させた俺たちは、そのままロビーへと戻って来た。

そこにはすでに誰もおらず、窓の外は夜で満たされていた。

騒がしかった蟬の声も途絶え、微かに聞こえる崖下を洗う潮騒の音と、時折響く遠雷が、辺りの静けさを強調していた。

「本当に誰もいなくなった、のか？」

非常灯だけが点灯しているロビーを歩きながら、俺は辺りを見回した。そして、ソファ脇に据えられていたいくつかの照明のスイッチを見つけると、それをオンにした。

柔らかで暖かな光がソファの周りの闇を退ける。

「まあ、トイレもお風呂も部屋にありますから、困ることはないでしょうけど」

「そりゃそうだろうが……」

実際ホテルに泊まってても、夜にスタッフに連絡を取ることなどめったにない。せいぜいが、たまにルームサービスを利用するくらいだ。とは言え、世の中には非常事態というやつがあるのだ。例えば火災が起こったりしたら、誰がそれに対応するのだろう。

「いくらなんでも常勤のスタッフが一人もいないってのは……」

かなり異常だろう。

訝しみながら、ふと目を上げると、ロビーの一部にドアのない部屋が繋がっていて、入り口には郷土資料室とあった。どうやらその部屋には、神社に収められていた資料の一部が郷土資料として展示されているようで、それらの書物を手に取ることもできるようだった。

「ええ？　もしかして複製なのかな」

いくらなんでも四百年以上前の紙資料を、誰にでも触らせるというのは、保護の面で危なすぎる。汚れたり崩れたりしたら取り返しがつかない。

「でも、相当古そうですよ」

三好が一冊の本を手に取って、ぱらぱらとめくりながら言った。

「暇潰しにはちょうどいいですね」

なにしろこのホテルには、まだＴＶが設置されていない。

何もないを売りにする特殊な宿は別にして。モニター自体は、映画などの娯楽を提供するために必要だろう。もちろんワンセグも入らない。

「三好さーん。セラーあったよー」

「え？　ほんとですか？」

三好が嬉しそうに斎藤さんの声に応えた。

「いや、いくらなんでもワインを勝手に開けちゃまずいんじゃないの？」

「ええ？　設備も備品も自由に使えって言ってましたよ？」

「いや、そりゃまあなぁ……だけど、歴史的に開けたら最後、取り返しがつかなそうなのはやめとけよ」

「そんなワインが新興のホテルにあるわけないとは思いますけど、世界でここに一本しかなくて、これを逃したら一生出会えないクラス以外は考慮します。じゃ、ちょっと行ってきます！」

「待てこら！　そういうクラスを一番考慮しろ！　おい‼」

ステテテテーと擬音が見えるようなナルト走りで厨房に向かう彼女の背中を見ながら、あいつはニンジャかと頭を抱えた。

俺は三好のことを諦めて、執事然とした男が言っていた、神主の手記のようなものの、最初の巻を手に取ると、それを持ってロビーへと引き返した。

ロビーのソファには御劔さんが一人で座っていた。

「あれ？　一緒に行かなかったんだ」

「だって、あれってどう見ても宝島に上陸した海賊ですよ？」

そう笑う彼女に、俺は全面的に同意した。

久しぶりに二人で話をする俺たちは、彼女の仕事のことや、ダンジョンでのアタックのことや、最近のイベントなどを取り留めもなく話した。

そうしてしばらくした頃、二人の海賊たちが、実にご満悦な様子で戻って来た。

「いやー、大漁、大漁」

「いや、大漁ってな……」

「海のそばだからですかね？　イタリアワインが充実してましたよ」

「料理がイタリアンっぽかったからじゃないの？」

「コスタ・ルッシもチェレットのサン・ロレンツォも。ヴィンテージは割と若めでしたから、今飲むのはちょっともったいないかもしれませんけど」

「といいつつ、その手に持ってるのはなんだよ」

三好は赤白二本のワインを手に持って、意気揚々と引き上げて来ていた。

「ええ？　まあほら、コスタ・ルッシは、エレガントさが身上のワインですし、一本くらいは今飲んでもいいかなぁって……」

「ほう。で、そっちの青い×印は？」

「そうそう、ヴィスタマーレの二〇〇九があったんですよ、二〇〇九！　カ・マルカンダから出た初の白ワインのファーストビンテージですよ！　ああ、今とどう違うんだろう」

「そんなに最近のワインなら、いつでも飲めただろ？」

「先輩……ほにゃららのファーストビンテージなんてワインが、年間何種類出ると思ってるんですか。セパージュの変更や、醸造家の変更なんかまで入れたら、そりゃもう無数にあるんです。そんなのばっかり飲んでたら、他のものは何も飲めません。いいですか、毎日ワインを一本飲んだとしても、一年で三百六十五本しか飲めないんですよ！　十年で、多くてもたった三千六百五十三本なんですからね⁉　ああ、どうすればいいんだろう……」

「お、落ち着け」

うるう年がちゃんと入っているところが、妙にリアルだ。

「というわけで、こういうのは、出会えたら喜んで飲むくらいでちょうどいいんです」

「お前、俺のカードでバタール・モンラッシェとやらを買ってなかった？」

「出会えちゃったら、仕方がないんです！」

「あ、さいで」

しかし、十年もの間、毎日ワインを一本開け続けたらアル中になりそうだぞ。もしかしたら〈超回復〉のお蔭でどうにかなったり、〈状態異常耐性〉を上げておけば、一日十本でも大丈夫なのかもしれないが……いかん。三好には黙っておこう。

「だいたい、そういうワインが美味しいとは限りませんからね」

「お前な……」

自分の嗜好(しこう)を棚に上げて、なんちゅー身も蓋もないことを言ってるんだ、こいつは。

「いずれにしてもヴィスタマーレですよ。この場所で飲むにはピッタリでしょう?」

三好がどや顔で窓の外を手で指しながらそう言った。そこにあるのは暗闇だけだが。

「夜の海の上に広がる、広大なる星空の海。んー、まさにヴィスタマーレ」

ヴィスタマーレはオーシャンビューという意味のイタリア語だ。彼女の言いたいことも分からないでもないが、現実は過酷だった。そういう気分をぶち壊すかのように、指し示した窓に、水滴がぶつかり始めたのだ。

「ええ?」

「残念。とうとう雨が降り始めたみたいだな」

「そんなぁ……」

「まあまあ、そう気を落とすなよ」

俺は慰めるように言った。

「カ・マルカンダって、『望みのない交渉』って意味なんだろ?」

三好がぶーたれたように頬を膨らませながら、「先輩、ピエモンテの方言なんてよく知ってましたね」と言った。

「今調べた」

俺は自分の携帯をテーブルの上に置いてヴィスタマーレを手に取ると、ポケットから取り出したように見せたラギオールのソムリエナイフでコルクを抜いて、彼女のグラスにそれを注いだ。

レモン色の液体が、グラスの中に落ちていくと、あたりに白い花や柑橘の香りが漂った。

「ヴェルメンティーノらしい香りですよね」

残り三つのグラスにも同じようにそれを注ぐと、斎藤さんと御劔さんにそれを渡した。

「残念ながら雨になったけれど、我々の夏休みと、そこにあるはずのオーシャンビューに」

そう言って、グラスを掲げた。

「「「乾杯」」」

そうして、三好がかっぱらってきたワインと、斎藤さんが見つけたチーズやシャルキュトリーの数々で、ささやかな宴会が始まった。

§

「ささやか……ってなんだっけ?」

しばらくたった後、俺は大いに後悔していた。

酔っぱらった斎藤さんが「あふぇったーとみすとー」と叫びながら、テーブルの上のシャルキュトリーをカッティングボードの上で適当にカットして皿の上にどかどかと並べると、三好が「なら、らんぶるすこー」と叫びながら、セラーまでダッシュをするという、まるで魔女の宴のような騒ぎになっていたのだ。

「大体これのどこが、アフェッタート・ミストなんだよ！」

「んー？　加工肉の盛り合わせって意味じゃないの？」

「ちげーよ！　いや、違わないけど」

「どっちなのよ？」

「いいか、アフェッタートは、薄切りって意味なんだよ！　加工肉を薄切りにして盛り合わせた料理なの！」

「師匠、こまかーい」

「細かくない！　厚さが三センチもあるサラミなんか、誰が食べるんだよ、誰が！」

「あたしー。がおー」

そう言って、サラミに齧りつこうとしている斎藤さんに向かって、俺は冷静に突っ込みを入れた。

「それ、もっのすごく高カロリーだぞ」

その恐るべき呪文は、唱えられた瞬間に場を静けさで支配した。

小さなフォークが、斎藤さんの手から滑り落ちて、テーブルの上で妙に大きな音を立てた。

「だ、大丈夫ですよ！　ランブルスコには、やせるパワーがあるんです！」

三好が意味不明なことを言い出した。

「ないから！　そんなものないから！」

むしろ糖が多いんじゃないの？　やや甘いものが多いし。

「ええー？　前に、おなかを壊してやせたことがありますよ？」

「それは食べすぎ！　単なる食べすぎだから」

「おおー！　つまり食べすぎたらやせるんだー！」

再起動した斎藤さんが、さらに妙なことを言い出した。

「なんでそうなる!?」

ああ、もうグダグダだ。

御劔さんが、まるで観客のように我関せずのスタイルを貫きながら、一人でおなかを抱えて笑い死んでいた。

朝になってスタッフが戻ってきたら、この大惨状をどう説明すればいいんだよ……

§

乱れに乱れた宴会は、最後まで正気でいた奴が貧乏くじを引かされる。

俺は二人をそれぞれの部屋のベッドまで抱きかかえて移動しながら、こいつら、いくらなんでも無防備すぎるだろうと、かなり心配になった。

「まったく。俺が狼だったらどうするつもりなんだよ」

「信用されてるんですよ」

一緒についてきた御劔さんがそう言った。

「だけど、芳村さんって、思ったより力があるんですね」

二人を順番にお姫様抱っこで、ベッドまで運ぶ俺を見て、御劔さんが感心していた。

現在のSTRは100に調整してあるから、このくらいは楽勝なのだ。

「私も運んでもらおうかなー」

「ええ？　御劔さんも酔っぱらってるの？」

「そりゃまあ、多少は」

「じゃあさっさと寝た方がいいよ。部屋まで送っていくから」

「はーい」

ちょっとつまらなそうに返事をした彼女は、斎藤さんのすぐ隣にある自分の部屋のドアを開けると「今日は楽しかったです」と言ってしばらく間をとった後「寄っていきます？」と、小悪魔のごとき笑顔で言った。

俺は、理性を総動員して顔を引きつらせると、じゃ、じゃあまた明日と負け戦から撤退した。どうやら彼女もそれなりに酔っていたようだ。

「はぁ……」

ロビーに戻った俺は、ソファにどっかりと腰を掛けると、少しだけ残っていたコスタ・ルッシをグラスに注いで、辺りの惨状を眺めた。

「これ、明日、絶対怒られるよな」

　さすがに酒を振りまいたりはしていないが、四人で消費したとは思えない数の様々な形をしたワイングラスが所狭しと並べられている。三好のバカたれが、持ってくるワインやビンテージに合わせて、次から次からグラスを持ちだしてきた結果だ。

「まったく。いくら自由にして構わないと言われても、限度ってものがあるだろ」

　ランブルスコにバレリーナのシャンパンチューリップとか、アホか。割ったらどうするんだよ。ちょっと口のすぼまった、白用のグラスで十分だろ。そうそう、こんな、と三好が使っていたグラスを見たら、リーデルソムリエのジンファンデルだった。

「はぁ……」

　つまりはそういうクラスのグラスしかなかったってことだろう。

　外の雨は強さを増して、窓を流れる水も水滴ではなく水流になっていた。

　俺はこの膨大なグラスをキッチンまで持っていくかどうか悩みながら残ったワインを飲んでいると、いつしか、眠りの中へと落ちて行った。

§

「ん？」

ふと意識を取り戻した俺は、自分の目がなぜ覚めたのか、すぐには分からなかった。

だがもう一度、原因と思われる音が二階から聞こえてきた瞬間、跳ね起きた。今のは御劔さんの悲鳴だ！

俺はすぐに自分のステータスをマックスに調整すると、彼女の部屋に向かって駆けだした。

「御劔さん⁉　大丈夫⁉　開けるよ‼」

内開きのドアは、向こうから何かで押さえつけられているかのように圧がかかっていた。

それをステータス任せで押し開けると、正面の大きく開かれた窓から吹き込む風雨に、カーテンが、まるで狂った男が振り回すマントのように暴れていた。

俺は慌てて窓へと駆け寄って窓の下を見たが、そこには何もなかった。

一段と強さを増した槍のような雨を腕で遮りながら、体を乗り出して館の左右を見回すと、庭のはるか先で赤いドレスのようなものが翻った気がした。

「御劔さん！」

俺はそのまま窓から飛び降りると、それを追いかけて走りだした。

俺のステータスは人類最強だ。だからすぐに追いつけるはずだ。そう祈るように思いながら。

§

「ここは……」

一瞬で百メートルの距離をゼロにするような速さで追い掛けたにもかかわらず、件の人影には、追いつけなかった。雨がひどく、視界が遮られていたせいもあるが、辿ってきた道は森の中の細い一本道だ。どうして追いつけなかったのか、まるで分からなかった。

そうして辿り着いた場所は、森の奥にぽつんと立っている古い神社のようだった。

「あの執事が言っていた神社か？」

辺りはほぼ真っ暗だったが、俺には〈暗視〉のスキルがある。だが、ぬかるんだ地面に、はっきりとした足跡のようなものは見当たらなかった。念のために、ぐるりと本堂の周りを歩いてみたが、おかしなものは何もなかった。ただ、一つしかない建物が大社造に似ていることを除いて。

一般に神社の本殿は、神明造と大社造の二つがある。

そして、天津神を祀る場合は前者が、国津神を祀る場合は後者が使われるのだ。この神社の祭神は別天津神だと言っていたから、通常なら神明造が使われるはずだ。

「まるで、神社という名前の家だな……」

俺は本堂の入り口へ近づくと、そっと扉を開けようとしたが、そこには頑丈そうな船型の御錠(みじょう)が取り付けられ、外側から施錠されていた。ここに隠れることは無理だろう。

「くそっ」

簡単に追いつけると思っていたにもかかわらず、怪しい影を見失った俺は、ホテルへの道を辿りながら毒づいた。戻りながら、ぬかるんだ地面や道の脇の下草などを注意深く調べてはみたが、俺が走った足跡以外、何も見つからなかった。雨脚はさらに強まり、車軸のような雨が叩きつける中、仮に何かが残されていたとしても、すべて押し流されてしまうだろう。

「先輩！　一体何があったんです!?」

ロビーで待っていた三好が、大きなタオルを差し出しながら訊いた。それを受け取った俺は、ガシガシと頭を拭きながら「分からん」とだけ答えた。

「御劔さんの部屋があれでしたから、一応ホテル内を探してから、関係各所には連絡しておきました」

「そうか」

「先輩もシャワーでも浴びて着替えてから――」

「いや、彼女を探しに行かないと」

「落ち着いてくださいよ、先輩。こんな夜に土地勘のない少人数で辺りを駆け回っても、どうにもなりませんよ」

〈生命探知〉にも〈危険察知〉にも何も引っ掛かりませんし、と三好が付け足した。

そう言われて初めて俺の重複させた〈生命探知〉にも、それらしい反応はなかったことに気が付いた。御劔さんが生きてあの辺りにいたとしたら、なんらかの反応があってもいいはずだが……

「一応アルスルズに辺りを探させますから」

「あ、ああ……その方が確実か」

「どうせ各所の連絡待ちなんですから、着替えてきてください。風邪――ひきますかね？」

俺たちは〈超回復〉の恩恵を受けているから、めったなことでは病気にかからないだろうが……なんだか馬鹿は風邪をひかないに引っ掛けたみたいなその言い草に、俺は少しだけ笑った。

人はこんな時でも笑えるんだなと、少し感心した。

§

シャワーを浴びて着替えた俺は、ロビーのソファに三好と向かい合って座っていた。

「だけどあそこ、二階ですよ？　大きな音がしてから、先輩が飛び込むまでわずか十数秒。誘拐にしたって無理がありますよ。御劔さんを担いで窓から飛び降りるんですか？」

「できなくはないだろ？」

「それができるのは先輩だけですよ」

「つまり、俺みたいなやつが犯人ってことか？」

「せんぱーい」

三好が呆れたようにそう言うが、どうにもこうにも落ち着かない。イライラして、貧乏ゆすりを繰り返していた。

「問題は動機ですよ」

「動機？」

「もし御剱さんが連れて行かれたんだとしたら、どうしてこんなやり方で?」

「どうして、か」

　単に女性をさらうなら、夜道を歩いている人をさらった方がずっと簡単だ。御剱さん本人が目的だったとしても、東京で襲えばいいわけで、こんな場所まで追いかけてくるなんて馬鹿げている。

「俺たちに言うことを聞かせたいどこかの勢力の活動って線は?」

「私たちがここへ来ることを知っている人は限られていますし、もしもそうなら、私たちが一緒にいないときの方が事をなしやすいでしょう。だから、原因は私たちと言うよりも――」

「この場所の方にある?」

「そう考えた方が自然ですよ。考えても見てください、夜になるといなくなったスタッフ、いわくにまみれていそうな館」

「後は赤いドレスのような何か、かな」

「赤いドレス?」

「ああ、昼間、砂浜から赤いドレスの女を崖の上で見たような気がしたんだ」

「それが?」

「さっき御剱さんの部屋から窓の外を覗いたとき、同じ服を見た気がした」

「あの大雨の中で、ですか?」

　雨――確かにあんな雨の中じゃ、ドレスなんてびしょ濡れで体に張り付いて単なる塊と化しそうだが、俺はそれを、ただの赤い何かなんかじゃなくてドレスだと認識した。昼間見ていたからだろうか……

「そう言われれば変だな」

「ともかく詳しいことは、明日スタッフが来たら訊くとして、とりあえずそこの資料室で、この土地や館のことを調べてみませんか？」

「アルスルズを待ってるなら、どうせ寝られやしないし、できることはそのくらいか」

三好が警察にも連絡したはずだから、そちらもやって来るかもしれないしな。

「とにかくやれることはやったんですから」

「そういえば、斎藤さんは？」

「ここを片付けて、ついでに夜食を作ってくるって、キッチンに行ったみたいですけど」

そういえば、あのグラスの山が消えている。相棒が消えたってのに、ずいぶんと冷静だな。

「いや、この状況でばらけるのはまずくないか？」

俺は思わず腰を浮かしかけた。

「一応、生命探知で追っかけてますから。館内には私たち三人しかいませんよ」

相手が生命のない何かだとしたら別ですけど、と三好が肩をすくめた。

その後、大量のサンドイッチとポットに入れたコーヒーをワゴンに載せて、無事戻ってきた斎藤さんと一緒に、資料室から持ち出した十数冊の本をテーブルに積み上げて中身を確認した。

「だけどさ、現代のはるちゃんの誘拐と、昔の資料に何か関係があるわけ？」

斎藤さんが不思議そうにそう言った。実にもっともだ。

「分からない。確信はないが、俺たちの側に原因がないなら、この土地の側に原因があるとしか思えないだろ？」

「行きずりの犯行ってことは？」

「オープン前のホテルで、わざわざ二階の窓から侵入して？」

「うーん……」

実際俺たちがやっていることは、ほとんどがただの気休めだ。なにしろ、今は連絡を待つしかないのだ。それが、アルスルズか警察か、はたまた犯人からなのかは分からないが。

誘拐事件の捜査官は、八時間の睡眠をとる義務があると言うが、素人である俺たちに寝られるはずがない。もっとも〈超回復〉がない斎藤さんは、なんとか仮眠させておきたいのだが……

「誰かが起きていて連絡を待たなきゃいけないから、順番に寝よう。最初は斎藤さん」

「え？　だけど上の部屋に行くのは――」

彼女が不安そうに上を見上げた。

「そりゃそうだ。向こうの長椅子で横になるといいよ」

そう言って、裏の椅子の陰でタオルケットを取り出した俺は、それを彼女に渡した。

「分かった。何か連絡があったらすぐに起こしてね」

「了解。夜食、ありがとう」

彼女は、その礼に小さく手を振って、少し暗がりにある長椅子へと向かった。雨脚は一向に弱まる気配をみせず、館を叩く音がずっと続いている。時折ごろごろと遠雷が聞こえていた。

「神主の手記ってのはこれか」

それはなかなかの厚みを持った、日記というより、思いついたことを書き記したメモのようなもので、全部で七冊あるようだった。最初は日付が書き付けられていたが、徐々に日付のない記述が増えていった。

「思ったより古く見えないな」

「さすがは千年持つと噂の越前和紙ですね」

「え、よく分かるな」

「そりゃもう、この辺の紙って言ったら越前和紙しかありませんから」

「あのな……」

根拠はそれだけかよ……しかし、三好が、和紙の産地に詳しいとは意外だ。

「二〇一〇年にサントリーとドメーヌ・バロン・ド・ロートシルトが登美の丘のブドウ作り百周年の記念醸造ワインを出したんですけど、そのラベルが越前和紙なんですよ」

「そこかよ！」

俺は呆れながら一冊目を手に取ると、ざっと中身を眺めてみた。

ミミズがのたくったような酷い崩し字だったらどうしようかと思いながらページを開いてみたが、思ったよりもずっと読みやすい字体でほっとした。

「女が流れ着いたのは、慶長六年の七月十二日ですね」

升のような入れ物の中には、赤い衣装に身を包んだ、輝くような髪をした白い女が閉じ込められていたらしい。それを見た村人たちは、彼女を『椿様』と呼ぶようになったとか。赤いドレスに包まれた髪の色が、ツバキの花に見えたのだろう。

「自らをカムリアと称す？」

「それ、結構変な綴りなんですよ」

そう言って三好は第七巻にあたる本を取り出した。

神主に何かがあったのか、その巻の最後には、カムリア本人が記した文章が残されていた。おそらく竹ペンを用いたのだろう、流麗な筆記体で英文が書かれていたのだ。そして署名には――

「Camrllia？」

「mrllなんて綴りは英語にはないですよね」

「rじゃなくてeなんじゃないか？」

筆記体のrとeは、癖字なら似たような形になるかもしれない。もしもeならば、カメリアで、カムリアと聞こえてもおかしくはないだろう。もちろん意味は『椿』だ。

だがその時俺は、何か引っかかるものを感じた。しかしその原因はよく分からなかった。

「神主の人は、何かに取りつかれたように、彼女に執着したみたいですね」

彼女を発見した後の日付には、延々と彼女についての記述が続いていた。

最初は南蛮の言葉をしゃべっていたが、通詞を用意すると、あっという間に日本の言葉を話すようになったとあった。

彼女は、体が弱く神経質なたちで、寝室は鍵が掛けられるように改装され、寝ている間は誰もその部屋に入ることができなかった。

長い間漂流していたからだろうか、非常に小食で、正午を過ぎた頃に起きだしてきて、ショコラトルを一杯飲むだけだったとある。

「ショコラトル？」

「チョコレートじゃないんですか？　当時はココアみたいなものでしょう？」

「いやいやいやいや、三好。日本にこいつが伝わってくるのは一七〇〇年代の終わりも終わりだ。もしもここでそんなものが手に入っていたとしたら、チョコレートは俺たちが知っている歴史に比べて二百年も前に日本にもたらされていたことになるぞ」

「一五〇〇年代の前半には、メキシコから、イエズス会士がスペインへ持ち帰ったはずですから、ここにあってもおかしくはないでしょう？」

「そりゃ、ごくごく少量ならな。これを読む限りじゃ、毎日飲んでいるようじゃないか」

「苦くて甘けりゃいいのなら、砂糖をいれたタンポポコーヒーとか？」

「あれが作られたのは、一般的には一八三〇年頃のアメリカだ」

「じゃあ、わざわざ中南米からここまで運んでくる理由があったとかですかね？」

「貿易の品目か？　……そうまでして欲しかったもの、か」

大きな年代のずれに思いを巡らせたとき、俺は自分の違和感の正体に気が付いた。

「そうだよ！　椿の原産地は日本なんだよ！」

「な、なんですか、突然？　ヨーロッパにも椿ってあるんじゃないですか？　『椿姫』とかあるでしょう？」

「あのな。マルグリットが白い椿を——生理の日だけ赤い椿を——身に着けて、ドゥミ・モンドを闊歩していたのは一八〇〇年代の中頃だ」

実際、小デュマが小説を書いたのも同じような年代のはずだ。

「調べてみろよ。カメリアってのは、ゲオルク・ヨーゼフ・カメルにちなんで、リンネが付けた名前のはずだ。つまり——」

「名前が付いたのは一七〇〇年代だってことですか！」

さすがに高名なリンネの活躍した時代くらいは知っていた三好が顔を上げた。

椿の花を最初にヨーロッパに紹介したのは、植物学者のエンゲルベルト・ケンペルだが、その種を持ち帰ったのは、ゲオルク・ヨーゼフ・カメルだ。いずれも一六九〇年代以降の話だ。それにちなんで、有名な植物学者のリンネが椿の学名にカメルの名前を刻んだ。しかし、リンネは一七〇〇年代の人なのだ。英語のカメリアはこの学名がそのまま名詞になった数少ない例の一つだ。

それが、一六〇一年の日本に存在する？　ありえないだろう。

「じゃあさっきの綴りは」

「読み間違いじゃないのかもな」

その後、時折南蛮からの船が訪れるようになる。

それに伴って、村は発展していくが、かわりに奇妙な教えが漁民を中心に広がって、神主はそのことをずいぶんと気に病んでいたらしい。

「奇妙な教えって……」

「普通に考えればキリスト教だろう」

秀吉がバテレン追放令を発布したのは一五八七年だ。しかし南蛮貿易に積極的であったことから、徹底はされず、布教が禁止されただけで信仰自体は禁止されていなかった。禁教令が出されたのは、サン＝フェリペ号事件がきっかけになった、一五九六年のことだ。

しかし、あとを引き取った家康は、キリスト教の宣教に無関心で、リーフデ号の漂着以降オランダとの貿易を推進したこともあって、一六一二年の岡本大八事件の顚末をもってキリスト教の禁教令が発布されるまでは特に規制をしていなかった。そのため、日本のキリシタン人口は、一六〇五年頃には七十五万人に達したとも言われている。

「神道からみれば、異質の宗教だろう。なにしろ神様が一人しかいない」

この館のオリジナルは、その頃渡来していた南蛮の技術者によって建てられたらしい。

その後も変わらず神主は、カムリアを崇拝していたようだ。

「見てくださいよ、『その美しさ、天は長く地は久し、年を窮め世を累ねても一向に衰えず』って、もういい加減にしろ、ですよ」

老子に荀子とはさすがは神主、博学だな。

「まるで不老不死だな」

「い、嫌ですね先輩。やめてくださいよ真顔で」

そうして、この頃から、村では時折疫病が流行するようになったようだ。

「インカの連中が全滅したのも、ピサロたちが持ち込んだ天然痘のせいだという話があるもんな。貿易があるなら病気が輸入されてもおかしくはないか」

神主は新しい宗教を信じる者たちと、従来の宗教を信じる者たちの間に立って、ずいぶん苦労したようだ。その様子を、彦火火出見尊(ひこほほでみのみこと)と火須勢理命(ほすせりのみこと)の争いに見立てて書き記していた。

「海彦山彦の話ですか？」

「新しい漁民を中心に広がった宗教を海彦、つまり隼人族のように、最初からここにいた農民を中心とした人たちを山彦、つまり天孫族(てんそんぞく)のように見立てたんだろう」

心配事も多かったのか、神主は日ごとに衰えていくようで、書き付けの回数も減っていった。

単発的に村人が罹(かか)る疫病は、だんだん顔色が白く悪くなり、少しずつ弱っていって、最後には衰弱死のように死んでしまったり行方不明になったりしたと書かれていた。

「行方不明？」

「ずいぶんな人数がいなくなったようだぞ。だが、これどこかで聞いたような……」

「最終的には神主も亡くなったみたいですね。その棺は枯れ枝が入っているかのように軽かったそうですよ」

「干からびていたってことか？」

「先輩！　これ!!」

三好が付きだしてきたのは、『海石榴(ツバキ)神社縁起』という、少し小さな薄い本だった。

海石榴や山茶(さんちゃ)は、どちらも椿のことを意味している。海の石榴(ザクロ)と山の茶が同じ植物を指しているなんて考えてみれば不思議な話だ。

「他の本にしおりのように挟まっていたんですけど、ここ、ここですよ！」

三好が指差した場所には、神社を建てた由来が書かれていたのだ。

「丘に津婆鬼ありて人を誑かす？」

「津婆鬼ってなんでしょう」

「さあな。海から来た年経る鬼ってことかな」

丘の屋敷には海から来た鬼が住んでいて、村の住民を誑かしていた。

鬼はとても美しかったため、最初は村人もそれとは気付かなかったが、いつまでたっても美しいまま丘を歩む姿を見て、村人たちはその正体を噂し合った。

鬼の飼い主が皆の前に姿を現さなくなっても、鬼は変わらず一人で丘を歩き続け、そうして、村人を奪うようになった。

「奪う？」

いつしかそれを恐れるようになった村人たちは、腕に覚えのある武辺者(ぶべんしゃ)たちを雇い、数を頼りに鬼を××した。そこにはそう書かれていた。

「なんだこれは？」

「××するって？」

「そりゃ忌み言葉だろう。きっと口にできないようなことをしたんだろうな」

その後、鬼が蘇って復讐と災いを為すことを恐れた村人たちは、××した後に神社を建てて、その魂を鎮めようとしたらしい。本堂の周りには、彼女のことを象徴していた、椿の花を榊の代わりに数多く植えたらしい。それが海石榴神社の縁起だということだ。

「じゃあ、あの神社は鎮守社で、祀られてるのはカムリアってことですか？」

「この縁起に本当のことが書かれているなら、そうなるな」

「でも、最後の巻までに、そんな話はまったく出てきませんよ」

三好は七巻をぱらぱらとめくってそう言った。

「第一、スタッフの人は神社の祭神は、別天津神だって言ってませんでしたっけ？」

確かにそうだ。どういう訳か大社造の神社に別天津神。そこにカムリアが鎮められている。

「なあ、三好。このちぐはぐな設定に、一つだけ心当たりがあるんだ」

「なんです？」

「別天津神の神使は『狼』なんだよ」

「それが？」

俺は自分でも何を言い出しているのかと案ずるくらいばかばかしいことを口にした。

「いるだろ。狼をしもべに使う不死の存在ってやつが」

その時、ロビーの窓から、外の闇が白く切り裂かれるのが見えた。

少し遅れて大きな音がやって来るのと同時に、誰かの携帯の着信音が鳴り響いた。

「なに⁉」

その音に驚いたのか、斎藤さんが飛び起きると、今しがた鳴った自分の携帯を取り出して、届いた文字化けだらけのメッセージの差出人を見ると顔色を変えた。

「これ、はるちゃんから……」

「なんだって⁉」

携帯を持ったままだったのか。それならGPSで追いかければ場所も特定できるはずだ。

俺たちは斎藤さんのところへ駆け寄ると、そのメッセージを覗き込もうとした。

そのとき、ひと際大きな落雷が発生すると同時に、地を震わすような音が聞こえてきて、突然館の電源が落ちた。

「きゃあ！」

突然の暗闇に驚いた斎藤さんが、俺に抱き付いてきた。三好は、原因を確かめるように周囲に気を配っている。

しばらくすると、非常灯が再び点灯して、闇の中に頼りない希望を浮かび上がらせた。三好の影からグラスが飛び出してきて、その足元で仁王立ちをしていた。

「どうやら送電線のトラブルか何かみたいですね」

三好が窓から丘の下の村を見ながら言った。

「下の村は真っ暗です」

「ここは？」

「非常用の発電施設があるっぽいですね」

「それより御劔さんだよ！　携帯があるんなら電話は――」

「この辺はアンテナが立ちませんよ」

「ならなんでメッセージが……Wi-Fiか！」

　ホテルのWi-Fiの範囲にいれば接続は可能だ。つまり、彼女はここから数百メートルの範囲にいるってことだ。俺は自分の携帯を取り出すと、彼女にメッセージを送ろうとした。しかし送信した瞬間に、接続できないという無情なメッセージが表示された。

「どうなってんだ⁉」

「送電線にトラブルがあったんだとしたら、電話線にもトラブルがあっておかしくありませんよ。ホテルのステーションまでは接続できたとしても、その先がないんじゃ通信は無理でしょう」

「同じアクセスポイントに接続してるんなら、同一のLAN内にいるのと同じことだろ？」

「今時のWi-Fiルーターは、ネットワーク分離機能がありますから、接続機器同士の接続はできないようになってます」

「ルーターにアクセスして、機能をオフにすれば――」

「パスワードが分かりませんよ」

「ルーターをリセットすれば、パスワードが初期化されないか？」

「リセットボタンが付いている機種もありますけど、ルーターごとに初期化手順が違いますから、それが分かりませんし、初期パスワードも分かりません。ユーザー名も、rootだったりuserだったりいろいろですし、調べようにも……」

「インターネットに繋がっていないから調べようがないってことか」

「それより、御劔さんはなんて連絡してきたんです？」

そうだ。もしも『助けて！』だったりしたら、俺は一体どうしたらいいんだ⁉

「それが……」

時間がなかったのか、その短いメッセージには、誤字も多く、まるで文字化けのようだったが、内容は読み取れた。そこには、場所はよく分からないけれども、少なくとも明後日までは大丈夫そうだといったことが書かれていた。そこに助けを求めるようなフレーズはなかった。

「明後日？」

「何かあるんですか？」

「いや、関係があるかどうか分からないが、昼間ロビーに下りるときに、スタッフがそんな話をしていたんだ。明後日までに準備が間に合うかどうか、みたいな話だったはずだ」

ものをなんとかしないと、と言っていたが、ものがまさか、人間だったりしないだろうな……

「それで、先輩。狼をしもべに使う不死の存在がなんですって？」

俺はそれを蒸し返されて、小さく苦笑した。

「いや、ちょっとな。ほら、カムリアの綴りがあったろう？」

「あの変な」

「そうだ。あの綴り、カーミラのアナグラムだろ」

カーミラは、Carmilla だ。レ・ファニュの小説の中では、マーカラ Mircalla や、ミラーカ Millarca と名乗っていた女性がすべて同一人物だったように、彼女は、何かに縛られていて、構成する文字には変化がないという設定なのだ。

言っておいてなんだが、どう考えても、スタッフの中に悪だくみに関わっているやつがいて、彼女を明後日の何かに使うために誘拐したと考える方が現実的だ。四百年前に流れ着いた何かが、実は吸血鬼だった、なんて話は、いくらなんでも荒唐無稽すぎる。ダンジョン病だな。

「先輩……レ・ファニュがカーミラを書いたのは一八〇〇年代ですよ」

「そうだ。本来ならカメリア以上にありえない。だが、カムリアの描写にはカーミラの行動と重なる部分がものすごく多いだろ」

そもそもフォークロアとしての吸血鬼と、一八〇〇年以降の文学に登場する吸血鬼では、その性格がまるで違うことも多い。こいつはどうにも文学的すぎるのだ。

「そういえば、レ・ファニュは、バートリー夫人をモデルにしたって話があるじゃないですか」

「ああ、そうだな」

「バートリー夫人は、ちょうどこの時代の人ですよ」

「だから?」

「もしかしたら、誰かがこの手記を持ち帰って……」

「実はカーミラは、それを元に書かれたってか?」

「かもしれませんよ」

「まあ、夢はあるが……今はそんなことを検討してる場合じゃないだろ」

「それはそうなんですけどねぇ……」

SECTION：

DAY 2

　俺たちは、まんじりともせずにホテルのロビーで夜を明かした。しかし、日が昇ってしばらくしたにもかかわらず、警察はおろか、ホテルのスタッフすら姿を現さなかった。

「ますますスタッフ犯行説が濃厚になってきたぞ」

「だけど先輩。こんなに露骨なことをやって、無事で済むはずがありませんよ」

「俺たち全員が行方不明にならなきゃな」

「もしかして私たちって、抹殺されちゃう？」

　少しは仮眠したらしい斎藤さんが冗談めかしてそう言いながら、今朝作ったとごまかして〈保管庫〉から取り出し皿に盛った総菜類を、フォークで口に運んだ。

「噂には聞いてたけど、師匠って料理もうまいのね」

　なにしろデパ地下の総菜だから、味はそこそこだ。しかしそう言うわけにもいかず、俺はなんとなく肩をすくめるだけにしておいた。

「それで、今日はどうします？」

　一応戻ってきたアルスルズは、御剱さんを見つけられなかったことに負い目があるのか、俺と目を合わせようとはせず、どうにもおかしな雰囲気だ。こいつら、いつもの遠慮のなさはどうしたんだろう。

「Wi-Fiが届く範囲にいたことは分かってるんだから、その範囲をもう一度探索してみるしかないだろう。それに、スタッフが誰もやって来ないってことは、村のどこかにアジトがあるってことだろう？　俺は、支配人の部屋を確認した後、そのアジトを探してみる」

「どこか全然別の場所に、すでに運ばれちゃったという可能性は？」

「その場合は、犯人から俺たちにアプローチがあるだろう。それまではどうしようもないな」

問題は営利誘拐じゃなく、誘拐された本人自体に目的があった場合だが、今はそのことを脇へ置いておくことにした。考えたくないし、考えても無意味だからだ。

「了解です。じゃあ、私は先に出て、村の人にいろいろ聞いてみます」

「いいけど、大丈夫か？」

「まさか、村人全員が犯人なんてことはないでしょう。もしも誰かに『宿命ですね』って言われたら気を付けますよ」と、三好が笑った。

それは全員が犯人だったオリエント急行殺人事件で、ロシアの公爵夫人がポワロに言った謎のセリフだ。

「それに、襲われたところで、普通の人間なら、アルスルズに対抗するのは無理ですよ」

「そりゃそうか。じゃ、斎藤さんも一緒に？」

「私は村の外に行ってみる。警察が来ないのも変だし、なんとか連絡を取ってみるよ」

「しかし車は……」

乗ってきた車はどこにあるのか分からない。

「サイクリング用の自転車があったから、それで。これでも結構体力あるんだから」

そりゃまあ、それなりのＶＩＴ（体力）とＡＧＩ（素早さ）になっていることは知っているけれど、それでもＳＴＲ（筋力）は人並みだし、こんな状況じゃ危険がゼロではないだろう。

「一応、アイスレムをつけておきますから」

「ああ、なら大丈夫か」

ダンジョンの中じゃあるまいし、さすがにアルスルズが持て余すような何かは、ここにはいないだろう。

「それじゃ、一旦分かれて、お昼にここへ集合ってことで」

「了解です」

「それじゃあ、後で！」

そう言って二人は、ロビーから出て行った。

俺は立ち上がると、スタッフが使っていた部屋を、一通りあさり始めた。ほとんどの部屋やロッカーにはカギがかかっていたが、緊急事態だと言い訳して、力づくでドアを引きちぎった。ＳＴＲ２００は伊達じゃないのだ。

そうしてそれは、支配人室に置かれていた机の、鍵の掛かった引き出しの中にあった。

「六文船永代目録？」

引き出しの中に収められていたそれは、奥にあるものは色が変わっていて、相当古いもののように思えた。適当に引き抜いたものをめくってみると、寛文十一年という日付が目に入った。

「寛文っていつだ？」

残念ながら三好と違って、俺には和暦の知識はほとんどない。せいぜいが高校の日本史レベルの知識にすぎないから、天保や安政などのメジャーな事件が起こった元号は知っていても、そうでないものはまるで分からなかった。検索しようにもネットには繋がらないし。

「俺たちって、ほんと、ネットに依存して生きてるよなぁ……」

最も新しいと思われるものを引き抜いて、最後のページを開いてみると、そこには取引記録のようなものが、十二年に一度の頻度で記入されていた。

品目は符丁で書かれていたため詳しいことは分からなかったが、大抵同じで、その量はそれほど多くはなさそうだった。

遡(さかのぼ)って追いかけると、三十六年前の八月までは、常に同じような記述だったのが、その十二年後の八月には奇妙なマークが書かれていた。もしもそれまで問題なく取引が成立していたとすると、ここで何かが起こったことは確実だ。

そしてさらにその十二年後。つまり今から十二年前の八月十七日の記述は、数量がゼロになっていた。何も渡せなかったということだろうか。

「まさか、麻薬か何かか？　しかしそれにしては頻度が少なすぎる」

この頻度で村全体が栄えるとなると、もっと希少な、特殊な何かだとしか思えない。貴金属では量が少なすぎるし、骨董(こっとう)か、あるいは絵画のような芸術作品だろうか？

そうして最後の日付の次のページには、二〇一九年八月十日の文字が記され、品目の項目には、同じ符丁が並んでいた。

しかし、これほど昔から連綿と続いている取引の記録を見る限り、このホテルのスタッフだけが関与していると考えるのには無理がある。

「貿易で栄えていた村、か」

時計を確認すると、時刻は十一時になったところだった。俺は一足先に村へと向かった三好のことが急に心配になって、散らかっていた資料をすべて〈保管庫〉へ収納すると、三好の後を追いかけた。

ホテルへ続く道で足を止め、眼下に広がっている、うらさびれた村を見渡してみたが、やって来た当日以上に人気がないように思えた。

村の入り口の路地で三好の名を叫ぼうとしたとき、微かに聞こえてくる歌のような声に気が付いた。俺は注意深く、その歌の聞こえる方へと進んでいった。

遠目には日本の家屋に見えたそれらの家々は、近くで見れば西洋と混じり合った様式だった。一種独特な文化を形成していると言っていいだろう。

「確かに観光資源にはなるのかもしれないが……この妙な雰囲気がな」

漁村らしく、村には魚の臭いが染みついていたが、そこに微かに混じる汚泥のような臭いが、妙に気持ちを逆なでする。

細い石畳の道を歩いていると、時折、窓を閉め切っている家の中から、何かの音が聞こえてきて、俺は、ドアを叩いて中にいる人間と話してみたい欲求に囚われたが、今はそれを我慢して、歌の源へと近づくことにした。

そうして訪れたその建物は、とても古い石造りの教会のようだった。

戦国から江戸にかけ、天正の大地震を始め、若狭は何度も大きな地震に見舞われたはずだ。にもかかわらず、こんな石造りに見える建物がどうして残っているのだろう？　壊れるたびに建て直したのだろうか？　もしもそうだとしたら、相当数の信者がいるはずだし、神主の手記にあったような争いが、教会勢力との間にあったとしてもおかしくはない。

それにしても、聞こえてくる音楽は、教会の讃美歌と呼べるようなものではなく、もっと原始的で、奇妙な言葉と抑揚が、妙に心を騒がせるような何かだった。

「先輩」

突然かけられた言葉に、俺は思わず飛び上がって、後ろを振り向いた。

「なんだ、三好か。脅かすなよ」

「先輩もこの歌に誘われて？」

「まあな。だけど、一体こりゃなんだ？」

「カトリックの聖歌でも、プロテスタントの讃美歌でもないことだけは確かですね」

「ずっと南方の、原始宗教の唸りが洗練されたもののようにも聞こえるが……」

「敬虔(けいけん)主義が明確な運動になった頃の神秘的なそれに近いような気もします」

俺たちは辺りに注意を払いながら、教会の入り口へと近づいていった。

そうして俺は、それを見たのだ。

「嘘だろ?」

「先輩?」

入り口の上部には三角形に囲まれた目のようなマークが刻まれていて、そこには、

『ESOTERICA ORDE DE DAGON』と記されていた。

俺はその浮き彫りにされたマークを呆然と見上げながら混乱していた。

「何かのロケ地か、それともいたずらか?」

「どうしたんです?」

「あれを見ろよ!」

俺はドアの上にある、長い時を過ごしてきて風合いを帯びた金属の板を指差した。

「もしも、どこかの頭がおかしい神秘学者が言ったように、ラブクラフトが本当に世界の神秘に触れていたんだとしても、Esoteric Order of Dagonが作られたのは一八四〇年なんだよ!」

一八四〇年に作られた組織が、一六〇〇年代の初めに生きていた人間たちと争う? もちろん、当時は西方教会の建物だったものが、歴史の中で持ち主を変えたと考えることも——

まて、落ち着け。

いくらダンジョンができた世界だとしても、フィクションと現実を一緒にしてどうする。こんな考察自体がどうかしている。

俺はもう一度その看板を見上げた。そこに刻まれている言葉は、おそらくガリシア語だろう。一六〇〇年代に作られたのなら、スペイン語やポルトガル語が妥当だが、ガリシア語でもおかしくは

ないはずだ。だが、後世に乗っ取られたのだとしたら、一八四〇年以降だし、書かれている文字は英語になるはずだ。

「信ぴょう性がありそうに見えて、一気に胡散臭く――」

その時、歌がやんで内部でガタガタと人が立ち上がるような気配がした。

「くそっ！」

俺は三好の腕を掴んで抱き上げると、そのまま隣の家の壁を蹴って、教会の屋根の上へと飛び上がった。

「ひゃっ！」

突然空を舞った三好が、驚いたような声を立てた。

「静かに！」

俺は屋根の上で腹ばいになって、三好の頭を下げさせた。

「す、スタントマン再びですね」

「しっ！　黙って頭を下げてろ！」

またぞろ細かい雨が降り出す中、真下のドアが音を立てて開くと、そこから、黒い合羽(かっぱ)のようなものを着た人たちが、ぞろぞろと奇妙な歩き方で外へ出てきた。

「くっ……歩き方までテンプレかよ」

「なんですそれ？」

「見ろ、まともに歩いているやつの方が少ないだろう？」

「そう言われれば」

「あれは、ディープワンになりかかっているやつが多いってことだ」

やつらは海の中で永遠に生きられる何かに変化するため、陸上でまともに歩けなくなるのだ。

「ディープワン？」

「深きものどもってやつだ。ダゴンの一族で、それの長老がダゴンってことになってる」

「先輩……それって、ホラー小説の話ですよね？」

三好が心配そうに言ったが、彼女が心配しているのが、この状況のことなのか、俺の頭のことなのかは分からなかった。

「むしろ、旧約聖書に出てくるペリシテ人の神様を崇めている人たちって考える方が自然じゃないですか？」

「サムソンとデリラか」(注7)

「レヴァインのメト管で、プラシド・ドミンゴのやつならDVDで見ました」

「だが、士師記に出てくるペリシテ人は、あんなふうに歩かないだろ？」

「いや、そこは何かの風土病の後遺症とか……あるでしょう？」

「そう考えたい気持ちは分かるが、教会のマークと名称はどうにもならんだろ」

Esoteric Order of Dagon は、旧約聖書を始めとするペリシテ人の物語には登場しない。当たり前のことだが。

「はぁ……ここってダンジョンの外ですよね？」

「そうだ。だからこいつらは、なり切りすぎて頭がイカレたコスプレ集団か――」

「か？」

「本物ってことだ」

そうして俺は、三好に、さっきホテルで見つけた帳簿の話をした。

「それが貿易？」

「らしいな。六文船なんて言うくらいだから、相手はきっと冥界からやって来るんだぜ」

六文銭は、三途の川の渡し賃だ。

「さ、真田とかと交易があったのかもしれないじゃないですか」

真田信繁（幸村）で知られる、真田家の家紋は、真田六文銭として有名だ。

「信濃に海はないぞ」

三好は諦めたようにため息をついてごろりと仰向けになった。

「それで、信者たちはダゴンから一体何を受け取るんです？」

「物語の中じゃ繁栄そのものだ。漁村だと、魚がいつも大量だったり、その中に貴金属が交じってたりするんだ」

「その対価が生贄なんですか？」

「それと、子孫の繁栄だ」

それを聞いた三好は、体を横向きにして、下に注意を向けている俺の方を向いた。

「は？」

「つまり人類とやつらの混血で、やつらの子孫を増やすんだよ」

「ええ？」

三好は気味悪そうに眉をひそめていたが、ふと真顔に戻ると言った。

「先輩。今思ったんですが――」

「なんだよ」

「若狭の人魚伝説って、もしかして……」

「やめろ、考えるな」

田舎の風土や伝説が、こんな馬鹿げた話に、奇妙なリアリティを肉付けしていた。

だがそれに学術的な意味などどこにもありはしないのだ。たとえそれが真実だったとしても。

「こいつらが本物だろうと偽物だろうと、いっそのことすべてをインフェルノで吹き飛ばして、文字通りインフェルノに送り返して――」

（注7）　**サムソンとデリラ**
旧約聖書の士師記の十六章の登場人物と、その物語をベースにしたオペラ。デリラに惚れて、自分の弱点を三度も尋ねられ、答えたとおりに彼女が実行していたにも関わらず、毎日嘘つきだとか愛してないのねとか、ねちねちと言われ続け、魂が死にそうになるくらい苦しんだ挙句、つい本当のことをしゃべってしまったら、やっぱり罠に掛けられて捕らわれた、底抜けに間抜けな英雄の話。

三好の言うメト管は、メトロポリタン歌劇場管弦楽団のことで、レヴァインは指揮者。プラシド・ドミンゴはパヴァロッティ、カレーラスと共に三大テノールと呼ばれる人。この四日後の八月十三日、九人の女性からセクハラを告発されてしまう。

「ちょ、ちょっと待ってくださいよ、先輩！　理由もなくダンジョンの外で魔法を、それも攻撃魔法を人に向かって使ったりしたらまずいですって！　ライセンスを取り消されるどころか犯罪者になりますよ！」

「命の危険があれば、正当防衛だろ？」

「証拠がありませんよ！　やってしまった後で、間違いでしたじゃ済まないんですから、まずは調べないと！」

「御劔さんの命が懸かってるんだぞ⁉」

もしもこのままテンプレ通りに進むとしたら、彼女は絶対ダゴンにささげられる生贄役だ。

「だから、証拠がいるんですって！」

俺は意識して〈生命探知〉のスキルを発動した。

「教会の中には、六人の反応が残ってるな。だが――」

サイモン級の連中ならともかく、一般人ともなると区別などつくはずがない。御劔さんは、かなり上位のランカーに近いステータスを持っているとは言え、それでも一桁の連中とは違うのだ。

「アルスルズを忍び込ませて、それが誰か調べられないか？」

「無差別にピットに落とすわけには行きませんからね。できるとしたらサイズ的にグラスか、グレイサットでしょうけど、片方はキャシーのところですから効率は良くないですよ」

「上等。早速教会内の六人だけでも頼む」

「分かりました」

そう言って三好はグラスにお願いをした。やつは久しぶりに俺が低姿勢なのに気を良くしたのか、仁王立ちして、ふふーんと胸をそらしていた。調子に乗って失敗するなよ？

「しかし、警察は一体何をしてるんだ？」

警察なら堂々と調べることができるはずだ。もっともドラマじゃ、余計なものを見た警官は行方不明になるか、そうでなければ最初から相手の仲間だったりするのだが。

「斎藤さん、大丈夫でしょうか。そろそろ昼になりますけど」

「来たルートにあった交番は――」

「あの、鱗風の屋根があった、福谷駐在所だけですね」

「あれか。なら、距離自体は大体十キロちょっとってところだな」

「何もなければ、とっくに向こうに着いているでしょうし、そもそも来た時に先輩が寄った神社の辺りまで行けば、携帯が使えるでしょう？」

「そうだな。とにかくグラスを待って一旦ホテルに戻るぞ」

「了解です」

数分で戻ってきたグラスは、そこに御劔さんはいなかったと首を振った。

§

丘の上のホテルへ戻ってきたとき、斎藤さんはすでにロビーで何かを整理しながら俺たちを待っていた。

「門の少し先で土砂崩れ？」

「そう。さすがにその先へ行くのは無理そうだったから、引き返してきたんだ」

「昨日の雨か……」

「警察も来られないわけですね」

「警察って船とか持ってないのか？」

「少なくとも、駐在所にはないと思いますよ」

だがこれは悪いことばかりじゃない。港にさえ注意を払っていれば、御劔さんが外部へ連れ出される可能性は低くなるはずだ。もっともダゴンが現実だとしたらここから運び出されることはないだろうが……

「ちょっと、ちょっと、師匠。まだ話は続くんだよ？」

「何かあったのか？」

「それがね――」

彼女が語ったところによると、仕方なく引き返してくる途中、門の先に人がいたのだとか。

「人？」

「そうそう。それで、ちょっと話をしたんだけど、なんでもあの門の先には、今では数戸しかない農村があるって言うのよ」

俺たちは道の途中から門をくぐってここに来たけれど、あれをくぐらず、さらに先へ進むということか。廃鉱山があるって話は、ちらりと聞いたような気がするけれど、農村は初耳だ。

「農村?」

「そ。でさ、ついでにそこを見てきたわけ」

そのおばあさんは、ここしばらく騒がしかった宿須が数日前から静かになったかと思ったら、突然昨夜の怪しげな音を聞いて、また椿の末が彷徨い出て来たのかと思い、恐る恐る様子を見に来たそうだ。

「ま、結局、がけ崩れだったんだけどね」

「すみません、椿の末ってなんです?」

三好が、私聞いてないんですけどと言わんばかりの表情で、そう尋ねた。そりゃ聞いたことはないだろう。俺だってない。

「分かんない」

「はい? 尋ねなかったんですか?」

「もちろん訊いたよ。でもよく分からなかったの」

斎藤さんが聞いたところによると、事件自体は二十四年前の話らしい。

今では廃社になっている神社に住み着いていたらしい何者かの小さな集団が、村人たちと争いになって追い出されたという、ただそれだけのことだったようだ。

「スコッターってやつか」

squatters は放棄された土地や建物を占拠する行為をさす言葉だが、the squatters で、その占拠者も意味していて、日本語だと一般的にスコッターと表記される。

「自治体が警察に依頼して退去させるならともかく、住民が直接それをやると、法的に問題があるんじゃないのか?」

しかも事件はこれにとどまらなかったらしい。門を出て行った者たちは、門から泊の集落へ入るところまでの間にコンテナを持ち込んで、そこに避難したそうだが、今度は外の人間によって追い返されたという。

「来るときに見た、あちこちに置いてあったコンテナはそれか!」

ダイエーがホークスのオーナーになっていたのは、一九八九年から二〇〇四年までの間だ。だから、それ以降に何かがあったのは確実なのだが、まさかこんな事態だったとは。

しかし窓もない閉め切られたコンテナの中に、人が住めるものだろうか?

「どうして外部から殴られたみたいにひしゃげているのか不思議だったんですが……でもこれって暴動ですよ、どうしてニュースになってないんでしょう?」

そんな暴動のような事件があったとしたら、全国区のニュースになっていてもおかしくない。にもかかわらず、俺たちはそんな事件をまったく知らなかった。

そういえば、若狭彦姫神社であった男は、宿須と聞いて酷くうろたえていた。彼の子供の頃にこの事件があったのだとしたら、そこには忌避する何かがあったとしてもおかしくはない。

「集団リンチで皆殺しにした後、全員で隠ぺいしたとかですか?」

「そんな話なら、そのおばあさんが斎藤さんに話すはずがないだろう」

「うーん」

「それに、これは社会的な事件の話だ。椿の末の話になってないぞ」

「それなんだけどさ……」

「？」

斎藤さんは、妙に言いにくそうな様子だったが、意を決したように話を続けた。

「師匠——不死って信じる？」

「はぁ？」

突然語られた、現実からは程遠いパワーワードに、俺は間抜けな声を上げるしかなかった。

「まあ、そうなるよねぇ……」

俺の反応を予想していたように、斎藤さんはため息をついた。それはまるで、自分が信じていないものを他人に信じさせるのは不可能だと初めて理解した、若き宗教家のようだった。

「とにかく、その追い出された人たちは、地元じゃ不死の一族だと噂されて、酷く畏れられていたらしいの」

話の思いもかけない展開に、俺も三好も唖然とするしかなかった。

「そんな話でしたっけ？」

三好がよく分からない質問を斎藤さんにすると、彼女はふるふると首を横に振った。

「なんの話だ？」

「あ、いえ。まあ、年古る椿は化けるって言いますからね！」

「化ける先が妖怪だろ」

「不死者は立派な妖怪ですよ」

「そりゃまあ、そうか」

斎藤さんと話したおばあさんが直接不死だと言ったわけではなさそうだったが、子供の頃に見た人が大人になってもそのままだったとか、おばあさんの祖母も似たような話をしていただとか、間接的にそうとしか思えない話を大量に聞いたそうだ。

「いつまでも若かったというカムリアの末裔ってことなのかもな」

しかし彼女が子供を産んだなんて話は、どの資料にも載っていなかった。

「中には、なんというか、酷い見た目の人もいたらしくて……」

斎藤さんが言葉を濁して俯いた。

近代になるまで、世界中で差別や迫害に伴う酷い話は数多くあった。

「時代背景を考えると……ハンセン病かな」

「それって、神社が一種の隔離施設みたいに使われてたってこと？　なら不法占拠じゃないじゃん。どうして急に追い出したりしたんだろう？」

「さあな」

「先輩。砂の器[注8]の舞台になったような時代ならともかく、たった二十四年前の話なんですよ。そんなことが起こりますか？」

「日本で『らい予防法』が廃止されたのは、その翌年だぞ？　地方じゃまだまだ何があってもおかしくはないだろ。もっとも、それが原因にしては、少しどころか相当異常なのは確かだけどな」

椿の末が住んでいた場所か……

「よし。この後、その廃社とやらに行ってみるよ」

「ええ？」

「ここからほど近く、人が寄り付かず、隔離されていたかもってことは、何か人を閉じ込めるようなギミックがあるかもしれないだろ」

「御劔さんを隠すにはもってこいってことですか？」

「可能性はあるだろ」

「じゃあ、私たちも――」

「いや、何があるか分からないから一人で行く」

さっきの教会を見ても分かる通り、人の来ない場所や特別な場所は、なんだかとてもヤバそうだ。

御劔さんを探して、ミイラ取りがミイラになるのは避けたい。俺一人ならどうとでもする自信があるが、多数の相手に二人を守り通すことは難しいだろう。

（注8）　**砂の器**
松本清張の長編小説。

犯人の父親がハンセン病に罹ったことが、物語の遠い発端になる。

三好はそれを察したのか、すぐに頷くと、「じゃあ、私たちはどうします？」と尋ねてきた。

「よく分からないが、何かがおかしいってことだけは確かだ。何をしていても構わないけれど、必ず二人で一緒にいて、危なそうならすぐに逃げろ」

リアルとフィクションの間にある壁が、どんどん薄く脆くなっていく。今なら少し力を込めるだけで、お互いの間を行き来できそうな、そんな気すらしていた。

「そうだ、斎藤さん」

「ん、なに？」

「ここに招待してくれた人って、なんて言うんだ？」

「え？　マーシュさんのこと？」

「マーシュ？」

「貰った招待状の署名は……確か、B.Marsh って書いてあったよ」

俺はあまりにドストライクな名字に、頭が痛くなってきた。

オーベッド・マーシュという、一八〇〇年代初頭の交易商人が、ポリネシアのカナカイ族から秘儀を持ち帰りダゴン秘密教団（Esoteric Order of Dagon）を作ったのだ。もしもBがバーナードだったりしたら、その子孫のマーシュ老そのものじゃないか。いくらなんでもできすぎている。ちなみに Marsh は古い英語で『泥沼』や『湿地』を意味しているらしい。

「そういや、一度挨拶に顔を出すと言われてたけど、こんな状況じゃあね」

顔を出す？　マーシュが？

俺たちの予定は二泊三日だ。だから今日現れないとしたら、残されているのは明日しかないのだ。

もしかして明日の来訪者って……

「それがどうしたの？」

「いや……がけ崩れで道が通れないんじゃ、来られないよな」

「だねー。船でもあれば別だけど」

船か。もしもここから脱出することが必要になったときのために用意しておくべきか……だが、この状況じゃ、海の上に小さな船で乗り出すなんて自殺行為のような気もするな。

ともかく今は行動しよう。

俺は二人に注意するよう念を押すと、斎藤さんが聞いた廃社の場所へと徒歩で向かった。

§

強い午後の日差しは、黒々とした影を道に落とし、山ではセミが暢気(のんき)に合唱していた。

焼けた土の香りが立ち上る、日本のどこにでもありそうな夏の田舎の昼下がり、足早に問題の神社へと向かいながら、俺は今回の出来事について考えていた。

客観的な事実を繋ぎ合わせて浮かび上がるのは、オーナーのマーシュ何某(なにがし)が、御劔さんか斎藤さんに目をつけて彼女たちの事務所に近づき、ビジネスで重要な地位を占めた後、彼女たちを自分のホテルへ招待して、ダゴンの生贄にするためさらった、というものだ。

しかし、ここは現実だ。二十一世紀の日本でそんな話を本気でしたとしたら、控えめに言っても頭がおかしいと思われるだろう。ダンジョンができる前なら確実に病院に連れて行かれそうだ。

だが世界にはダンジョンができてしまった。しかもそこには、あらゆる人類の文化が反映されているようにすら思えた。それを踏まえるなら、今回の事件だって十分にあり得るかもしれない。

とは言え、それは現象面にだけ着目すれば、という注釈が付くのだ。ダンつくちゃんのような存在が、わざわざ芸能事務所にアクセスして誰かを誘拐する？

「ありえないだろ」

俺は、狭い道の脇で伸び放題になった草を足で払いながらそう呟いた。

ダゴン秘密教団の件は、あまりにできすぎていて、どうにも胡散臭すぎる。そもそも現実にダゴンがいるかと言われれば、ほぼすべての人間はNOだと答えるだろう。俺だってそうだ。

もし仮にダンジョンのせいでそれが存在するようになっていたとしても、それがダンジョンの外の海中や陸上を闊歩しているというのは、どうにも受け入れがたい話だ。

昔、三好が『野良ゴブリンってなんですか。そこらの路地裏をゴブリンが歩いていたら怖いですよ！』と言っていたが、まさにあれだ。野良ダゴンの恐ろしさは野良ゴブリンの比ではない。

胡散臭いと言えば、教会のパネルに書かれていた教団の文字だってそうだ。

一六〇〇年代の当時にできたのだとしたら、スペイン語かポルトガル語で書かれていておかしくはないから、イベリア半島の北西部で使われるガリシア語で書かれていたって何も問題はないだろう。むしろ英語で書かれていた方が違和感が強い。

しかしこの教団は一八〇〇年代のアメリカで作られたのだ。

それが小説の中での話だということは棚に上げておくとしても、それ以降にここへ来て、あの看板を掛けたのだとしたら英語が普通じゃないだろうか。ガリシア語で書かれている理由を正当化しようとするなら、アメリカからガリシア地方に伝わって、それがここに伝わるという手順を踏む必要があるわけだが、それは、不可解だと感じる程度には、起こる可能性が低い出来事だろう。誰かの陰謀だと考える方がよほど現実的だ。

「どっかの組織か国家が、俺たちに何かを仕掛けている?」

どんなスパイ小説だよと自分でも思うが、考えてみれば、俺たちは狙撃されたことだってあるし、どこかのエージェントを某田中氏に引き渡すのだって、一時は日常と化していた。拉致を企む誰かがいても、まるっきりおかしいとは言えないのかもしれない。

「渡航禁止が言い渡されるわけだな」

国内旅行ですらこれだとしたら、外国へ行ったらどうなることやら。

だが問題は、赤いドレスの女だ。彼女のピースは、まるで別のパズルの要素のように、この物語の中に上手くはめ込めなかった。

実際、起こっている事だけを見れば、事件の犯人がなんであれ、彼女がいなくてもまったく問題なく物語は成立している。物事を複雑にするために、情報オーバーロードを狙って送り込まれたのだとしても、そんな労力を掛ける意味があるだろうか。

二十四年前のスコッターの事件にしても、一六〇〇年頃の歴史にしても、話を聞いたり資料を見たりする限り本物に思える。怪しげなダゴン秘密教団とは訳が違うのだ。事件の伏線にするにしても、御劔さんが生まれる前から引いておく伏線などあり得るはずがない。

あの貿易の記録にしても、偽造書類にしては、あまりによくできているし、そもそもあんなものをこの物語の中でわざわざ作成する意味はないだろう。

だが、今の現実はファンタジーに侵食されている。

つくばで起こった黄金の木の事件が、若狭の海で起こっていないと断定することは誰にもできないだろう。それがどんなにあり得なさそうに思えたとしても。

若狭の人魚伝説、ダゴン秘密教団、赤いドレスの女、そうしてどこかからやって来る、謎の貿易相手。これらは皆一連の何かの一部なのだろうか、それとも——

思いにふけりながら小道の角を曲がったところに、それは現れた。

その神社は、鎌倉で言う谷（やつ）の一番奥のどん詰まりにあった。もとは境内であったであろう場所には雑草が生い茂っていたが、建物は不思議と朽ちたりはしていなかった。

辺りに下草を踏みしめたような後はなく、しばらくの間、誰も訪れていないように見えたが、わざわざここまで来たのだ、念のために調べておこうと近づいた。

探知系スキル類はすべて全開にしてあるが、少なくとも社の周りには誰もいないようだった。

埃が積もっている室内は、テーブルがひっくり返っていたり、床に何かのシミが残されていたり、ここで最後にあった惨状を色濃く残していたが、さすがに死体が転がっていたりはしなかった。

いくつか残されていた新聞の最も新しい日付は、一九九五年八月八日だった。

一通り部屋を回ってみたが、畳がすっかり腐っていただけで、特に目を引くものはなかった。

本堂に掛かっていた額には、一首の歌が書かれていた。

『みな人の　直き心ぞ　そのままに　神の神にて　神の神なり』

「どうやら祭神は若狭彦だったらしいな」

若狭彦は、海上安全や大漁の守護として漁師の間で信仰されていることが多いし、なにしろこのあたりの一宮（いちのみや）は若狭彦神社だ。ここがそうでもおかしくはないだろう。

先の歌は、敦実（あつみ）親王が若狭彦から告げられた御神託で、四神の御歌と呼ばれている。

歌の中に四つの神が登場するから四神の御歌というのはともかく、歌の意味はいまいちよく分からない。

あの縁起が本物だとすれば海石榴神社は、カムリアを保護したとされる神主の神社と違うことは明らかだ。なら、ここが神主の神社だったのかもしれないな。

結局、御劔さんはおろか、二十四年前にいたものたちに繋がるものすら一つも見つけられず、俺は引き返すことにして本堂を横切ろうとした。

そのとき、突然〈生命探知〉に反応が現れた。

その反応は、いくつかあった腐った畳敷きの部屋に現れたが、〈生命探知〉のスキルは立体感が今一つで、高さはやや曖昧だ。だから突然現れた反応が、屋根の上なのか部屋の中なのか床の下なのかは、すぐにはっきりとは分からなかった。

突然現れたところを見ると、何かが飛んできて屋根の上に止まったのかもしれないが、反応の境界は小動物を排除していた。だからそれが飛んで来たのだとしたら、オオワシなんかよりもはるかに大きな鳥か、そうでなければ――

「空を飛ぶ魔物？」

ハーピーみたいなやつだろうか。もちろん人間が降下してきた可能性もあるが……

足音を殺しながら外へ出て屋根の上を見てみたが、それらしいものは見えなかった。そっとその部屋の前まで移動しても、反応は相変わらずそこにあった。

「上じゃないとしたら……」

俺は視線を下げた。

上じゃなければ下しかない。だが、床下に突然現れた何か。そんなものが果たして人なのだろうか……俺は意を決して、部屋に飛び込むと、バリバリと腐った畳をはがし始めた。

「廃社の床下にできた未知のダンジョン、なんてな」

畳をはがし終わった俺の前に現れたのは、ただの地面だった。

もしも生命探知が反応していなければ、確実にそれを見逃していただろう。今ですら、巨大なモグラのような何かかもしれないなんて考えが頭をよぎるほど、その扉は巧妙に隠されていた。

まるで自然石のように見える取っ手を持って引き上げると、地面の一部が微かに持ち上がった。それは地下の貯蔵庫への扉といった体の、引き上げ式の扉だった。

〈生命探知〉の反応は、右往左往しているように感じられた。俺は、そのまま、ゆっくりとそれを引き上げた。

酷く耳障りな音を立てて、扉は引き上げられ、後にはぽっかりと開いた穴が地面の下の暗黒へと繋がっていた。

そうして〈暗視〉スキルによると、その先には狭い階段と粗末な木の扉があった。

その扉の向こうからは、夏にもかかわらず、ひんやりとした風が微かに吹き上げてきていて、どこかに通じていることを暗示していた。

「さて、鬼が出るか蛇が出るかってやつだな」

俺はダンジョン探索用の装備を身に着けると、シールドを構えながら階段を下りて行った。そうして数段下りたとき、正面の扉の向こう側にあった〈生命探知〉の反応が突然消失した。

「は？」

何事かと、集中して探ってみたが、結果は同じだった。

「カーミラ再びってやつ？」

吸血鬼は霧になって密室に現れたり、そこから消え去ったりする。

ここがダンジョンで、相手が世界初のヴァンパイアなら、そういうこともあるかもしれないが、ここはどう見てもダンジョンだとは思えなかった。なんというか、肌感が違うのだ。

俺は、素早く扉の前まで移動すると、もう一度向こうの様子をうかがった後、それを一気に押し開けた。

そこは石の壁に囲まれた、六畳程度の部屋だった。

机と粗末な板張りのベッドが置かれていて、棚には奇妙な器具が並んでいる様子は、実験室のようにも、秘密の隠れ家のようにも、そして、何かを閉じ込めるための部屋のようにも見えた。

風は奥にある奇妙な器具が置かれた棚のそばから吹き込んでいるようだった。

そこを覗き込むと、犬が通り抜けられそうな穴が壁に空いていていて、何かを引きずったような跡が、埃の積もった床に残されていた。

この部屋の中に何かがいたにしろ、そいつはここから出て行ったに違いない。そして、そんなことができる人間がいるとしたら、そいつは全身の関節を自由に外せるやつに違いない。

その穴が、どこに繋がっているのか興味はあったが、成人では絶対に通り抜けられない通路の先に御劔さんがいる可能性は低いし、破壊してまで追いかけるってのは、藪をつつくことになりかねない。

さっさと部屋を調べて帰ることにした俺は、ＬＥＤランタンを二つ取り出すと、一つを机の上に、もう一つを入り口のところにあったランタン用のフックに掛けた。

棚の器具は、拘束具のように見えるものが多かった。

「拷問部屋だったりしたら嫌だな」

神社に拷問部屋がある理由もよく分からないし、拷問具のようなものも、酷く錆びた包丁のようなものがあるだけだったから違うのだろう。

床に数枚散らばっている紙を拾い上げると、そこにはかすれた英文が記されていた。それは、何かの患者の観察記録の一部のようだった。

「病室だったのか？」

そういえば、斎藤さんが隔離に使われていたんじゃないかなんて話をしていたな。

しかし、二人称に you と thou が両方使われているところを見ると、書かれた年代は相当古そうだ。当時のまま自然に書かれているのだとしたら、おそらく一六〇〇年前後の人間だろう。

しかもこの筆跡には見覚えがある。

「神主の覚書の七巻目にあった英文の筆跡と……まあ、似てるよなぁ」

蜘蛛の糸のように細い線で書かれた流麗な筆記体は、あの文字とほとんど同じに見えた。

読みにくい筆記体の文章を、今ここで、じっくりと読むわけにもいかず、一通りすべてを拾い集めて撮影した。そうして最後の一枚をベッドらしきものの下から拾い上げた俺は、床の隅に隠すように置かれていたその箱に気が付いた。

それは見事な五彩の焼き物だった。

もしもカムリアの持ち物だったとすれば、おそらく明代、景徳鎮窯でヨーロッパ向けに焼かれた大きめのジュエルボックスだろうか。丸ごと収納したいところだが、さすがに黙って持っていくには価値が高すぎる。俺はそれを机の上に置くと、そっと蓋を開けてみた。

中には何も……いや、白い磁器の底にある、わずかなシミの上に、白い何かの小さなかけらが残されていた。

「なんだこれ？」

爪ほどもないその物質をつまみ上げた俺は、ＬＥＤランタンの光にそれをかざしてみた。

適度なグミのような弾力が感じられたそれに、一番近いものを上げろと言われれば、紋甲イカの切り身だと答えるだろうが、そんなものが異臭も放たず干からびもせず、こんなところにあるはずがない。

正体の分からない不思議な物質に興味を惹かれた俺は、それを、入試騒動の時に購入して余っていたPPパックに入れると、そのまま〈収納庫〉に格納した。おそらく高価だと思われる五彩は、蓋を閉めて元の位置へと戻しておいた。

拾い集めた紙を机の上にまとめると、ざっと辺りを見回して、俺は地下室を後にした。

地下から出た俺を迎えたのは、むっとした夏の空気だった。地下は思ったよりもずっと室温が低かったようだ。地面の扉を閉め、畳をできるだけ元に戻した俺は、蟬時雨が降り注ぐ中、神社の境内に座って、今しがた撮影してきた文章を表示した。

「なになに、『これを読んでいるあなたには、私たちの悍(おぞ)ましい行為を――』なんだと?」

そこに書かれていたのは誰かの慟哭であり懺悔だった。

俺は、記されていた日付に従って画像を並べなおすと、それを順番に読み始めた。

蜘蛛の糸のような流麗な筆記体で書かれた、初期近代英語は、読みにくいことこの上なかったが、それでも時間をかければ読めないことはなかった。

§

×月×日。私たちは、東の果てにあるという黄金の国を目指して、当世一のガレオン船を旗艦に五隻の船団で祖国を旅立った。

その後の航路は、まるで神が何かの試練を課したかのように不幸に見舞われ続け、マカオを出る頃には、旗艦を残すのみとなっていた。だが、かのフランシス・ドレーク船長だとて、イングランドに帰還したときには、ただ一隻となり果てていたではないか。栄光は目の前だ。

×月×日。数度の強い衝撃と共に、気が付けば船が悲鳴を上げていた。

どうやら何かにぶつかったようだ。知らず知らずに陸地に近づいていたのだろうか。それなら僥倖だとも言えるだろう。しかし、周囲を確認する船員たちは、誰もそれらしいものを発見することができなかった。しばらくして夜が明けたが、すでに周囲には海が広がっているだけだった。

海の真ん中で、何かに乗り上げることなどあるだろうか？　船員たちはクラーケンだなどと噂している。

しばらくして被害が明らかになった。なんということだろう、どうやら舵が壊れて、船はただ潮に流されるままとなっているようだった。なんとか帆の力で陸地を目指せないかと、船員たちは四苦八苦していた。東の水平線に、微かに陸のようなものが見えたが、どうにもならなかった。

×月×日。一体あれから、どのくらいの時間がたったのだろう。食料は底をつき、餓死者が出始めた。そんな時、あれはこの船に流れ着いたのだ。いや、破壊された舵の部分に引っかかっていたとでもいうべきだろうか。それが浮かび上がってきたのを船員が見つけたのだ。

引き上げられたそれは、大きな魚のように見えたが、驚くべきことに腕と思われるものが一本残されていた。人で言うなら、首から右の脇へと抜ける線よりも上が喪失していたのだ。舵が壊れた際の事故に巻き込まれたのだろうか。しかしあれは何日も前のことだ。にもかかわらず、その死体からはまるで腐臭がしなかった。

それは異形ではあったが、全体としてみれば巨大な魚だ。まだ生きている者たちが、腐っていなかったその肉を食べたとしても仕方がないだろう。その日、私の目の前には、白身の魚のようなものが皿にのせられて供された。

その夜は体が燃えるように熱く、息が上手くできなかった。とうとう私にも甘き十字架の時が訪れるのだろうか。ああ、神よ憐れみたまえ。


何かいびつな音が聞こえてくるような気がして、私はふと目を覚ました。

苦しさはまるで感じられなかった。ここは天国なのだろうか。それにしては、私の部屋にそっくりだが……軋むような音に我に返った私は、これが現実で、神はまたもや私を御許へと導いてはくださらなかったのだと知った。

一体、今はいつなのだろう。特に空腹も覚えていなかったから、それほど時間が経っているとは思えなかった。

私は静かに立ちあがり、赤いお気に入りのドレスに着替えると、自室のドアを開けて甲板へと歩いていった、衰えていたはずの体が妙に軽いことに首を傾げながら。

甲板には誰もいなかった。ありものの素材で作った粗末な釣り具で魚を釣るものはおろか、昼夜を問わず、陸を探していたはずの見張りの姿さえ、そこにはなかった。船はぎしぎしと軋み続け、今にもマストが倒れてきそうだった。

踵を返した私は、手当たり次第に部屋を覗き込みながら人の姿を探して歩いた。

途中、通路や部屋のそこここで、黒いしみがそこら中に飛び散っていた。まるで惨劇が起こったかのようだったが、生きているものも死んでいるものも、等しくこの世から消え去ってしまったかのように、一人として人間の姿を見ることはなかった。

眠っていた間に一体何が起こったというのだろう。

船の中には不快な腐った泥のような臭いが、微かに漂っているようだった。

その臭いは、船底に近づけば近づくほど強くなっていった。光の届くことがないその部屋には、日の本の国のためにマカオで積み込んだ、明の絹や磁器の数々が詰まっているはずだった。

船底へ向かう階段の先にある扉を軋ませながら開けたとき、目の前にはろうそくの光に照らされた異形の祭壇のようなものが現れた。腐臭と汚泥にまみれたそれは、ミイラ化した人の腕や足で組み立てられているようだった。

そうしてそこには、まるで祭壇にささげられる贄のように、大きめの五彩の器が置かれ、その中には、件の白い肉が詰まっていた。

私は、口から奇妙な音を吐き出し、過呼吸さながらにあえぎながら、よろよろとそれに近づき、そうして、祭壇の向こう側に広がるうごめく悪夢を見た。

ああ、神よ！　早く私を御許へとお導きください。私は自らそこへ出向くことを許されてはいないのです！

私はそのとき見た光景を、死ぬまで思い出そうとすることはないだろう。それは自ら死を選ぶのと同じことだからだ。

狂ったようになりながらそこから逃げ出した後、次に気が付いたとき、私は小さな船の上にいた。おそらくは祭壇に捧げられていた五彩の器を抱えたまま。

あの後、私たちの船で何が起こったのかは、まったく分からない。今にも壊れそうなほど軋んでいた船体は、そのまま海の藻屑と消えたのかもしれないし、いまだにこの海のどこかを彷徨っているのかもしれない。

あの悍ましい船底の祭壇と共に。

§

「……どこのパルプマガジンだよ」

俺は、ウィアード・テイルズを読んだ子供のような気分で、自分の携帯に表示されている画像を見つめていた。時刻はそろそろ十六時になるところだ。

これが本物だとしたら、どう考えてもカムリアがここの海岸に流れ着くまでの物語だろう。実際に、あの地下室には、ここに登場すると思われる五彩の器があった。

「じゃあ、あの残されていた奇妙な物質のかけらは――」

なんだか分からない大きな魚のようなものの肉、なのだろうか。

「いやいやまてまて、四百年前のたんぱく質が、あんな状態で存在しているわけないだろ」

俺は、後で三好に鑑定してもらうまで、それを取り出す気にはなれなかった。

さっきまで大合唱をしていたツクツクボウシがなりを潜め、ヒグラシの鳴く声が聞こえ始めている。俺はとりあえず全部に目を通しておこうと、画像の続きに目を落とした。

彼女は小舟の上で幾夜かを過ごしていたが、そのうち日付を数えることをやめたようだった。小さな舟の上に、十分な食料や水があったとも思えないが、その記述の中に、空腹やのどの渇きを訴えるような記述はなかった。

そうしてどのくらいの時間が過ぎたのかは分からなかったが、とうとう彼女は、彼女自身が『久乙ヶ浜』と名付けることになる場所へと漂着したのだ。

§

私を引き取ってくれたのは、どうやらこの国の司祭らしい。

言葉がまるで通じないのには困ったが、何年か前にあったらしい、フランシスコ会への迫害を逃れてきたという宣教師を通詞に連れて来てくれて、少しずつこの国の言葉も分かるようになってきた。あの海の上の出来事が嘘のように、穏やかな時間が流れていく。

相変わらず食欲はあまり湧かなかったが、私を心配してくれたのだろう、司祭が朝に白湯(さゆ)を出してくれた。私がそれを見て、ショコラトルが飲みたいと呟いたのを、何を勘違いしたのか、彼は毎日ショコラトルと言いながら白湯を出してくれるようになったのが少しおかしかった。

そうして二十年ばかりが過ぎた。

彼は衰え、元気がなくなってしまったが、私の見た目は、どういうわけか以前のままだった。さすがに村の人たちも薄気味悪く思っているようだ。

彼はそれを気にせず私を思いやってくれていたが、この頃になって、私はあの五彩の中身が、若狭の伝説にある人魚の肉なのではと思うようになっていた。

不思議なことに、五彩の中身は二十年前そのままで、一向に腐ったりしなかった。まるで時間が止まっているかのように。

だが、私は最後の船の様子を知っている。何かを間違えてしまえば、きっと酷いことになるに違いない。散々悩んだけれど、彼が起き上がれなくなったとき、私は悪魔になることに決めた。

私は彼を愛していたのだ。

§

そこから先の描写は酷いものだった。

そこには、村の外の住民を誘拐してきては、件の肉を少しずつ与え、どうなるのかを観察した記録が克明に記されていたのだ。

ある者は少しずつ体が溶けてしまい、ある者は二目と見られない何かになった。十人に一人くらいの割合で、ぎりぎり人と言えるようなものができ上がったが、同じくらいの割合で、瞬時に死亡する者もいた。それらに使った量は、ごく少量とはいえまちまちだった。

「これを本当にやったのか……」

俺は思わず口元を押さえながらそう呟いた。今にも本堂の中から「そうですよ」などという声が聞こえてきそうな雰囲気に背筋を震わせながら。

ヒグラシの声は次第に増えて、今では大合唱になっていた。日没まで、まだ二時間弱はあるだろう。

彼女は実験を繰り返していたが、そう簡単に人を仕入れて来られるはずもなく、やがて神主は死の床に就いた。そうしておそらく彼女はその肉を使ったのだ。愛する男が、自分と同じ何かになることを祈って。

だが、どうやら神主は助からなかったようで、その後葬儀が行われた旨が書かれていた。しかし、彼女の文章からは、彼を失った悲しみのようなものは感じられなかった。

「神主が死んだ以上、実験もここで終わりか」

その後、しばらくして、ヨーロッパからだか中国からだかは分からないが、巨大な船団がここを訪れる。どうやら丘の上に棲むという、八百比丘尼に面会を求めて来たらしい。彼らは、権力者に雇われた、不老不死の技を探している一団だったようだ。

「そういや、若狭湾を挟んで正面にある新井崎神社にも、徐福伝説があったな」

新井崎神社には徐福が上陸したという碑があるが、この神社が再建されたのは、一六七一年のことだ。なぜこんな話を覚えているかというと、徐福が上陸したその町の名が伊根町だったからだ。稲作を伝えたのかもしれない徐福の上陸地が伊根町。できすぎていておかしかった。

まさかとは思うが、ここへやって来た一団が、同じ不老不死を求めて来た徐福と一緒にされて、現代に伝わっているんじゃないだろうな。年代的にはあってる気もするが……

いずれにしても、最終的にカムリアは、不老不死の妙薬たるその肉を四オンスほど、莫大な財宝と引き換えに彼らに渡したようだった。それに効果があったのか、その後も十二年に一度の頻度で、その取引が続いたと書かれていた。

「だとすると、四百二十年間で、三十五回の取引か」

一度に四オンスだと、十ポンドで四十回分だ。実験や神主で消費した分を合わせると、二十四年前には底をついていた可能性が――

「まさか、二十四年前の事件って……」

底を突いていたから渡せなかったのを、渡さないという理由で襲撃されたなんてことは……

『これを読んでいるあなたに、私たちの悍ましい行為を理解してくれとは言わないけれど、もしも私たちが行った行為の結果が生き残っているのだとしたら、それをそっとしておいてほしい。その者たちに罪はないのだ。私たちは、長い間に渡って村を富ませてきた。それで許して＊＊＊ないだ＊うか』

最後の部分は、水滴が落ちたのか、滲んでいて読めなかった。

「不老不死の妙薬ね」

問題はそれを誰が欲して、誰が使ったのかってことだ。

そんな信楽老(注9)のような化け物が何人も実在するなんて話は、想像するのも嫌になるが、今回のラスボスもそいつなのだろうか。ダゴンとどちらがましかは微妙だが。

十二年前、もしもそいつが訪れていたとしても、手ぶらで帰って行ったはずだ。三十六年間取引が成立していない以上、それを欲する気持ちもひとしおなのだろう。

「ぶん殴っても死なないっていうのならちょうどいい――」

相手が謎の不死者であれ、本物のディープワンであれ、俺の知り合いに手を出したからには、と

（注9） **信楽老**
和田慎二作品に登場するキャラクター。

スケバン刑事のラスボスで、少なくとも二〇〇年は生きている老人。

ことんやらせてもらうつもりだ。

俺は鼻息も荒く帰路についた。

§

ホテルに戻ってみると、もうじき日没だと言うのに、そこには誰もおらず、割れたエントランスのドアのガラスだけが無残にも散らばっていた。

「嘘だろ？　アルスルズはどうしたんだよ？」

俺の影にいるはずのドルトウィンを呼んでみたが、反応はなかった。

焦りながらホテル中を探してみると、俺の部屋のベッドに上に、一本の椿の枝と三好の字で書かれた書き置きが残されていた。

『海幸彦の軍勢は、ご神木たる海石榴の枝を恐れたそうです』

俺はその枝を持ちあげると、軽く振ってみた。

「……だからって、こんな枝でどうにかなるものか？」

どうにも武器と呼ぶには頼りないが、この手の情報は意外と馬鹿にならない。エンカイの額の話だってそうだったのだ。

その後も枝を手にホテル内をくまなく探してみたが、結局二人はどこにもいなかった。

「まさか二人も……」

アルスルズがいるのに、そんなことがあり得るのか？　そう考えたとき、表から低い汽笛の音が聞こえてきた。

部屋の窓から顔を突き出して港の方を見ると、海面に漂う霧の向こうから、巨大な外洋航海用のメガヨットが入港してくるのが見えた。

§

「Y'HA-NTHLEI(注10)とはまた粋な船名だな」

波止場に泊まる、二百四十フィート級のメガヨットの船首付近に書かれた文字を見上げながら、俺はその皮肉に口元をゆがめた。

実は俺が見上げるこの船と、今回の誘拐事件の間に関連があるという証拠はどこにもない。だが間接的には真っ黒だったし、俺はもう切れていたのだ。

（注10）　Y'HA-NTHLEI
イハ＝ンスレイ。イハ＝ントレイとも。

インスマスの海岸から約一マイル半沖にある悪魔の岩礁の下に位置する、深き者どもが棲む海底都市の名前。

いまさら犯罪がどうのなんて話は、すでにどうでもよかったし、船の中を探し尽くしても見つからなかったら、俺はこの町全体をぶち壊しても三人を見つけるつもりだった。

もしもすでに誰かが犠牲になっていたりしたら、この街自体を日本の地図から消し去らないでおける自信がなかった。そうしてその後はマシュー何某に、必ず後悔させてやるつもりだ。

三好が残した海石榴の枝は、どうやら効果があるらしく、俺の前に現れた人影は、全員その枝に恐れをなすかのように散っていった。楽でいいが、俺はどうにも怒りのやり場がなくて、鬱憤が溜まる一方だった。

船体の横から後部甲板を見上げながらタラップに飛び乗ると、『プライベート、乗船禁止』の看板が揺れて落ちた。

全開にしてある探知系スキル群には、足元にある大きな空間に大勢の反応があった。

中央デッキに向かってゆっくりと歩く俺の前に、時折クルーのような人間がよぎるが、手に持った枝を見ると驚きの表情を浮かべて逃げて行った。無人の野を行くかのように敵の基地を歩くさまは、まさに沈黙のなんとかの主演男優だ。

船内は、不潔な惨状とはまるで無縁で、モダンで洗練されていた。腐った泥やカビにまみれた船内を想像していた俺は、そのギャップに驚いていた。

「現代のダゴンってやつは、ずいぶんと文化的な生活をしているようだな」

中央デッキの螺旋階段の上下を確認すると、階下へ下りて最初の扉の前に立った。

目の前の部屋には、二人のおそらくは人間が、その先にはさっき足元に感じた多くの何かがうごめいていた。俺はそっと、その扉を開けると、海石榴の枝を差し込んだ。

特に何の反応もなかったので、隙間から中を窺い、固まった。

「御劔さん⁉」

俺は我を忘れて、部屋の中へと飛び込んだ。薄暗い部屋の中には二つの影がうずくまっていて、ドアの左側に横たわっていたのは、まぎれもなく彼女だった。

駆け寄って抱き起こすと、小さくうめいた彼女の顔には、三本の爪でひっかいたような大きな傷があった。俺は安全確認も忘れて、辺り構わず超回復のオーブを取り出すと彼女に押し付けた。

「使え！」

「えっ……えっ？」

「いいから使え‼」

何かためらうようなそぶりを見せた彼女の手を取り、オーブを押し付けて強く言い放つと、あまりの勢いにビクンと震えた彼女は意図せずにそれを使ってしまったように見えた。

「あ……」

いつものように光になったオーブは、そのまま彼女の体の中に消えて行ったが、いつものような効果を現さなかった。彼女の顔の傷はそのままだったのだ。

「くそっ！　ダンジョンの中じゃないからか⁉」

それとも効果を阻害するような何かがここにあるのだろうか。

「んぐーーー！」

その様子を見ていたのか、もう一つの人影が、慌てたように奥の扉を指差していた。

「斎藤さん⁉　無事だったのか！」

急いで二人を部屋の隅に集めると、俺は彼女が指差す扉の方をねめつけた。ここには三好がいないのだ。あのバカなら、相手を煽って真っ先に自分に矛先が向くように仕向けるに違いない。

「三好さんが……」

「あんの、バカ女！」

想像通りの展開に、俺はまっすぐ扉に向かって突っ込んだ。

この扉の先にいる、ひときわ大きな反応を示すこいつが今回のボスキャラに違いない！　俺なら二秒もかからずにこいつの頭を粉砕できるはずだ！

爆発するような激しい音を立てて、扉が吹き飛ぶと、次の瞬間、俺はそいつに向かって拳を振り下ろして――

「待って！　先輩‼」

慌てたように叫ぶ三好の声に、俺は驚いて我に返った。

「んな⁉」

『おっ……おいおい、勘弁してくれよ』

俺の拳の先で、冷や汗をかいている男がそう言った。

『さ、サイモン……さん？』

そこには、勘弁してくれという顔で俺に壁に押し付けられている彼がいた。

『よ、よう。ヨシムラ。その拳を下ろしてもらえないかな』

その瞬間一斉にライトが点いて、いくつものクラッカーの音が続いた。

「はぁ？」

混乱する俺のところへ歩み寄ってきた、三好が、恭しく頭を下げて言った。

「先輩、お誕生日おめでとうございます」

「な……」

俺はあまりのことに、思わず絶叫していた。

「なんじゃそりゃあああああ！！！」

§

「どうです先輩？　超豪華な誕生日アトラクション、真夏の夜のホラーショー。楽しんでもらえましたか？」

「馬鹿野郎！　お前のはやりすぎなんだよ‼　限度ってものがあるだろ⁉　限度ってものが！　楽しむどころか寿命が縮んだわ！」

そう叫んだところで、先の部屋から、斎藤さんと御劔さんが連れ立ってやって来た。どうやら彼女の顔の傷は特殊メイクだったようだ。道理で治らないわけだよ。

「ご心配をおかけしてすみませんでした」

御劔さんが申し訳なさそうに頭を下げた。

「いや、御劔さんが謝ることはないよ。どうせ三好が無理やりやらせたんだろ？」

「ええ？　御劔さん、結構のりのりでしたよ？」

「えーっと。ちょっとだけ楽しかったです」

「え？　私めっちゃ楽しかったよ？　ちょー演技したし」

こいつら、そういや女優だったよ……

「ま、まあ、無事でよかったよ」

「先輩、私の時と反応が違います！」

「お前がやりすぎでギルティなのは決定事項だからだよ！」

「ええー？」

頭に拳骨を一つ落としてやると、三好は頭をさすりながら、不満げに口を尖らせた。

「最初は普通に先輩の誕生日を別荘で祝おうって話だったんですよ」

「あれ、別荘だったのか」

「アーシャパパが買ったそうですよ」

「マーシュって、アーメッドさんなのかよ……」

どうやらアーシャがこちらに遊びに来るから、そのついでのイベントだったようだ。それでこんな、すごいメガヨットを用意できたのか。軽く百億円くらいはしそうだもんな、これ。

「アーシャに別荘の場所を訊いたら、スクスグチだって言うわけですよ。で、どんな字なのかと思えば『宿須口』ですよ！　見た瞬間、これはもう仕掛けなければと思いましたね！」

それを聞いた俺は思わず吹き出した。つまりは、inn s mouth ってことだろう。

「まあ、蔭洲升（いんすます）より、多少はましかな」

「あー、TVドラマは分かりやすさから逃れられませんからね」

三好からシャンパーニュのグラスを受け取った俺は、それを一口飲んだ後彼女に訊いた。

「で、どっからが仕込みなわけ？」

「先輩が、最初に神社であった人ですね。ほら」

三好が指差した先で、彼らしき人が、ご馳走をほおばりながら手を振っていた。

ちっ、いい演技だったよ！　まったく。そういや、あそこでも、三好がおかしくないかと車を停めさせたんだっけ。いろいろ誘導されてるなぁ、俺。

「今にして思えば、御劔さんが行方不明になった後のやりとりが不自然だもんな。あれは俺が状況をぶち壊さないように三好がコントロールしてたんだろ？」

「二階から先輩が飛び降りたときには、どうしようかと焦りましたよ」

「じゃあ、あの時御劔さんは？」

「館に隠れてました」と御劔さん。

「先輩の〈生命探知〉に引っかからないようにするのにいろいろ工夫してたんですけど、先輩、全部無視して窓からダイブしちゃうんですもん」

「工夫ってなんだよ？」

『そこはＤＡＤの最新技術ってやつさ』

ナタリーあたりに通訳してもらっていたんだろう、シャンパーニュのボトルとグラスを持って近づいてきたサイモンが笑いながら言った。

どうやら〈生命探知〉をかいくぐる箱のようなものがあるらしい。アンデッドが土の中に還ると反応がなくなることに着目して開発されたそうだ。

『そういうのって、軍事機密なんじゃ？』

『存在は知られてるからな。あとは組成が分かんなきゃいいんだよ』

『そういうもんですか』

しかし、ダンジョン内で〈生命探知〉を過信していたら、寝首を掻かれるかもって情報だよな。気を付けよう。

『そういうもんだ。おっと、御大の登場だ。俺はちょっと挨拶に行ってくるぜ』

どうやらアーメッドさんがやって来たらしい。挨拶って、ＤＡＤとなにか関係があるのかね？挨拶に行くのはいいけれど、そのボトルはどこかに置いていった方がいいぞ、サイモン。

斎藤さんと御劔さんもメイクを落として着替えに行った。エキストラの皆さんは、てんでバラバラに食事を楽しんでいた。

「これって俺の誕生パーティーじゃなかったっけ？」

「一日早いですし、どっちかと言うと誕生日イベントの打ち上げですね」

「しかし俺って明日から三十路リーチなのか……」

「そろそろ落ち着いてくださいね」

「こんなアホなイベントを企画するお前に言われたくないよ！」

「いや、ホント大変でした。なにしろ先輩が本気を出したら、人間なんか簡単に爆散しちゃいますから。凄い気を遣いましたよー」

「だから最後に海石榴の枝なんて用意したのか」

最終ステージじゃ、確実にタガが外れていたもんな。実際、障害物は全部なぎ倒すつもりだったし。

「勇者の剣ってやつですよ。冒険のラストには必要でしょう？」

「船の中に入るのには役立ったよ」

「後は先輩が何も気にせず、〈保管庫〉を使い始めるのを防ぐってのも苦労しました」

ああ、あれがばれるとまずいよな。

「最後はちょっと焦りましたよ」

三好が言っているのは、御劔さんに〈超回復〉を使ったところだろう。

「あれ、誰かが見てたのか？」

「先輩が逆上して何をするか分かりませんでしたから、あの部屋にはカメラがありません。もし見られていたとしても、あの二人だけですね」

「ならまあいいか」

「御劔さん、青くなってましたよ?」

「なんでさ」

「だって、あのオーブ、五十億超ですもん」

ああ、それで、これ以上何かを使わせたらやばいと思った斎藤さんが、焦るように扉を指差してアピールしていたのか。

「んじゃ、この際斎藤さんにも〈超回復〉を使わせとくか」

三好はもう勝手にしてくださいと言わんばかりに苦笑した。

「で、黒幕のアーシャは?」

「のりのりでエキストラをやってましたから、いまは船室で着替えてます。先輩の前にきちゃない格好で顔を合わせたくないっていう、女心ってやつですよ」

にょによ笑うこいつはどうもおっさんくさいところがある。ちょっとは乙女心を学んでこい。

「じゃあ、あの赤いドレスの女が、アーシャ?」

「前にもちょっとそんなことを言ってましたけど、そんな人いませんよ?」

その言葉に、俺は思わず言葉を失った。赤いドレスの女がいない? って、じゃああれは……いや、三好らしい最後っ屁かもしれないし油断はできないが……

三好の話を信じるなら、彼女たちが仕込んだのは、ダゴン秘密教団による生贄の取引イベントだけらしい。思いがけない地元の伝説のおかげで、吸血鬼伝説になりそうで焦ったそうだ。

「なあ三好、ちょっといいか?」

「なんです？」

俺は三好を引っ張って、人のいないオープンデッキへと上がった。パーティーの喧騒が徐々に遠ざかり、代わりに静かな波の音が聞こえ始める。

星影を背景に、黒いシルエットになっている丘の上の別荘を見上げながら、俺は、あそこでみつけた六文船の取引リストを取り出した。

「これって、本物なのか？」

「最後の一ページだけ、次のページになってますよね？」

「ああ、今年の取引の項目だな」

「そうです。そのページだけは付け足したものですよ」

「じゃあ、その他は？」

「資料としては本物です」

俺は黙って手すりに背中を預けた。

「じゃあ、今年、この取引相手とやらはやって来ると思うか？」

「二十四年前に何かがあって、それ以来貿易は途絶えているみたいですし、来ないでしょう」

こいつを引き取っていた相手は、結局誰だか分からないままか。

「で、お前はこれで何が取引されていたのか知ってるのか？」

「十二年に一度の取引ですからね。儀礼的な何かか、ただの冗談だと思ってました」

俺は黙って、廃社の地下で見つけた、イカの切り身のような物質が入ったＰＰパックを取り出して、三好に渡した。

「これって、鑑定できるか？」

何も入っていないように見えるＰＰパックを受け取った三好は、それを渡した俺の顔を見て、表情を引き締めた。

「どうやらまじめな話っぽいですね」

「冗談で済むのなら、そうしておきたい案件だな」

おかしな言い回しに、首を傾げながらＰＰパックを開けて中を確認した三好は、一瞬眉をひそめたかと思うと、すぐにそれを閉じて、持っていたくないかのように俺に突き返してきた。

「これをどこで？」

「バイアスを与えたくない」

それを聞いた彼女は、ため息を一つつくと、手すりにもたれて海面を眺めながら、「おかしな村でしたねぇ……」と呟いた。

そうしてしばらくそのまま黙っていたが、不意に俺の方を振り返って言った。

「本当に知りたいですか？　先輩」

本当に知りたいのか、か。

もしもこれが、全部三好たちの仕込みだったとしても、ここまでやったのなら、最後まで騙されてやるのも俺の役割だろう。そしてもしも本物だったとしたら——

俺は小さく首を振った。

：

「なんだか三好に、面倒を押し付けただけになっちまったな」

三好が小さくクスリと笑った。

俺は最後のひとかけらだったそれを取り出すと、少しの間だけそれを眺めていた。

「灰は灰に、か」

そう呟いて、俺は指の先でそれを弾いた。

それは、緩やかな軌跡を描いて闇の中へと消えていき、やがて海面に落ちた音が小さく伝わって来た。伝説はそのまま海へと還っていくだろう。

寄せては返す波の音が、まるで永遠を生きる者たちに捧げられたレクイエムのように、いつまでも、いつまでも繰り返されていた。

「ねえ、先輩」

「なんだよ」

「もしも今のやつを、この辺の魚が食べたとしたらどうなるんでしょうね」

「魚が?」

そう言われると、体重比的に、なんだかやばい気もするが――

「きっと、若狭の新しい伝説の始まりになるのかもな」

§

その後パーティー会場へ戻った俺たちは、祝いに来てくれていた連中と一緒に、ひたすら乾杯を繰り返した。そうして大分夜も更けて、そろそろお開きの時間が近づいた頃、俺はアーシャに頼みごとをしていた。

『なあ、アーシャ』

『なあに？　久しぶりに会って感激してくれた？』

『それはもう。あまりの展開に、お尻をぺんぺんしてやりたいくらい感激したよ』

『わお。それは貴重な体験ね！』

何が、わお、だ、何が。お前、いいとこのお嬢様だったんじゃないのか。すっかり元気になったようだし、それはまあ喜ばしいことだが、こんな騒ぎに加担するなんて、アーシャパパは少し甘やかし過ぎじゃないのか……っていまさらか。

『まあ、元気そうで良かったよ。でな、実は譲ってほしいものがあるんだ』

『え？　私？』

『んなわけないでしょ……』

そんなことをしたら、鬼のような笑顔のアーメッドさんに踏み潰される未来が見えるぞ。俺はまだ死にたくない。

『ケーゴって、本当に大人なの？　根性ないんだから』

そんな根性はいらん！

『それで、何が欲しいって？』

『ああ。赤いドレスを一着譲ってもらえないかな』

それを聞いたアーシャの目が、一瞬点になり、次の瞬間、眉をひそめて嬉しそうに言った。

『ええ!? ケーゴってそういう趣味が！』

『ないから！』

『でも、私のドレスじゃサイズが合わないと思うけど』

『だから、俺が着るんじゃないってば』

『じゃ、誰が？』

アーシャは探るような目でそう訊いてきた。

『誰？ うーん……伝説の椿姫かな』

『……ケーゴも立派なお金持ちだし、クルティザンヌに貢ぐのはいいけど、他人のドレスじゃ、プレゼントにしてもしょぼすぎない？』

クルティザンヌは、フランスの裏社交界(ドゥミ・モンド)の華麗なる花たちのことで、日本で言うなら、銀座の有名なママさんたちといったところだろうか。いや、そんな人に貢ぐのは無理だから。

『違うから』

『まあいいけどさ。で、どんなドレスがいいの？』

どんなドレスか。そうだな。当時の一流のレディなんだろうし、現代のデザインなら、ある程度ゴージャスなものがいいかもな。シンプルなドレスって時代じゃないし。

『派手なやつがいいな。アーシャが着そうにないのが一つくらいないかな？』

なにしろあのパパリンだ。ゴージャスなドレスなんかダース単位で発注しているに違いない。

『あるある。ケーゴたちのくれたルビーに合わせて、赤いドレスも一杯あるよ。十着くらい持っていく?』

『そんなに要らないよ』

そうしてアーシャは、自分で袖を通したことがない、ゴージャスでありながら、ノーブルさも併せ持っている真っ赤なドレスを一着、『ヴィオレッタによろしくね』と渡してくれた。

§

その日、あと少しで夜明けが訪れる時間帯に、俺は一人で下船して海石榴神社に足を向けた。

虫の声と星影に包まれた神社は、まるでそこが聖域ででもあるかのように佇んでいた。

この神社には鳥居がない。つまりすべては現世(うつしよ)の出来事だということだ。

手水(ちょうず)の代わりに、持ってきたペットボトルの水を手に流し口を漱(そそ)ぐと、ドレスの入った箱を本殿の入り口にそっと置いた。この神社には賽銭箱もないのだ。

「いるのかいないのか知らないが、四百年も経ったなら、さすがにくたびれているだろう?」

俺は、赤ワインとチョコレートを一緒に添えて一歩下がり、二拝二拍手を行って、「元気でな」と呟くと、もう一度お辞儀をした。

：

信仰を受けて現世で神になれるというのなら、それもまた、悪くはないだろう。

SECTION :

DAY 3

次の日の朝、俺たちを乗せた船は、宿須を出港した。

俺と三好は、船のオープンデッキに立って遠ざかっていく村を見ていた。

館の立つ海に飛び出した場所は、花崗岩が方状節理に沿って波に浸食された結果、とても特徴的な外観を呈していた。一言で言えば、口に多くの触手をはやした異形の巨人がうつぶせに倒れた後頭部に館が載っているように見えるのだ。

「最後まで徹底してるな」

「偶然ですけどね」

奇岩の白と黒が織りなすコントラストと抜けるような夏の青い空の向こう、神社が隠されているはずの森の端の緑の中に、赤い椿の花のようなものが揺れているのが見えた気がした。

それはまるで、真新しい赤いドレスを着て手を振っている金色の髪の女のようだった。

SECTION :

エピローグ

『そして、あの誰も訪れない神社の下にある深い地の裂け目から、いつか名状しがたいそれが這い出してくる日が来るのだろうか。四百年以上の長きにわたって、それと愛を交わし続けてきた女の情念が世界を狂気で染める日は、明日か、一月後か、一年後か、はたまた何百年も先なのか。

願わくば、それは、私の身体はおろか、その魂もが死に絶えた後の世であらんことを』

「了、っと」

ALT+Fを押した後、Sキーを押してファイルを保存すると、今保存したテキストファイルをZIPでアーカイブして、メッセージソフトの黛(まゆずみ)と書かれたウィンドウにドロップした。

——あ、黛さん。今データ送りましたから。

——はい。ありがとうございました。

——それじゃあ、今から僕、飯なので。

——え、いつもの『のんじゃか』ですか?

僕はそれを読んで、そんなに行ってるかなぁと、ポリポリ頭を掻いた。

——ええまあ。

——あ、じゃ、私もご一緒していいですか?

——え、今からですよ?

——大丈夫です。今、ちょうど新宿にいるので。

「マジかよ」

——じゃあ、三十分後に柳通りの美奈さんのところで。

——了解です！

俺はチャット画面を閉じると、シャワーを浴びるべく席を立った。

「なんとも元気な人だね」

黛さんは僕のファンを公言してくれる、僕の担当編集で、十年も前からずっと一緒に仕事をしていた。だからそろそろお別れしなければならないだろう。

そうして三十分後、僕は『のんじゃか』の暖簾(のれん)をくぐっていた。

のんじゃかは、新宿三丁目に何店舗か展開している居酒屋風のお店だ。朝の七時までやっていてくれるので、気が向いたときの食事に便利なのだ。味も価格もボリュームも、誰しもが不満を抱かないであろう気楽なお店だ。朝方には近隣の飲食店の同業者が大勢集まってくる、だらだら飲んだり食べたりするにはもってこいのお店なのだ。

お店に入ると、奥の席に座っている黛さんが手を振っていた。

「ご注文は？」

店員の美奈さんが、愛嬌のある体をゆすりながらそう言った。

「私は、生ビール」

「じゃあ、僕は、揚げ出し豆腐と、鮭ハラス、それにライスかな」

「それじゃ本当にご飯じゃないですか！」

「ええ？　だってそれが目的なんじゃ」

そう言った僕に、美奈さんは笑いながらプレッシャーをかけてきた。

「お酒を注文しない人は、次から出禁にしようかしら」

「ひー。じゃあ僕も生ビールで」

黛さんが、いくつかの肴を注文しているのを横目に見ながら僕はおしぼりで手を拭いていた。

「今回もお疲れさまでした」

「お疲れさまでした」

生ビールのジョッキをこつんと合わせてそう言うと、当たり障りのない近況や世間話をしながら、ご飯を食べた。

しばらくして、黛さんが、ふと訊いてきた。

「そういえば先生って、最初に書かれた話はどんな話だったんです？」

最初に書いた話、か。

「もう忘れましたよ」

笑いながらそう答えておいたが、実は嘘だ。

ずいぶんと昔のことだが、その作品のことは今でも明瞭に覚えている。それは、とある神社の縁起だった。今でもあれがフィクションなのかノンフィクションなのか、僕には整理がつかないでいる。人間は十年前のこともはっきりとは覚えていない。だから、もっと昔の記憶なんか、薄れて消えても仕方がないのだ。最高に印象的な部分以外は。

ぼんやりとそんなことを考えながら、彼女の話を聞くともなく聞いていた。

「ですけど先生。今回のお話を読んでいて思ったんですけど」

「なんです？」

「愛って、何百年も維持できるものでしょうか」

愛の賞味期限か。

「もしも、世界に二人だけしかいなければ、もしかしたら永遠の愛なんてものが生まれるかもしれませんね」

「ああ、地下の暗い世界で、彼と彼女は永遠に二人だけの哀しい愛をはぐくむんですね」

彼女は嬉しそうに自分の意見を述べていた。編集がそれでいいのかと思わないでもなかったが、ファンの立場なら許されるのだろう。

「愛か……」

だが、もしも自分を見てくれる、相手以外の誰かがそこに現れたとしたら？　彼女は、その者について、表に出ていきたいという欲求にあらがえるだろうか。

僕があの海石榴神社縁起を書いたとき、彼女は確かに彼を愛していた。そうして、自分の行いがどんな結果になろうとも、すべてを受け入れるつもりでいたことは間違いない。

だが今は？

もしも彼女をあそこから連れ出す誰かが現れたとしたら、あれは彼女の後をついて地上に姿を現

：

すだろう。

それが何かの終わりになるのか、それとも始まりになるのかは、僕には分からない。なにしろあれに関わっていたのは、もうはるか昔のことなのだから。

食べても食べなくても、大して変わらない僕が、何かを食べることへの喜びを感じ始めたように、彼女の気持ちに何らかの変化が起こっていたとしても、僕は驚かないだろう。

店を出たところで、黛さんが言った。

「でも、先生って本当にいつまでもお若いですね」

「はは、永遠の二十一歳ですから」

そう言って僕は彼女と笑って別れたが、彼女が僕の前からいなくなる日は、そう遠くない未来に違いない。

SECTION :
解説

ダンジョンファンタジーと若狭の伝説がクロスオーバーするお話、いかがでしたでしょうか。

タイトルの『ashes to ashes』は、キリスト教の祈禱書に登場する有名な一節——永遠の命への復活という確かな望みをもって、土から作られた人を土に返して神に委ねるといったような意味の一節——です。本文中の芳村の台詞「灰は灰に」もその意を受けて呟いているわけです。

印象的な言葉だけに、楽曲のタイトルとしても頻繁に利用されています。一般的にはデヴィッド・ボウイが有名ですが、作者的にはジョー・サンプルを思い出します。

同じ一節にある『dust to dust』も『ashes to ashes』ほどではないにしろ、それなりに引用されていますが、三兄弟の長男である『earth to earth』はあまり引用されない不遇な節です。


作中に登場する教会の名称が、どうしてガリシア語なのかというと、単に三好が二〇〇一年に公開されたスペインのホラー映画「DAGON」に影響されたからです。（どうやら、二〇〇七年の「クトゥルフ」や一九九四年の「蔭洲升を覆う影」は、あまり役に立たなかったようです）この映画に登場する教会が、ESOTERICA ORDE DE DAGON（ダゴン秘儀教団）なのです。そういや出演者は、みんなディゴン、またはデイゴンと発音していました。

この悪乗り女は「なんとなく面白そうじゃないですか」の一言で、芳村の混乱を引き起こしたのでした。やるなぁ。

ちなみにSSとはいえDジェネですから、作品中に登場する、おかしな看板も、神社にある球（正体は『力石』です。村の若者がこれを持ち上げて力比べをしたと看板の説明にありました）も、泊処理場も、島津の家紋らしきものがあしらわれた怪しげな門も、途中にある点在するコンテナや、ひしゃげたようなコンテナも、すべて実在しています。

初めて訪れたときは、まるでトワイライトゾーンに紛れ込んだかのような気分になりました。

（なお本作品はフィクションなので、どんなに似ていたとしても実在しているものとは一切関係ありません）

もちろん本来この辺り一帯は泊なので、門の先に宿須はありませんし、涼子が訪れた門よりも岬側にある農家もありません。そこには、本当に人が通ってるのこれ？　といった感じの、周囲の草木に浸食された、道とも言えない道が続いているだけでした。

日本中の、観光地とはいえないおかしな場所をうろうろしていると、こういった謎っぽい場所がいくつも見つかります。久高島しかり、奥出雲の山奥にある誰もいない小さな神社しかり、裏渋谷の路地の奥にある、謎の階段を上った先の奇妙な空間しかり。そうそう、鹿島神宮の西にある要石神社もかなりキテましたね！

初めての街で細い路地を曲がった先にぽつんと広がる謎空間。いやー、萌えますね！それらは実に想像力を刺激する場所やものたちで、機会があったら、またこういう話も書いてみたいところです。

ところで八百比丘尼ですが、どや顔で「やおびくに」と読んでいたら、小浜では「はっぴゃくびくに」と読むのだそうです。ひゃー、はずかちい……

ですが、旅の恥はかき捨てと申しますし、一度恥ずかしい思いをすれば二度と間違わないからいいのです。うん、いいのです。ぐっすん。

第03章

D Genesis 03 SIDE STORY

女王の戴冠

CHAPTER 03

Three years since the dungeon was made.
Suddenly,I became the world's top rank,
I am leaving the company and living leisurely.

SECTION：

前書き

Dジェネは、書いているうちにいつの間にか文字数が爆発していることがよくあります（というか、毎回そうで、編集の方にはご迷惑を……）

しかしながら、現代日本語で利用される文字は、ざっと五万九千種弱。英数字を除き、漢字を常用漢字だけに絞っても全部で二千三百種くらいあるわけで、たった十文字でも、二千三百の十乗の組み合わせパターンがあります。だから、二十万文字も書いていれば、二千三百の二十万乗！　書けば書くほど爆発しても仕方がないのです。組み合わせ爆発というやつなのです（違う）

『フカシギの数え方』のおねえさんは元気だろうか……

毎度毎度のことなので、もう、「単に書きたいことを全部書いた後削ればいいかー」などと開き直ったのが最悪手。文字数の増加は、もはやとどまるところを知りません。

大体十四万文字くらいまでは、まったく文字数など気にせずに書いていますが、十六万文字を超えても終わりが見えない頃から、ヤベー……と思い始め、十八万文字を超えたあたりから嫌な汗で水たまりができ、二十万文字を超える頃には、口から魂がはみ出しかけます。そうして二十五万文字に至っては、もはや諦観するしかないありさまです。

そんなとき、ちょうどいい長さのイベントがあれば、泣く泣く丸ごと落としちゃったりするわけです。せっかく書いたのに……だがそれは、自業自得。紛う方なき自業自得。くっ！

：

そもそも、プロットから文字数をきちんとそろえることなんかできるかーい！（小説を書いているような人ならできます）なんとなく書き終わったら、なんとなくいい感じの文字数になってるだけだーい！（多分違う）

三巻のSSは、まさにそう言った苦悩の結晶として生まれたため、このSSには前書きがくっついていました。

『このSSは、三巻本編を読まれた後に読むことを強く推奨するものである』

そらまあ、最初は三巻本編中にあったイベントを取り出して加筆修正したものですからね……

そして、三巻では、アーシャが何かに目覚めてしまいました。この件に関して三好の罪は重いと言わざるを得ません。

願わくばアーシャパパがいつまでも総攻めの意味に気が付かないことを。

□ SIDE STORY -> CHAPTER_03

女王の戴冠

SECTION：

始めに

この物語には、現実に非常によく似た架空の秋葉原が登場して、現実に非常によく似た架空のカレー屋さんが多数登場するが、それらの店舗に味の優劣はない。そこには客の好みの違いがあるだけなのだ。それがカレーというものの本質なのである。

もちろん登場する店名や商品名は、すべてが架空の物であり、非常によく似た現実のそれとは何の関わりもないことを重ねて申し上げておく。だから、現実と多少の違いがあったとしても、それは仕方のないことなのである。一言で言うと仕様です。

これから語られる物語は、とある三人の男女の知恵と勇気と信頼が、神の試練(注1)によって試された記録である。

二〇一八年十二月二十七(木)

SECTION:

秋葉原

『うわー、ここが秋葉原!』

三好の、「日本の電車に乗るのも観光の一環ですよ」の一言で、総武線で秋葉原を訪れた俺たちは、電気街口の改札を抜けた。

『でも、想像していたのとはちょっと違うね』

アーシャがきょろきょろと辺りを見回しながらそう言った。

彼女のアキバ知識は、引きこもり時代にネットで知り合ったアメリカの筋金入りのナードに教えてもらった情報らしいから、そっち方面に偏っているのだろう。そっち方面が、萌えなのか電子部品なのかは分からないが。

彼女の言葉通り、今の駅前には、昔ほどディープな感じはない。

電気街口をUDX側(つまり向かって右側だ)に出たとき、右側の建物に、巨大なゲームやアニメの垂れ幕が下がっているくらいだが、最近はゲームのキャラも洋風になってきているので、昔のようにアニメ絵がドーンという感じではないのだ。

(注1) 神
作者とも言う。

せいぜいが、中央通りに向かう街灯周辺の広告スペースに、時折現れるくらいだが、むしろ萌え文化に支配される前の香りを残した電波会館を楽しむ方がそれらしいだろう。

萌え色は、電気街南口（つまり向かって左側だ）から出て、ラジカン前あたりを歩いた方が感じられる。なにしろゲーマーズの本店があるのだから鉄板だ。

中央通りに出れば、セガやソフマップのビルが立ち並び、それなりに昔日の雰囲気を残してはいるが、さすがにR18なゲームの巨大ポスターがドカドカと張られていた時代に比べれば、ずっと普通の街になっている。

「なあ、三好。なんだか俺たち、見られてないか？」

三人とも、奇妙な安っぽいロゴが印刷されたシャツの上に、『祈願　アキバ一周カレー行脚』という謎のプリントが施されたパーカーを羽織っているからだろうか。

「おい、あの三人組を見ろよ」

「アキバ一周カレー行脚？」

「どこの魚紳さんだ？」

「なんでそんな古い漫画を……」

「新しく連載が始まったじゃん」(注2)

「え、そうなの？」

「それはともかくさ。今のアキバに、何件のカレー屋があると思ってんだ。一日で回れるわけないだろ。そもそも、お前、アキバのカレーを何杯も食えるか？」

「うーん。結構しっかりしてるからなあ、盛りが」

「ましてや、あんな細い女の子だぞ？」

「よく見ればなんだか美人っぽい。ちょっとついて行って――」

そんな声が耳に届く。

注目度はなかなかで、すれ違う人々が面白そうにちらちらと目を向けていた。

『計画通り』ってやつですよ。ただですねぇ……」

そう言って三好が見せてくれた携帯には、本日のカレー屋探訪ルートが表示されていた。

「Ｏｈ！」

「なんじゃこりゃ？　アキバのカレー屋って、駅周辺だけでこんなにあるのか⁉」

そこには二十件を超える店が地図上のピンで示されていた。

「あるんですよ、これが」

『ケーゴ、ケーゴ。全部行くんでしょう？』

『いや、全部ってなぁ……三人で一皿のペースだとしても、一人当たり七皿だぞ？』

『そう思いますよね』

（注2）　新しく連載が始まった
矢口高雄（原作）／立沢克美（作画）『バーサス魚紳さん！』

二〇一八年、講談社のイブニング二〇号から連載開始。全七巻。

『思いますよねって……』

『でもたぶん食べられない店があると思いますよ』

『食べられない店？』

『使われているお肉ですよ、お肉。いくら緩いったって、聖なる牛や、汚(けが)れたる豚を食べさせるわけにはいかないでしょう？』

『ちょっとくらいなら神様も目をつぶってくれるよ？』

実際にインドでも都市部ではそれなりに牛肉が食べられているそうだ。

また、日本に滞在しているヒンドゥー教徒には、とんかつを食べたりビールを飲んだりする人がそれなりにいるらしい。信仰は、神と自分との契約だから、食の基準に口を出すことは、他人の信仰への口出しになるため、他人から咎められたりはしないとのことだが……

『まあ今日のところは、以前パパリンに聞いた、鶏、羊、ヤギに限定しておきましょう』

責任取れませんしね、と三好が神妙な顔で言った。

さすがにヤギのカレーは置いてないだろうから、野菜がなければ、羊か鶏のカレーを中心に攻めるしかないだろう。

『ええ……じゃあ、ウゴウゴカレーは？』

アーシャが上目遣いにそう言った。

『ウゴウゴカレー？』

『金沢カレーの代表格ですけど……残念ながら完全ＮＧですね』

『ええー』

『同じグループのサムラートは鶏なんですけど、アキバにはありません』

どうやら、アメリカのナードは、ウゴウゴカレーを推していたらしい。しかし、あの濃厚な金沢カレーは、上に載っているトンカツをなしにしたとしても、ルーが全力でポークカレーだ。

アーシャはそれを聞いてしょんぼりしていたが、さすがにあのパパリンに睨まれるのは避けておきたい。俺たちは保身に走るのだ。

『まあまあ、気を取り直して一件目に行きましょう。ここはたぶん大丈夫ですよ』

そう言って三好は、同じアトレの一階にある、なぜかカレーとは無関係そうな国の名前が付いたカレー屋に入って行った。

「あー、すみません。我こそはカレー大王なので、ちょっと三人一皿で許してもらえますか？」

俺が、アーシャの背中を向けて、パーカーの行脚文字を見せつつそう言うと、店員は乗りよく指でＯＫマークを作ってくれた。

「インド系のアーシャに向かってＯＫマークとは、危険な行為ですね」

「なんだそれ？」

そこで三好が、現在アメリカでまことしやかに囁かれているＯＫマークの意味について教えてくれた。どうやら、立てた三本の指がＷを、人差し指と親指で作った丸と腕がＰを表し、ホワイトパワーの頭文字であるところから、白人至上主義(注3)のシンボルとして使われているのだそうだ。

「はぁ？」

「まあ、先輩の反応はもっともですけど、世の中は敏感な人がいるってことですよ」

例えばナチスの旗はともかく、右卍自体は京都でも普通にみられるマークだ。なぜなら建物に卍の意匠を持った木組みが多数あるため、裏側から見れば、それは右卍になってしまうのだ。さすがにそれを問題にするのは時系列的にもどうかと思う。

「それって、俺たちが普通に使っているサインやジェスチャーを差別的に使って意味をでっちあげれば、なんでも悪だって禁止できちゃうってことだろ？」

「難しい問題ですよねぇ」

『ケーゴ。これ、なんて書いてあるの？』

『ああ、ここは辛さを七十倍まで選べるんだよ』

『おお！』

『あと、これはビーフなのでＮＧですね』

他は大丈夫ですよと、三好がアーシャにメニューを説明していた。

『無難に豆で良くないか？』

『じゃ、豆カリーにしておきますか。主にボリュームの問題で』

なにしろ他のカレーはやたらと具が大きくてボリューミーなのだ。七杯を覚悟している身としてはヘビーすぎる。

『辛さは――』

『七十倍！』

元気にそう主張したアーシャを見て、俺と三好は同時に「ええ？」と声を上げた。

注文したものが出てくると、まずはアーシャに食べてもらう。汚れって唾液を通して移るらしいから。アーシャは気にしなくていいのにと苦笑していたが、俺たちは保身に以下略なのだ。

『辛くてサラサラのカリーは、南っぽいね』

『南？』

インドは地理的にもほぼ南北に一辺を持った三角形の形をしているため、三角形の頂点は、北と南と東にあたり、北と東を結ぶ、ガンジス川周辺と、三角形の頂点付近に人が集中する構造をしている。

そのため、大きく北部と南部に分けられ、さらに細かく分ける場合は東部が追加されるのだ。

『ムンバイなんか、西部っぽいけど』

ムンバイは、インドの西側、アラビア海に面した中央付近にある都市だ。

『イギリス支配の影響で西洋化してるから？』

アーシャが笑いながらそう言った。俺は一瞬何を言われたのか分からなかったが、すぐにそれが単なる駄洒落(だじゃれ)であることに気が付いて苦笑した。

（注3）　**白人至上主義のシンボル**
この話は二〇一八年十二月の話だが、実際、二〇一九年三月に、フロリダのユニバーサル・オーランド・リゾートで、従業員の着ぐるみが黒人の少女の肩に置いた手でOKマークを作っているように見えたのを、少女の母親が訴えてユニバーサルが謝罪、従業員が解雇されている。

『いや、それ西違いだから』

彼女の説明によるとインドのカリーは地方色がとても強く、北と南では完全に別物だそうだ。

北は牛乳や生クリームを利用するこってり濃厚系で脂っぽいものが多く、南はココナッツミルクなどを利用したサラサラ系のものになるらしい。

『たぶん主食の違いが影響してるんじゃないかなぁ』

北インドの主食は主に小麦で、南インドは米らしい。

『つまり、ナンって北インド?』

『そうそう。チャパティなんかもそうだよ。だからドロッとしたカリーの方が食べやすいの』

対して南は、炊いたお米だから、さらっとしたカレーでないと混ぜるのが大変だそうだ。

『まぜる?』

『ほら、伝統的にインドの料理は手で食べるから』

南インドの、ぱさぱさしたお米には、さらさらしたカレーをかけてしみ込んだものを手で混ぜながら食べるのだそうだ。そこでカレーがドロッとしていれば確かに混ぜるのも冷ますのも大変だろう。

『なるほどなぁ……』

§

「ひー」

「ほー」

「へー」

「ふー」

『ケーゴもアズサも、どうしたの?』

『どうって、アーシャはこれ、ひー、平気なのか?』

俺はスプーンでカレーを指して、涙を浮かべながら訊いた。

『結構辛かったけど、美味しかったよ?』

俺と三好は、すっかりタラコクチビルになっていて、すでに味なんかさっぱり分からなくなっていた。スパイシーな香りとうまみに続いてやって来た恐るべき刺激に、三口も食べる頃には、体中から汗が噴き出して、味覚が完全にマヒしていたのだ。

思わず水を飲むが、辛みはまったく引いていかない。

「こりゃ、カレーより先に水でおなかが一杯になるぞ、はー」

「先輩、カレーの辛み成分は、パラハイドロオキシアリルイソチオシアネートもありますけど、大部分はカプサイシンや、ジヒドロカプサイシンですよ、ひー」

「最初のはなんだか分からないが、ほー、後ろのは唐辛子だな(注4)」

「ですです。ふー。最初のはマスタードシードです。南のカレーには使うそうです。ほー」

「で? ひー」

「カプサイシンは冷水にほとんど溶けませんから、水飲んでも効果ないですよ」

「ひー」

「飲むなら、アルコールか油分ですね。ほー」

「へー。だけどいきなり酒は、ほー、無理だろ」

「突き出しのジャガイモに添えられてるバターの欠片で、ひー、小さすぎますー。ひー」

「も、もう死にそうだ。はー」

「カプサイシンの、ひー、LD50(注5)は四十七ミリグラムくらいですから、先輩なら、三・一グラムくらい食べないと、はー、死にませんよ、ひー」

『何言ってるのかよく分からないんだけど……』

アーシャが不思議そうな顔で首を傾げた。

「一言で言うとさ、カレーって言ってるんだよ」

『はい？』

『先輩、そのギャグは、日本語でないと意味が分かりませんって』

§

『はー、しょっぱなから酷い目にあいましたね』

『日本人の味覚って繊細なのね。そういや和食って繊細だもんね』

『繊細と言うより、あんなに強烈なスパイスや辛みには訓練されてないんだよ』

はあと一息ついた俺たちは、気を取り直して立ち上がった。

『よし、ではここから反時計回りにアキバをぐるっと回りますよ！』

『『おー！』』

改札前に引き返した俺たちは、電気街南口から外へ出ると、秋葉原南交差点を万世橋とは反対の方向へ歩いていった。

「そういや、三好。東京でヒンドゥー教徒を案内しても安心できるインドのカリーと言えば、船堀のゴヴィンダスが鉄板だって聞くぞ？」

「私、あそこ、ずっと『ゴビンダーズ』だと思ってたんですよね」

「なんで？　普通に読んだら九割はゴヴィンダスって呼びそうな綴りだろ？」

（注4）　唐辛子
辛み成分はカプサイシノイド。

主にカプサイシン、ジヒドロカプサイシン、ノルジヒドロカプサイシンの三種類で、他にもホモカプサイシンやホモジヒドロカプサイシンなども含まれるが微量。

一般に言う、総カプサイシン濃度は、前者三種の合計値で、チリパウダーでも一キログラムあたり一～三グラム程度なので、芳村の体重でLD50の量を摂取するためには、チリパウダーを一キロ～三キロ程食べる必要がある。

もはや別の意味で死ねることは間違いない。

「だって、先輩。店のメニューには、ゴビンダーズって書いてあるんですもん」

「ああ、ゴヴィンダスだと思って行ったら、ゴビンダーズって書いてあるのを見て、へーと感心したのもつかの間、やっぱりゴヴィンダスだったというオチか」

「世界は不思議に満ちていますよねぇ」

三好はうんうんと頷きながら歩いている。目を閉じてると危ないぞ。

「それに岩本町から新宿線で一本とは言え、今日のテーマはアキバの観光ですから」

「それにしちゃあ、アキバの中心地から離れていってないか、これ？」

ガードをくぐってしばらく歩くと、左手に、特徴的な黄色い看板が見えてくる。ウゴウゴカレー秋葉原一号店だ。

『あー』

残念そうにそれを見るアーシャだったが、決してほだされたりはしないぞ。俺たちは保身に以下略だからな。

『どうしてもって言うなら、今度、パパリンと来てください』

『はーい』

『だけど、どこまで行くんだよ？』

首都高の下を通って、神田川沿いに立ち並ぶビルにあるイケベ楽器のドラムパーカッション専門店前まで来たところで、三好が、あそこですと隣のビルの上を指差した。

§

三人が狭い階段を上がって行ったのを二人組の男たちが見上げていた。

「おいおい、連中、インドレストランまでフォローするつもりなのか？」

「すげぇな、秋葉一周カレー行脚だけのことはあるぜ」

それは駅前で芳村たちを見かけて、つい調子に乗って『アキバ一周カレー行脚民現る！』という掲示板を立ててしまった二人組だった。芳村たちの動向を追いかけつつ、ネットでネタにしていたのだ。

§

白い扉をギイッと開けてその店に入った瞬間、俺はあまりの場違いさに足を止めた。

（注5）　ＬＤ50
"Lethal Dose, 50%" の略。

投与した動物の半数が死亡する量を、体重1キログラムあたりで正規化した値。

よーするに「ＬＤ50の値×対象の体重」分食べたら死んじゃうかもって量。

「み、三好」

「なんです？」

「この店まずくないか？」

「まだ、なんにも食べてませんけど」

「違うよ。なんというか、アキバ的ノリがまったく通用しない気が――」

そこは普通のインド料理屋だった。室内にも働いている人にも秋葉原的なノリが皆無だったのだ。

もはやそれは、岩本町だと言っても過言ではなかった。

「お前、この雰囲気で、カレー大王を押し通して、三人で一人前を頼む根性があるか？」

「うっ」

俺たちが場違いな雰囲気に立ち尽くす中、アーシャが、働いている人たちに謎言語で話しかけて、自分の胸と背中を見せていた。

「さすがはマイペースお嬢様ですね」

「何を言ってるんだ、あれ？」

「マラーティー語（たぶん）は分かりませんよ」

「俺も、ピタ（パパ）しか分からん」

だがなんだかとてもいい雰囲気だ。

『はい、ケーゴ。大丈夫だそうです。頑張れって言ってくれましたよ！』

「お嬢様のコミュニケーション能力、凄いな」

「先輩のコミュニケーション能力が足りないんじゃないですか？」

「お前、一緒になって立ち尽くしてなかったか？」

「てへへ」

俺たちはBセットを注文した。

Bセットは小さいカレー二つと、ナンとミニサフランライス、それにミニサラダが付いている。カレー三種の店の名前を冠したセットもあったのだが、今日の戦いには、それについているタンドリーチキンが余計だったのだ。

選択したカレーは、ベジタブルとチキンだ。

『なあなあ、野菜カレーってどうして辛いんだ？』

インドカレーのうち、豆カレーもそうだが、野菜オンリーのカレーは、スパイスの効きが強い気がする。

『そういえばそうですね？　やっぱり本場っぽいからでしょうか』

Bセットが出されて、アーシャが味見をし、俺がスプーンを手にしたとき、少し離れた席から声が聞こえて来た。

「おお！　カレー大王がスプーンを手に取ったぞ！」

「なに？　カレー大王というからには右手だけで食すのが、大王たる所以(ゆえん)ではなかったのか！」

「あんなこと言われてますよ？」

どうやら、俺たちをレポートしている連中がいるらしい。まだ二件目だというのに、お祭り好きはどこにでもいるよな。

「馬鹿な奴らだ。郷に入れば郷に従えというのが文化的な対応と言うものさ」

「いや、ここ、インディアンレストランですけど……」

「違う！　ここは日本なのだ！」

アーシャだって、カレーを浸したサフランライスはスプーンを使っていたし、それに――

「大体だな、右手だけでナンをちぎれるわけ――」

そう主張する俺の前で、アーシャがきれいに、薬指と小指でナンを抑えつつ、親指と人差し指でそれを引っ張り、中指を器用に使って切り離すように右手だけでナンをちぎっていた。

『ん？』

「……まあ、たまにはあるかもしれないが。それは日本人以外が箸を――」

使えないのと同じことだと言おうとしたとき、アーシャがサラダを器用に箸でつまんだ。

さすがにドレッシングの付いた日本のサラダを、素手では食べないようだったが、そこはフォークを使ってほしかったぜ……

「だ、大王としてのアイデンティティが……」

『はい？』

『いや、ドレッシングには糖分が多いから、あまり食べると満腹感がやって来るぞ？』

『わお、気を付けます』

§

『ベジタブルはちょっと辛かったですけど――』

『七十倍を経験した俺たちの敵じゃないな』

ふっふっふっふっふと不敵に笑いながら、俺たちは昭和通りを北に向かった。

総武線の下を歩いてしばらく行くと、すぐ右手に黄色い看板が見えてくる。午後壱番屋のＪＲ秋葉原駅昭和通り口店だ。

『午後壱って、基本はポークか？』

『ですね。ビーフソースもあります』

『ええ～、ウゴウゴに次いで超有名店なのにパスですか？』

『ところが、さすが午後壱、実はゴゴイチベジソースって言う、動物由来原材料ゼロのカレーがあるんですよ。おいてない店舗もあるらしいですけど、そこの店にはありますよ』

『おおおおお！』

『ちょうど秋葉原には、午後壱のハラール店もありますから、後で比べてみましょう』

『楽しみです！』

お店に入って、アーシャが自分の背中をアピールしたが、店員はちょっと笑っただけで華麗にスルー。さすがに鍛えられている。

『まずはライスの量だな』

午後壱のライスは標準が三百グラムだ。そこから、百グラムごとに百十円が加算されるシステムだ。なのに二百グラムにしても五十二円引きとはどういうことなの？　百十円引けよと思わないでもないが、まあそれはいいだろう。不思議なことにビーフ系にソースを変えると、百グラムごとに百三十七円増になる。もしかしたらご飯が違うのかもしれない。

『もう、絶対二百グラムだな。一人七十グラムだ』

『いえー』

「死んだ人の写真」

「いえー」

『ごほん。で、次は辛さを選ぶんだが、ベジソースに甘口はないから、普通から10辛まで――』

『10辛！』

即座にしゅたっと手を挙げたアーシャが、当たり前のようにそう言った。

『待て、アーシャ。午後壱の辛さはリニアじゃないんだ。2辛は1辛の倍だが、3辛は四倍で、4辛は六倍、でもって、5辛は十二倍って言う意味不明な数列になってるんだ。だから10辛が何倍なのかは、さっぱり分からん。』

店の説明には6辛以上の倍率は書かれていないのだ。

『最初の五つの数値は、高度合成数ですね』

説明書きを見ていた三好が、即座にそう言った。

『なんだそれ？』

『ラマヌジャンが考案した数で、自然数のうち、その数未満の、どの数よりも約数の個数が多い数です』

『カレーだからインドの数学者ってか？』

いくらなんでも、それはできすぎじゃないか？　もしもこの辛さを決めたやつが、本当にそれを意識していたとしたら、なかなか博識だな。

『もしもそうだとしたら、その後は、二十四倍、三十六倍、四十八倍、六十倍、つまり10辛は、百二十倍ですよ』

『……なんだかすごくそれっぽい気がしてくるな、その数値』

『ですよね』

『ともかくだ。アーシャは日本っぽいカレーをチェックしに来たんだろ？』

『そういえば……』

って、目的を忘れてたんかーい！

『だから、普通のカレーを食べてみた方がいいんじゃないか？　最初は普通か、せめて1辛で』

『分かりました、そうしてみます』

それを聞いた俺たちはほっとした。いや、10辛を食べさせられてもホットしただろうが。

た。

§

『なるほど。これが日本のカリーですか』

アーシャが何もトッピングしていない1辛のベジカレーを、もぐもぐとほおばりながらそう言った。

『まあそうだな。どうだ?』

『カリーだと思うと、何か物足りない気もするけど、こういう食べ物だと思えば、ちゃんと美味しいです。なんだろう、この不思議な感じ?』

日本人がカリフォルニア・ロールのバリエーションを食べたときのような気分だろうか? インド人ならぬこの身には永遠に分からないことだが。

そうして俺たちは次の店へと旅立った。

§

最初から付いて来ていた二人は、すでに口からカレーが出そうな状態だった。

そうして、自分たちが立ち上げた掲示板サイトで協力者を求めた。

「求む協力者。俺たちのお財布とおなかの空きはもうゼロよ！」

「アキバ一周カレー行脚民を追いかけて次で七件目。午後壱の後は、ココロ、コバラスイタ、午後壱ハラールと来て、どうやら、『カレーなんて飲み物』に向かう模様。今までの傾向からすると、赤い鶏カレーが目的と思われる」

「つか、カレー七杯目だよ？　無理、もう無理！　誰か、誰か続きを……俺たちは勇者を待っているぞ！　合言葉は、『アキバ一周カレー行脚』だ！」

「てか、本当にもう食えん。助けて」

彼らの心の叫びに、数多くの暇人が応えようとしていた。

§

「こちら、スネーク。カレー行脚は、無事飲み物をクリア。蔵前橋通りへ出た模様」

「ＪＰＧはよ」

「おらよ」

アップされたのは、カレー行脚の三人組が蔵前通りを歩いている姿をロングで捉えた画像がアップされていた。

「しかし、この子、なんというか、日本人じゃないっぽいな」

「話してたのは英語だった」

「なんと、本物のカレーの国からやって来た王女様だったのか？」

「そうそう、インド系っぽいんだよ。あと美人」

「美人⁉　ＪＰＧＰＬＺ！」

　掲示板には、ぱらぱらといくつかの写真がアップされた。だが――

「だけど、なんで写真が後ろ姿ばっかりなんだよ？」

「いや、前から取ろうとするとこうなるんだよ」

　そこには、影のある茶色っぽいぶれた何かが写っていた。

「なんじゃこりゃ」

「写真に顔を入れようとすると、何処からともなく手が伸びてきて、射線を遮られるんだよ」

「射線ってなんだｗ」

「見た見た。なんだか黒服軍団というか、エージェントスミスというか」

「タイピンの位置は、もちょっと低いけどな」

「あー、スミスのタイピン高いよね」

「だが、そんなのがくっついているって、まさか本当に王女様⁉」

「ローマの休日キターーー」

「帰国会見で、一番印象に残った街を聞かれて、秋葉原って答えるのかｗ」

「まあ、ある意味印象的な街であることは間違いないないな」

「どうやら行脚一行は、プラウニーに突入する模様」

「プラウニー？　あそこって、今、牛スジしかないんじゃね？」

「それが？」

「いや、だって、ここに書いてある店とか注文を見たら、どう見てもヒンドゥー教絡んでない？牛と豚をきれいに避けてるじゃん」

「あ！　去年の春くらいまでは、ベトナム風チキンカレーがあったから、その情報を見たんじゃないか？」

「こちらスネーク。三人組はすぐに出てきた。先行して店に入っていたスネークは、呆然とそれを見送っている模様ｗ」

「しょんぼりしているカレーの王女様かわええ」

「Ｊ・Ｐ・Ｇ！　Ｊ・Ｐ・Ｇ！」

「スミスに阻まれそうなので無理。これが現地の醍醐味ってやつだぜ！」

「ぬうう。スミス許すまじ」

「いや、お前ら、それ普通に盗撮だからな」

「なんか変装してるっぽいし、目立ってるし、本人たちも分かってやってそうだから、そこは大丈夫なんじゃね？」

「このルートだと妻恋坂(つまごいざか)を左折しそうだ。先行組は、カリーガリとシャンカレー、それにビンガルあたりにスネーク！」

「いや、このペースでシャンカレーのボリュームはきついよ……」

「って、シャンカレーって豚しかなかったような？」

「ビンガルにはココナッツチキンがあるはずだからセーフ」

「駅前方向に戻るとしたら、常等、ラボール、ってラインか」

「しかし、入れ代わり立ち代わりの俺たちと違って、あの三人って、そろそろ一人頭でも四〜五皿目だろ？　アキバの盛りでそれはきついぞ」

§

「げふっ」

究極のうまさ、涙ものの激辛な、ラポールを出た俺たちは、どこかをつつけば、どこかの穴からカレーが噴き出しそうな状態になっていた。

『お前ら大丈夫か？』

『全然大丈夫じゃありませんけど、残すところ予定はあと三店舗ですよ』

『なんだか体が重い気がする。絶対三キロくらいは太ってるような……』

『と言うか、別にここでやめても——』

『ダメ！』

『へ？』

『ここまで来たら、やり遂げるのです！』

「おい三好、アーシャのやつ、カレーの食べ過ぎで、どっか壊れたんじゃないだろうな？」

「あー、可能性は……げふっ。ああ、レディにあるまじきげっぷが……」

「なに、失礼なことを言ってるですか！　うっ」

体を大きくひねると同時に中身が押し出されそうになったアーシャが、苦しげに息を吐きながら日本語で言った。

「諦めたら、そこで試合終了なのです！」

それを周りで聞いていた連中から、おおーというどよめきが上がり、ポーズを決めるアーシャの写真を撮るシャッター音が次々と聞こえた。正面からのものは護衛っぽい男たちが邪魔をしていたようだが。

しかし、このまま続けたら、そのセリフを言った、某バスケ漫画のおっさんみたいな体形になりそうなんだけど、大丈夫だろうか。

そうして飛び込んだ、カレーの市民アルパカだったのだが……俺たちは疲弊しすぎていたようだ。メニューをちゃんと確認せず、とにかく一番量の少ないカレーを注文してしまったのだ。

そうして出てきたがカレーが――

「か、金沢カレー……」

「み、三好、この店って……」

「金沢カレーの店、だったんですね」

がっくりとうなだれる三好だったが、うなだれた瞬間に何かが出そうになって思わず顔を上げていた。

目の前に盛られていたカレーは、紛う方なきポークカレーだ。

『や、やむを得ん。ここは俺が全部食おう』

『ケーゴ……』

『せ、先輩、それじゃ』

三好もアーシャもあと五口も食べれば、鼻からカレーを噴き出しかねない。それはなんとしても阻止しなければ。

『あ、後、二軒だ……ここは俺に構わず先に行け！』

『先輩、私、先輩のこと忘れません！』

そこには、感動と言う名の嵐が吹き荒れて――

「そういうことを言うやつに限って、大抵、生き残ったやつと幸せになると、残していったやつのことなんか忘れちゃうんだよな」

「そんなことありませんよ、たまには思い出しますから。ああ、そんな人いたよね的に」

「酷！　いっそすっぱり忘れられた方がましだろ、それ！」

――いなかった。

「ケーゴ、なにやってるですか」

『いや、とにかくここはなんとかするから、最後の二軒に三好と向かえ。俺もこれを食ったら追いかけるから』

『ケーゴもなるべく早く来てね』

『食べる量が半分から三分の一になるから？』

『おー、私難しい英語分っかりっませーん』

そうして別れた三好たちが万世橋を渡ってたどり着いたのは、神の名を冠するスープカレーの店だった。

『やった！　アーシャ、ここライスなしがある！』

『こ、これが天の配剤というやつだね！』

そうして喜び勇んで注文したチキンカレーだったが――

『ぐ、具が大きい……』

二人は絶望したような眼差しで、その大きな具を眺めていた。

『し、仕方ない。アーシャは味見したら、最後の店に行って』

『梓は!?』

三好は、ここは任せておけとばかりに、にっこりと笑ってサムズアップした。

『でも一人だと、場所が……』

そのやり取りを店内で聞いていた数人の男が、一斉に立ち上がった。

『俺たちと一緒に送る！』

それは、『アキバ一周カレー行脚民現る！』スレの住民たちだった。ここまで来たら一緒に有終の美を飾りたいと皆が思っていたのだ。

「うーん……」

三好は、知らない連中にアーシャを預けるのはいかがなものかと思ったが、安全はボディガードたちがいるから大丈夫かと思い直した。問題は、彼が英語で何を言っているのかが、ちょっと意味不明だったことだろう。たぶん、『俺たちが一緒に送ろう』と言いたかったのだと思うが。

『英語、大丈夫？』

『今時のネット民は舐められない。ゴーグル様って強い味方いるから！』

なんだか変な言い回しに吹き出しそうになりながら、芝居っ気たっぷりに日本語で彼女たちを見送った。

「じゃあ、お願い。彼女を、彼女を約束の地へ！」

「任せておけ！」

アーシャが彼らに連れられて、約束の地へと店を出て行くのを見送った後、三好はテーブルの上に残された強敵にため息をついた。当面の問題は、目の前の皿の中にある巨大なチキンと人参だったのだ。

「人間って、本当に満腹になると、口の中のものが呑み込めなくなるものなんですねぇ……」

しみじみとそう言うと、意を決したようにスプーンを握り締めて、絶望的な最後の戦いへと臨む勇者のように、それに挑んだ。

§

トップ・クオリティ・カリー。そこが彼らの約束の地。アキバ一周カレー行脚の終着点だ。

今回の目的は、バターや白ワインと共にメイラード反応を進めた玉ねぎに、二十種類以上のスパイスと鶏スープを加え十二時間煮込んで作られるマイルドな欧風カリーだ。

しかしそこにたどり着いた勇者のパーティの生き残りはわずかに一人、そして彼女は、もう青息吐息だった。一人前の敵を完食(たいじ)できるとはとても思えないコンディションだったのだ。

彼女をここへ案内して来た従者たちがはらはらと見守る中、彼女は呟くように小さな声で注文した。

『欧風チキンカリー』

そうして十数分後、彼女の前に置かれたのは、いつも別添えで出されるカリーではなく、小さな深菜皿に盛られた、まるでミニチュアのようなカリーだった。

静まり返った店内で、それを持ってきたシェフをアーシャが静かに見上げた
「お客様に寄り添う一杯のカレーを大切にさせていただいております」

彼はそう言って、頭を下げたのだ。

§

「おお、三好。生きてたか」

秋葉原方面から、万世橋を渡って右折した俺は、旧中山道と交わる名もない交差点で、靖国通り側から歩いてくる、ゾンビのような女を見つけて声をかけた。

「最後がスープカレーだったのが、不幸中の幸いでしたね」

具の大きさだけは想定外だったらしい。

「あれなら物と物との隙間に滑り込むからなぁ。こっちは濃厚金沢カレーだぜ?」

「ご愁傷さまです。だけどこれじゃスキルもステータスも形無しですね」

「人類だろうと新人類だろうと、平等に苦しいもんな」

二体のゾンビがふらふらと歩いているのが、かつて栄えた神田須田町辺りだと思えば、なんというか感慨?深い。

「ああ、ここって、いせ源さんの通りなんですね」

目的の店の手前の小さな交差点で、右の奥に灯る明かりを見ながら、三好が言った。

「お前、いせ源まで行ってたのか?」

いせ源は、創業が天保(てんぽう)元年、どじょう屋として始まったという超老舗のあんこう鍋専門店だ。関東大震災で全焼した後、昭和五年に建て直された建物で頂くあんこう鍋は、美味いとか不味いとか言う以前に、歴史を食ってる気分になれる。

「まあ、向かいが竹むらさんですし。ほら、観光ですよ、観光」

向かいにある竹むらも、奇しくも昭和五年に創業した甘味処で、揚まんじゅうは結構美味しい。ラブライブ！で穂乃果の実家のモデルとして登場したため、アキバ民の覚えも（一部では）めでたいお店だ。近所のぼたんも昭和四年建築だし、この当時は震災からの復興による建設ラッシュだったに違いない。

その時、少し先のビルの一階にあふれた人たちから、一斉に歓声が上がった。

「先輩。約束の地で、何かあったみたいですよ」

「約束の地？」

「ほら、私たちが待ち合わせする的な意味で」

俺たちがよたよたした足取りで駆け寄ったその店では、ちょうど、アーシャがカレー行脚を成就させて、感動のあまりシェフの頬にキスを浴びせたところだった。

周りの感動している連中から、簡単に経緯を聞きだした後、三好は彼らをかき分けるようにして、アーシャのところへと進んでいった。なんだよと言った態度で三好を見た連中も、彼女の胸に書かれた文字を読むと、おとなしく道を開けてくれた。

『アーシャ、おめでとう』

そう言って三好が恭しく差し出した大きめのTシャツを、アーシャは大切そうに受け取ると、彼女は静かに「祈願　アキバ一周カレー行脚」のパーカーを脱いだ。祈願は達成されたのだ。

さらりと衣擦れの音が聞こえるほど静まり返った空間で、パーカーがアーシャの肩を滑り落ちたとき、ギャラリーの息を呑む音が聞こえる気すらした。

彼女は三好から受け取ったそれを、今着ているTシャツの上から重ね着した。

その瞬間、胸に間抜けなゴシック体で書かれた『カレーの王女様』の文字は隠され、新しいシャツには大きく『カレー女王』と書かれていた。

ここに戴冠はなされた。

カレーの王女様から、カレー女王へとカレーな転身を果たし、こぶしを突き上げた彼女を、周囲のギャラリーたちは大きな歓声と拍手で迎えたのだった。

ちなみに、三好のTシャツに書かれていた文字は、『じじょ』だった。

カレー女王

SECTION：
エピローグ

大勢の祝福を受け、手を振りながら秋葉原を後にした俺たちは、いまだに苦しいおなかをさすりながら事務所へと戻ってきた。

『面白かったー！』

三人掛けのソファに仰向けに倒れこんで体を伸ばしながら、アーシャが楽しそうに笑った。

『それで、どこのカレーがお気に召した？』

向かいの席に腰かけながら俺が尋ねると、アーシャは、体を伸ばしたポーズで突然固まると、錆びたロボットのようなぎこちなさで、血の気の引いた青い顔をこちらに向けた。

『ア、アーシャ？』

『ど、どうしよう！　ケーゴ！』

体を起こしたアーシャは、がっくりと肩を落として言った。

『私……全然味を覚えてない！』

『ま、まあ、あの状況じゃなぁ……』

彼女は、勢いよく立ち上がると、テーブルの上に両手をついて体を乗り出しながら言った。

『ケーゴ、ケーゴ！　これはもう一度行かないと！』

それを聞いて俺たちは、白目になりながら苦笑するしかなかった。あれはもう勘弁だ。

『いや、それはいいけどさ、アーシャ』

『ん?』

『太るよ』

ぎくっと動きを止めた彼女が、仮面のような笑顔を張り付けて固まった。

『やっぱ、カレー女王の降臨は、四年に一度くらいで十分ですよ』

そう言って三好が運んできた水と胃薬を受け取りながら、俺は、まったくだと相槌を打った。

SECTION：

解説

カレーとラーメンは評価が難しい料理の二大巨頭です。

なにしろほとんど国民食。いつでもどこでも誰でも気楽に食べられるため、誰もがそれぞれに一家言あるに違いありません。

かく言う私は、明らかに不味いものはともかく、美味しい方は甲乙付けがたく、どれも皆それなりに美味しく感じてしまいます。要するに三巻本編に出てくる芳村と同じレベルで、あれは私の感想でもあるのでした。

ちなみに市販大手のルウやレトルトは、昔からS&B派です。チキンカレーが好きなこともあって、主にケララカレーを使っていますが、箱形パッケージから袋型パッケージに変わったとき、味も変わってしまったように思えます。残念ながら以前の方が好みだったのですが、今でも時々利用しています。

まあ、そんな「どれもそれなりに美味しいよね」派の、日和見な私にも思い出の味というものはあるもので、ラーメン（と言うよりも中華そば？）は、ちょっとしょっぱく、非常にシンプルな塩味が好みです。高校の比較的近くにあったモリスという狭い中華そば屋さんの味が私の青春の味なのです。いまでも健在ですよ。

また、私にはおばあちゃんが一人でやっているような古いひなびたお店を見るとタンメン（また

：

は中華そば）を食べたくなるという悪癖？があります。

一杯千円を超えるラーメンなど、以前はホテルや高級中華くらいにしかなく、「たけー」なんて思っていたわけですが、今やそんなの「ふつー」になりました。それでもそういったお店のタンメンは、今でもワンコインでおつりが来たりすることもあります。

あるとき（場所や店名は伏せますが）そういったお店でタンメンを注文しました。実に普通の塩味で、少しだけ入った豚こまがいい味（味覚のことではない）を出していて、うんうんこれだよね、などと一人頷いていました。

テーブルの上にはマコーミックのでっかい胡椒缶と、醤油差しに入った透明の液体。まあ、普通ならお酢ですよね。んじゃちょっとお酢を足すかなとそれを手に取ると、底に一センチほど何かが沈んでいます。

なんだこれ？　グースー（普通はコーレーグースだけど、初めて八重山に行ったときグースーと言われて、以降私の中ではグースーなのです）みたいなものかな？　と、目の前でちょっと振ってみたら……

蟻じゃん！

なんで、醤油差しの底に大量の蟻が沈んでるのさ！　そもそも、これ、どうやって入ったの⁉と、当時はパニックになったものです。タンメンはちゃんと完食したけどね。

ですが、よくよく考えてみれば、以前ノーマがマンダリン・オリエンタルに来たときも蟻を使った料理が出されましたし、酸に蟻を使う料理は時々見かけます。

すでに廃れているとはいえ、日本にも蟻を食用にする地域があったとか聞きますし、もしや、あのときのお酢は、レネ・レゼピをはるかに先取りしたスーパーおばあちゃんの凄いレシピだったのかも！

閑話休題。

このSS。最初はグルメ漫画よろしく、巡った店舗の味の解説を書いていたりしたのですが、そのうちヤベー感じがしてその部分はすべて削除しました（取材の意味ないな……）

だって、一杯目と五杯目ではそもそも感じ方そのものが異なっていますし、公平な評価になりそうもなかったのです。もっとも、SS中に登場したかのように見えるかもしれないお店のものに、不味いものはありません。安心して食べに行ってください。ただし、辛さだけはお好みで。

なお、すべては二〇一八年当時の情報なので、今とは異なっているかもしれません。そこはあしからずご了承ください。二店舗は閉店しちゃったし。

あ！　それ以前にすべてはフィクションだったよ！

そうそう、思いも寄りませんでしたが、SSの後書きに「取材と称して一日三店舗～五店舗を回った結果、もうしばらくカレーはいいデス状態デス。そして、半日で五店舗も回れば、『アキバ一周カレー行脚民現る！』スレの住民の苦しみが理解できるようになりマス。おなかもお財布もチョー苦しいデス」と書いたら、後日取材費を貰ってしまいました。

KADOKAWA様、太っ腹！

それでは皆様、ハッピーなカレーライフを。

第04章

D Genesis 04 SIDE STORY

IF - A little midsummer memories

CHAPTER 04

Three years since the dungeon was made.
Suddenly,I became the world's top rank,
I am leaving the company and living leisurely.

SECTION:

前書き

四巻は二〇二一年七月五日の発売でした。

本編はずっと冬だけど、発売はちょうど夏なので、夏っぽい何かにしようと思ったところまではいいのですが、夏といえば、涼しい室内から出たくないでござると、長い間（コロナの蔓延と無関係に、私はほとんど出社しないで仕事をする人なのです）引きこもり生活を続けていたせいで、何をしていいのか分からない！

海？　花火？　夏祭り？　スイカにかき氷にセミ軍団？

学生時代ならともかく、大人になると、そういったイベントからは少し遠ざかります。

「ななな、なんてこった！　俺って、寂しい大人になってるんじゃね？」などと、気が付いてはいけないことに気が付かされてしまった作者でしたが、すでに周りもみんな大人、歓楽の海へ一夜だけ、なんてことならともかく、夏を探しに行こうぜ！なんて唐突な誘いを受けて、すぐに飛び出すことなんてできるはずもなく（そうでなくてもコロナで自粛中でしたし）……

ま、まあとりあえず海だよな……と気を取り直したのはいいのですが、こちらが部屋でモニターに囲まれてキーボードを叩いているというのに、女の子に囲まれて美しい海を満喫している芳村を書いていると、まるで青い空に突然湧き上がる入道雲のごとく、怒りがムクムクと育っていきます。

ああ、なんて心の狭いボク。その雲はやがて、天のバケツをひっくり返すことになるのです。

いい目にあってるんだから、少しくらいは酷い目に遭っても仕方ないよね？　まずは七人ミサキでも出したろかいなと、おどろおどろしい路線に舵を切ってみました。

休暇で泊まっているホテルで人の失踪が起きます。実は、ホテル建設のために地蔵を壊したせいで、七人ミサキがよみがえり、スタッフが夜のプールに人を誘い込むことで七人の生贄を捧げようと——いかん、これは荻野先生だ。

海で惨劇とくれば代表格はサメ。とりあえずサメを出そう！　サメと言えばジョーズだよな。

ジョーズ、ソーズ、緑一色。

ジョーズ、ボーズ。坊主？

よし、海に来たら海座頭に会って、沖にいる化け物をなんとかしてくれと頼まれ——いかん、これは藤田先生だ。

ああああ、なんにも思いつかないぞ！　まずい、ととと、とにかく書き始めなきゃ！

と、この話は、そんな状況で書かれたものなのです。合掌。

この時点で描かれていない（どころか九巻時点でも描かれていない）国民総Dカード事件について言及されていたりするのは、もはや様式美というものです。ええ、ええ。

IF - A little midsummer memories

この物語は、世界がDファクターと共存することを選択した場合のＩＦストーリーです。

§

二〇二一年夏――

二〇一九年の終わりごろから猛威を振るい始めた感染症は、不思議なことに日本ではほとんど広がらなかった。当初こそ感染者が出たものの、その情報が広まるにつれてウィルスが無毒化する謎の現象が起こり始めたのだ。

世界中の疫学者が首を傾げる中、二〇二〇年一月、大勢の感染者が確認され日本に緊急寄港したクルーズ船が奇跡の嚆矢(こうし)となった。

日本に寄港してしばらくすると、異常な速度で船内のウィルスが無毒化していったのだ。

まるでウィルス自体が、強制的に進化させられているようにすら思える現象に、研究者たちは頭を抱えた。

だが、現象面だけを見るなら、感染者を入国させるだけで凶悪な感染症が快癒するのだ。その話を耳にした人たちは、日本へと殺到しようとした。

だが、そんな意味不明な現象を頼りに国家が感染者を受け入れるはずがない。結果、政府は感染者が増大する各国との難しい折衝を強いられることになった。

無毒化は、ただ来日するだけで達成されたため、大仰な医療施設が不要だったこともあって、物理的に隔離することが可能な離島の中から、ほぼ全域が公有地であり、人口が百人に満たない規模でありながら、三千メートル級の滑走路を有している下地島(しもじしま)が実験場として選ばれ、各国から患者が移送された。

実験の結果、すべての患者のウィルスは迅速に無毒化した。あらゆる検査で、その事実だけは確認されたが原因はまったく不明だった。

現代における原因不明で、まさにファンタジーとしか言いようのない現象は、ほぼ一つの要因に帰結すると言っても過言ではない。

二〇一九年に起こった国民全員にDカードが出現した事件は記憶に新しく、誰もがそれと無関係だとは思っていなかったが、そんな臆測を口にできるまともな科学者もまたいなかった。一部のマスコミ御用達の人たちを除いて。

来日していた研究団の団長は、マスコミのインタビューで原因を尋ねられると、しばらく目を閉じて考えた後、ただ「神の御導きでしょう」とだけ、呟くように言った。

それはダンジョンの加護と言われ、おかげで、ダンジョンに関わる新興宗教あたりは、ずいぶんと勢力を伸ばしたらしい。

なお、奉仕対象の集合的無意識がウィルスの無毒化を望んだ結果、それが実際に起こったということを知っているのは、ＪＤＡのごく一部と、二人組のお騒がせパーティに所属するメンバーくらいのものだった。

こんなことができるのなら、もしも日本中の人たちが癌の撲滅を望めばそれが、インフルエンザの無毒化を望めばそれが叶うだろう。

そうしてそれはあらゆる病気や障害に適用されるに違いない。

つまり、このことが知られて性急に実行されたりすれば、医療関係者がまるごと仕事を失うことになりかねず、その影響は計り知れなかった。虫歯の完璧な予防法が発見されたとき、それを発表する歯医者はいない。今や人類は、経済的なバランスを無視して進歩することはできないのだ。

そうして現在。

あの日、Dファクターと共存することを選んだ俺たちは、なんでもない日常を過ごしている。

消費というステージでコンビニはいつも正義だ。一度利便性を体験してしまえば最後、人は決してそれを手放せなくなる。

ダンジョンとの共存を選んだ人類は、それが突然なくなるかもしれないという漠然とした不安を抱えながらも、それに深く依存していった。

§

「先輩も飲みますか？」

抜けるような青空が広がっているのを見て、今日も暑くなりそうだと思いながら、俺が部屋を出て事務所へと下りると、コーヒーのいい香りを漂わせながら、三好がハンドドリップしている最中だった。

「ああ、頼む」

メールのチェックをしようと、欠伸(あくび)をかみ殺しながらPCを復帰させたところで、三好がぽつりと言った。

「そういえば、アンブローズ博士からメールが来てましたよ」

「アンブローズ？　悪魔の辞典の？」

「そりゃ怖いですね」

アンブローズ・ビアスは、有名な『悪魔の辞典』を執筆したアメリカの作家だ。ただし、百五十年前の。

「きっとそのメール[注1]には、“As to me, I leave here tomorrow for an unknown destination.”って書かれているんですね、分かります」

三好は、最後のお湯をドリッパーに注ぐと、ポットを置いて俺の分のカップを取り出しながら、うんうんと頷いていた。

「そういやビアスは、最後に行方不明になるんだったか」

メキシコ旅行中、さっき三好が言ったフレーズ、『私はというと、明日ここを出発して、未知の目的地に向かいます』と書かれた手記を友人に残して行方不明になったらしい。それは、アメリカ文学界最大のミステリーの一つで、その行方はいまだに解明されていない。

「こっちのアンブローズ博士はお元気そうですよ。相変わらず忙しそうですが」

アンブローズ＝メイガス博士は、ＦＡＯ（国際連合食糧農業機関）本部のＡＧ（農業消費者保護局）に所属していた高官だ。

現在はどの部署にいるのか知らないが、うちが開発したウケモチ・システムを世界中の貧困地域にあるダンジョンへ設置する活動をしているらしい。fiat panis[注2]（人々に食べ物あれ）というやつだ。

「ウケモチ・システムを世界中に配り歩いていて、『ＦＡＯのトリプトレモス』って呼ばれているらしいですよ」

「そりゃまた……大変そうなお仕事だな」

トリプトレモスは、世界中に麦の種をばらまく仕事でデーメーテールに昼も夜もなくこき使われた、エレウシースの王子様だ。

「本人は大喜びだったそうですけど」

女神に空飛ぶ馬車まで与えられて仕事を押し付けられたトリプトレモスが、そのことを喜んだのかどうかは知らないが、いつの世もワーカーホリックはいるらしい。

もっとも、ネイサン博士のように、自分のやりたいことは仕事だと認識していない人は意外と多い。この調子ではアンブローズ博士もどうやらそのお仲間のようだ。

「で、なんだって？」

「まずはもっと数をよこせ、だそうです」

「数？」

「例の、蝗害の関係っぽいですね」

去年は東アフリカや中東で大規模な蝗害が発生した。当該地域の飢餓人口は爆発的に増えているらしく、そちらにあるダンジョンへの設置に特に力を入れているらしい。

「しかしなぁ……無限に生産できちゃうだけに、不用意な設置は蝗害収束時に既存の生産者の生活を破壊しちゃうんじゃないの？」

現代日本の小麦の単位収量は、十アールあたり四百キロから五百キロだが、FAOSTAT(注3)によれば、ドイツなどでは下手をすれば八百キロを超える単位収量がある。

ウケモチ・システムの収穫量は、そのダンジョンにおける小麦のリポップ時間に応じたレーン長さえ確保してしまえば、後は一秒あたりの収穫量と稼働時間に依存する。

以前、(注4)日本の小麦で計算した生産量は、秒速一メートルで移動するコンバインと、幅二メートルのレーンを想定したもので、年間、ざっと三万一千五百三十六トンだったが、現在のスタンダード

（注1）　メール
三好が言った英文を直訳すると「私はと言うと、明日ここをたち、未知の目的地に向かいます」だ。wikipediaだと、「どこへ向かうのかは、私自身にも分からない」と訳されているが、自殺したにしろ処刑されたにしろ、彼には行く先が分かっていて、単にその場所へ行ったことがなかった（人は一生に一度しか行けない場所だから）のだろうと、著者は勝手に想像している。いずれにしてもそのメールを残してビアスは行方不明になった。彼はどこへ行ったのか？　アメリカ文学史上最大の謎の一つなのである。

なウケモチ・システムのレーン幅は、普通型コンバインの最大サイズに近い三メートルに拡張されている。

もしもこれで八百キロ／十アールの小麦を利用したとしたら、秒間二・四キロ、年間にすると、七万五千六百八十六・四トンの収穫量が見込まれる。

「たった十台ちょっとで、日本の小麦生産量と同じってことだぞ？」

「ＦＡＯは常に飢餓の最前線にいますからね」

「そうは言ってもなぁ……」

確かに今そこで飢えている者に、生産者の都合を説いても理解されるはずがない。

だが、蝗害による損害部分をすべて補ってしまったら、翌年から、今まで食糧を供給していた生産者は途方に暮れることになるかもしれないのだ。小麦生産業者による機器の打ちこわしなんて事件が起こりかねない。

「そのへんは、ＦＡＯとＷＦＰ（世界食糧計画）の方がちゃんと考えますよ。専門家ですもん」

「現場にいると、情に掉さして流されちゃうかもよ」

「むしろ、智に働いて角が立ちまくってる人たちだから大丈夫でしょう」

そりゃまあそうかもな。

充分でないリソースを、足りないことが分かっていて割り振らなければならないんだから、智に働くしかないだろう。

「それに――」

「?」

「生産過多になりそうなら、スイッチを切っとけばいいんですよ」

「あー、なるほど」

普通の畑と違って、放っておいたから枯れてしまうなんてこともないのだ。永遠に実ったままの一年生植物。胸アツだ。

「もっとも、一時的とはいえ、ただみたいな価格で手に入っていた機械を止めて、元の通りお金を払うかどうかは難しい問題ですけど」

「だめじゃん!」

そうは言っても、俺たちにできることはあまりない。生産台数を増やすかどうかは、国際機関や佐山さんたちが話し合いで決めるしかないだろう。

「で、『まずは』ってことは、他にもあるのか?」

(注2) fiat panis
FAO(Food and Agriculture Organization of the United Nations / 国際連合食糧農業機関)のモットー

(注3) FAOSTAT
FAO(国連食糧農業機関)が運営する世界最大かつ包括的な食料・農林水産業関連のオンライン統計データベース。

(注4) 以前
七巻時

「バリエーションが欲しいそうですよ」

「バリエーション？」

「小麦以外のものが作りたいそうです」

「小麦以外のものって……」

確かに、人はパンのみにて生くるにあらずとは言うが、そういう話じゃないよな。

大麦やライ麦で済むのなら簡単だが、そういう話でもなさそうだ。

「野菜とかか？　主食系だとトウモロコシも難しいし、イモ類は無理だろ」

「コーンハーベスターは結構大掛かりな装置になりそうですし、根菜はダンジョニングできたとしても、収穫しちゃうと別の場所でリポップしそうですもんね」

「米や麦なら収穫機械のノウハウが確立しているけど、野菜はなぁ……せいぜい果物か？　そもそも、ＦＡＯから開発予算が出るのかよ？」

ウケモチ・システムは無限に作物を収穫できるという性質上、よほど短期間に大量に食物が必要でない限り一ダンジョンに一台もあれば十分だ。むしろ複数台配置すれば、近隣の既存生産者の利益が壊滅しかねない。結局、量産しても需要がない機械なのだ。

メーカーも売れる見込みがないものの生産ラインを作ったりはしないから、全部が全部手作りみたいなものだ。ワンオフとかビスポークとか呼ばれるものと大差なく、開発費込みの価格だから結構なお値段になる。

麦やコメはコンバインメーカーのノウハウも充実していたから、それでも安い方だったが……

「国連関係の予算は二年単位でしょう？　突然出てきたウケモチ・システムに割ける予備費なんかないと思いますよ」

「しかし、いくらなんでも国際組織が私企業にタカったりは……いや、あり得るな」

国連の懐は、いつもピーピーだ。

アメリカが無駄を理由に分担金の制限を行っていることは周知の事実だが、他にも保留や滞納がたっぷりとあって、満額支払っている国は七十パーセントに過ぎない。

もっとも分担率だけが決まっていて、予算がいくらになるのか分からないなどというシステムもどうかと思うが。

総会における予算承認の議決権くらいは分担率に応じて与えられてもいい気がする。

国連の各種機関には、この一般予算とは異なる「任意拠出金」というやつがあって、多分に漏れずＦＡＯの予算にもこれが含まれている。

それどころか、予算規模は一般予算の一・五倍もあるのだ。本来は国家の拠出金だろうが、ここに民間企業が支出したところで問題はないだろう。カネはカネだ。

「ネイサン博士のお友達だそうですし、シルクリーさんによると『類が友を呼んだような人』だそうですから、たぶんそういうところは無頓着だと思いますよ」

シルクリーさんは、ネイサン博士のアシスタントだ。

「だけど、二十一層の件じゃ大盤振る舞いしてなかったか、ネイサン博士」

「額が違いますよ。それにあれは『いいかげん』って言うんですよ。アシスタントの人の苦労がしのばれますね」

　予算に苦労したことのない研究者は、予算に無頓着なことが多い。俺は思わず吹き出した。

「それに、ひもが付くと面倒なことになりませんか？」

　開発予算を出したんだから、製品に権利があるというやつか。それは当然だとしても、色々口を出されるたびにすり合わせるのは確かに面倒くさい。俺たちはそれが本業じゃないのだ。本業が何かと訊かれると困るが。

　いずれにしても、ターゲットが分からないと開発もくそもない。

「まずは具体的に何を育てたいのか訊いておいてくれるか」

「了解です」

　俺は三好からコーヒーを受け取ると、居間のソファに腰かけた。それを一口すすりながら、窓から空を見上げると、額縁の中には抜けるような青空が描かれていた。

　三好がスイッチを入れたＴＶからは、江の島カメラからの映像が流れている。

「すっかり夏ですねぇ」

「海か……そういや、最後に行ったのは――」

「たぶん、若狭の海でインスマスごっこ(注5)をしたときじゃないですか？」

「ああ……あれは酷かったな……」

　アーシャの支援を受けて三好が暴走したせいで、若狭湾に面した鄙(ひな)びた漁村を舞台に、サプライズなんてレベルではない大掛かりないたずらがさく裂した事件だ。

なぜか本物がいたような気もするが、俺も三好もそれはなかったことにした。「ぼのぼの」張りに、怖い考えになってしまいそうだったからだ。

しかしジェイン家の人たちって、あの後も本当にあの館を使っているのだろうか……

遠い目をする俺にギルティ扱いされた三好は、ゴホンとわざとらしい咳払いをした。

「今年もどっか行くか？」

「どっかってどこへです？」

「うーん……温泉とか？」

「それは冬のバカンスじゃないですか」

「夏の温泉もオツなものだろ？」

「そうかもしれませんが、温泉は危ないですよ」

「危ない？」

「ほら、私たちを乗せて湯煙の向こうへ電車が走ったら殺人事件が起きそうじゃないですか」

「定番だな」

三好のあまりなセリフに苦笑した俺は、見るともなくTVを見てふと思いついた。

（注5）　インスマスごっこ
二巻購入者向けの「ご購入有難うございましたSS」で、今巻にも収録されている『ashes to ashes』のこと。若狭湾で人魚に振り回され、イハ＝ンスレイに潜入して深き者どもの集会に凸する話（個人の感想です）

「じゃあ、コート・ダジュールとかどうだ？　夏のバカンスの定番だろ？」

昔は冬の(注6)リヴィエラなんて歌があったそうだが、どちらかといえば夏の長期休暇向けのリゾートだ。

「先輩、いつからフランス人になったんですか。大体、私たちの渡航自粛要請はいまだに出たままなんですけど……」

一体あれはいつになったら解除されるんだろう。当分は無理か。

「なに、渡航なんかしなくてもいいさ」

「はい？　って、まさか……」

世界はダンジョンのせいで様変わりした。

その最大の原因と恩恵は、言わずと知れたDファクターにあるのだが、あまりになんでもできてしまうため、現代の社会はそれを受け入れる体制になっていなかった。

結局段階的にDファクターの利用を拡大していくことになったのだが、それをダンつくちゃんに納得させるのに大変な労力が必要だったことは、また別の機会に語ることもあるだろう。

しかし、ルールには常に例外というものがある。

そしてここに、おそらくは現在人類において唯一例外扱いされる男がいた——

「ダンジョン外での転移は(注7)失敗したじゃないですか」

結局この力は誰にも公開していない。知っているのは俺と三好の二人だけだ。

ただでさえ異文化の交流が始まって社会の仕組みが混乱しているときに、そんな特権持ちが存在するなんてことが知られたら、間違いなく何かの餌食にされるからだ。主にマスコミの。

「転移なんかしないよ」

「それじゃあ……」

ダンジョンの各階層は、ここことは別のどこかにDファクターが作り出した環境だ。

つまり、やろうと思えば、いつでもここにコート・ダジュールのコピーが作れる――はずだ。

「くっくっく……見よ、コルヌコピアの力を！」

俺が精一杯荘厳な調子でそう言いながら、フィンガースナップで音をたてると、辺りの景色が、コート・ダジュールのそれに――

「あ、あれ？」

――は、ならなかった。

(注6) 冬のリヴィエラ
森進一さんのヒット曲で、56枚目のシングル。

歌詞にリヴィエラらしさはほぼゼロで、「冬のリヴィエラー」と歌うところを、冬の（適当な港町）にしてもまったく違和感がないという凄い曲。

ちなみに、コート・ダジュールは、リヴィエラと呼ばれるイタリアからフランスにかけて広がる沿岸地方のフランス側にある。

(注7) 失敗
web版だとしている。書籍版だと、たぶん十一巻くらいで失敗する予定。

梁の上で羽繕いをしていたロザリオが、何やってんのとばかりに首を傾げると、ピルルと鳴いて自分のキーボードへ舞い降りた。

そうして、しばらくすると俺の携帯が振動した。

「んん?」

そこには、『Dファクターが足りません』と書かれていた。

「エラーメッセージかよ!」

「かっこつけた割に締まりませんね」

「う、うるさいやい」

三好がくすくすと笑いながら、先輩に乾杯とばかりにカップを持ち上げた。

「やっぱ、ダンジョンの中じゃないとダメかー」

いかにDファクターの地上利用が普及し始めたとはいえ、さすがに環境を丸ごと差し替えるのは無理があったようだ。

「地上で大きな事をなすには、まだまだDファクターの絶対量が足りませんよ」

「まあ、奇跡の度合いが進みすぎるのも問題だし、それくらいでちょうどいいか。仕方がないから横浜——は無理そうだから代々木の一層の端っこでコート・ダジュール・プロジェクトを再起動させようぜ」

「こだわりますねー。カリブ海なんかの方が南国リゾートっぽくないですか?」

「サメが怖いだろ、サメが」

なにしろ作り手のイメージや、集合的無意識みたいなものが環境作成に影響するのだ。

俺がカリブ海を作ったら、絶対サメがやって来る。

「俺のカリブ海のイメージは、ジョーズだからな」

「先輩……」

「な、なんだよ」

三好がかわいそうな子供を見るような目つきで、諭すように言った。

「アミティ・アイランドは東海岸設定ですし、撮影はマーサズ・ヴィニヤードですから、あそこは大西洋ですよ、北大西洋。それどころかめっちゃ北で避暑地ですよ、避暑地」

「え、マジ？　サメ被害ったら、フロリダじゃないの？」

アメリカにおけるフロリダのサメ被害は、二位のハワイ州をぶっちぎって、ダントツの一位だ。被害件数はハワイ州の四倍くらいある。

ジョーズの舞台も、すっかりフロリダ辺りだと思い込んでいた。

「先輩……マイアミだって、目の前の海は大西洋ですからね」

「ええ？　バハマもキューバもすぐそこだし、フロリダの先端ってカリブ海じゃないの？」

「バハマも大西洋ですよ。カリブ海ってキューバーより南です」

「キューバの周りは全部カリブ海だと思ってた……」

だって、ハバナはキューバーの北側にある都市だけれど、カリブ地域って言うじゃないか。

しかし考えてみれば『老人と海』だって、舞台はキューバだが、老人が繰り出すのはメキシコ湾だ。ハバナはカリブ地域最大の都市だが、キューバの北側にあるから面しているのはメキシコ湾ってことか。

「第一、仮にサメが出てきても、先輩のステータスなら走って逃げられませんか？」

「走ってって、アメンボかよ……」

だが、水の上を走るために必要なことは、右足が沈む前に左足を踏みだし、左足が沈む前に右足を踏み出すこと。たったそれだけなのだ。

「水の上を走るバシリスクトカゲを流体力学の観点から分析した論文は結構あるんですよ。一九九六年には『ネイチャー』にも掲載されてますね」

「研究者には、思ったよりもずっと変人が多いからなぁ……」

「せめて趣味人って言ってくださいよ。そもそも、先輩にそれを言う資格はないと思いますけど。まあ、そういった論文によるとですね、人間なら大体秒速三十メートルくらいで走れれば水の上を走れるそうですよ」

ＡＧＩ２００のとき、百メートルを二秒で走れそうな気がするから、秒速三十メートルならいけるな。だが足の抜き方とか、いろいろとコツがあるんじゃないだろうか。

「うーん……」

「それに地中海って、少なくとも五十種類以上はサメがいるホットスポットらしいですよ」

「え、ほんとに？」

あんまり海岸でサメ騒ぎとか起こってないようなイメージだったんだが……

「もっとも大抵は外洋にいて、海岸付近には近づいてこないそうです。ヨシキリザメが時々見られるくらいで、危険なホオジロザメは、すでにアドリア海に数匹いるだけだとか、偉い研究者さんが言ってますね」

「それってほとんど絶滅してるってことじゃないの？」

「そうとも言います」

「そう聞くと、なかなか切ないな」

滅びゆく者へのレクイエムが聞こえてきそうな有様なのか。

「そこを意識すると再現されそうで嫌ですけど……もう、この際、普通に江の島あたりでよくないですか？」

「わざわざ環境を創り出しておいて、江の島はないだろ」

「いえ、本物の。新江ノ島水族館のくらげ、可愛いですよ」

確かに、プロジェクトマッピングを利用したクラゲショーはなかなか美しいと思う。だが――

「あれだからなあ…」

俺が視線を向けたテレビの画面では、ちょうど天気予報の江の島カメラが片瀬(かたせ)東浜(ひがしはま)海水浴場を映し出していた。

そこには――

「うっ」

天地人ならぬ人人人だ。まさに孔明の罠（意味不明）

十代の頃、クラスメート数人と一緒に行くなら楽しいだろう。子供がいるファミリーのひと夏の思い出作りにもいいと思う。だが、大人のバカンスと言うにはちょっと抵抗がある。

「シーズンオフなら静かでいい海岸なんだけどな」

「シーズンオフの江の島に行く意味が分かりませんよ」

「江の島丼を食べに？」

「今や、江の島産のサザエなんて使われていないそうですよ……」

「しらすも不漁が続いてるって言うしなぁ」

「そういえば、光の竜騎士になれますよ！」

「はい？　なんですか？　三好さん、それ」

どうやら、エノシマトレジャー ～光と闇の竜騎士～という、藤沢市内に隠されているヒントを集め、最終的に光の竜騎士の証となる《光の紋章》を探し出す、実体験型ロールプレイングゲームだそうだ。主催は藤沢市と観光協会。

京都の東山花灯路（ひがしやまはなとうろ）といい、色々とオフシーズンのイベントを考えるもんだね。

「ま、シーズンオフの話は置いておいて、とにかく今は代々木へＧＯだ。水着忘れるなよ」

「サービス、サービスぅってやつですね」

ここで凸凹が云々なんてことは、思っていても言ってはいけない。

それが世界を平和に導くためのルールというやつなのだ。

§

「ねぇねぇ、はるちゃん。私たち、なんでこんなところにいるのかな？」

「夏休みの特訓中だから」

「春夏のファッションウィークって来月からじゃないの？　こんなことやってて大丈夫？　NY行く前に怪我でもしたら人生棒に振るよ？」

「映画もドラマも目白押しの涼子(りょうこ)に言われたくない」

そう言って次のスライムのコアを叩いた遥(はるか)は、すぐに立ち上がって入り口へと向かった。

「ああ、こんなことなら、芳村さんとこでアルスルズを借りてくるんだった……」

涼子がそう呟いたとき、周囲でうごめいていたスライムたちが、突然動きを止め――

――そして消失した。

§

色々とサマーバカンスの準備をした俺たちは、ふよふよとスライムたちがうごめいている一層の隅へと移動した。

「よし、この辺ならめったに人も来ないし大丈夫だろ」

「いくら先輩でも、海岸なんて作り出せますかねぇ……」

「ネット上の写真で、ばっちりイメージを膨らませてきたから大丈夫だ。サンゴ礁、サンゴ礁、サンゴ礁……」

「先輩、コート・ダジュールって砂利浜も多いですし、あんまりサンゴ砂って感じじゃ……」

「行ったことないから知らねーよ。碧い海は白い砂が定番だろ？　……よしっ！」

そう言っておもむろに目を閉じた俺は、コート・ダジュールの碧い？海を思い浮かべつつ指を鳴らした。

だが何も起こらない。

「あ、あれ？」

またしても失敗か⁉　と思った瞬間、突然周囲にいたスライムたちが連鎖的に弾けて消え、周囲から何かが急激に近づいてきて、体の周りで渦巻いているような気がした。

「う、うぉ⁉」

「せ、先輩。これって大丈夫なんですか⁉」

「な、なんかヤバそう？」

「せんぱーい……なんですかその不安しか煽らない答えは……」

そうは言っても、逃げる場所があるわけではない。俺たちは何が起こっても対処できるように身構えるのが精一杯だった。

その瞬間、ズンッっという地震のような振動が起こったかと思うと、俺を中心に——

「おおっ⁉」

「うそっ⁉」

——白い砂浜と碧い海が広がっていったのだ。

呆然としている俺たちの耳に静かな波の音が聞こえる。目の前の海は、まるで南国の入り江の奥のように穏やかだった。

我に返った三好が波打ち際に駆け寄ると、その水に手を浸し指先を舐めた。

「しょっぱいですよ、先輩！」

「そらまあ、海だからな。しかし——」

俺はぐるりと辺りを見回した。

海はずっと広がっているように見えるし、砂浜の少し先には岩場があるようだ。後方には緑が広がっているが、その先は分からない。

空は抜けるように青く、所々に浮かんでいる雲がいい味を出しながら流れていた。

「——自分でやっといてなんだが、凄いな」

「なんだかトゥルーマン・ショーみたいに、あの先の空が書き割りに思えてきました」

三好は目をすがめて沖の水平線を眺めた。

「だけど、本物にしか見えません。もしもこれが普及したら、大都市圏の住宅事情が劇的に改善されそうですけど、不動産屋さんは大変ですね」

確かに、個人が勝手に空間を作り出せる上に、イメージひとつで環境の改変も自由自在となると、住宅価格と土地価格の暴落は待ったなしだ。

それ以前に、個人がなんでも作り出せるのだとしたら貨幣経済が崩壊しかねない。第一——

「新宿駅前に住民の数だけ入り口がずらっと並んでるのはシュールじゃないか?」

郵便や宅配便の配達が混乱することは間違いない。

「ちょっとディストピア感ありますね、それ。そういえば、ここへの入り口ってどうなってるんでしょう?」

「そういやそうだな」

俺はもう一度辺りを見回してみたが、入り口らしきものはどこにも見当たらなかった。

「出口もないから帰れませんよ? 私たち」

食料や生活必需品は〈保管庫〉の中にたっぷりあるし、三好の〈収納庫〉の中にはドリーだってあるせいか、なんとも緊張感のない様子で三好が言った。

「まあ、どっかにはあるだろ。後で探検するとして、まずは優雅なバカンスとしゃれこもうぜ」

「サービスの人がいませんから、ただのキャンプですけどね」

「では、姫。バカンスセットを設置させていただきます」

「うむ、よきにはからえ」

俺は執事よろしく恭しくお辞儀をすると、良さそうな場所に〈保管庫〉から取り出した大きめのパラソルを突き刺して、ビーチチェアを配置した。

「ねえねえ先輩」

「なんだ?」

「備品も作り出した方が早くないですか?」

「数多くある商品の中から選んだ方がデザインを考えなくてもいいし、楽だろ」

素材のことまで考え始めたら面倒なこと、この上ない。

「なるほど。Dファクターによる物の作成は、クリエイターのオリジナル作成を容易にするだけで、後は今まで通り貨幣経済の枠の中で落ち着くかもしれませんね」

「ぜひ、そうあってほしいね」

凶悪な兵器や貴金属やカネそのものを作り出しそうな連中がいる限り、絶対に自由な利用は許可されないだろうけれど、この利便性は人類に進化の階梯(かいてい)を何段か上らせることになるはずだ。

§

「おい!　スライムが消えたぞ!?」

吉田(よしだ)は、カメラマンの城(じょう)に向かってそう吼えた。

この状況は一度経験したことがある。そう——

「さまよえる館の出現か⁉」

「もしもそうなら、番組の寿命が延びそうですね！」

吉田陽生探検隊は、初期メンバーのテンコーやゲストの斎藤涼子がいなくなった上に、競合番組が増えたことで、なだらかに視聴率を落としていた。

ここらで何かテコ入れをしないと、打ち切りの憂き目に遭いかねない。そんなわけで、彼は暇があればカメラマンの城と共にダンジョンに来ていた。

そうして今、千載一遇といえるチャンスに遭遇したかもしれないのだ。鼻息も荒く色めき立つのは仕方がない。

「くそ、だが、一体どこに……」

日が変わるまでには、まだまだたっぷりと時間はある。だが、代々木のワンフロアは広い。一層なら直径が五キロの円状だ。でたらめに歩いたところでそれに遭遇できる可能性は——

「あれ？　吉田さん？」

「は？」

角を曲がって現れたのは、天の助けか斎藤涼子か。

とにかく映像が華やかになることは間違いないと吉田は内心ほくそ笑んだ。彼女のプロダクションが首を縦に振ればだが。

「こんなところで何やってるの？」

「何って……ネタ探しに決まってるだろ」

「一層で？　いまさら？」

「現場百遍、原点回帰、温故知新は世の理ってこった。斎藤ちゃんこそ、今や押しも押されもせぬ大女優の一角に手をかけてるところだろ。なんでこんなところに来てるんだよ」

「ご挨拶ねー。人気商売に安定なんかないの。努力を怠ればすぐにすくわれちゃうんだから」

もっともらしいことを言う涼子に、遥はジト目を向けていた。

なにしろ彼女は遥にくっついてきただけなのだ。もちろん自分の安全を慮ってくれているわけで、ありがたいことではあるのだが。

「ほんと、世知辛いよねぇ」

番組が打ち切られそうになっている吉田は、他人事じゃないなとばかりに頭を掻いた。

「それで、後ろの彼女は？」

「こんにちは。御劔遥です」

「御劔遥？　……って、話題のモデルの!?」

「あれ、吉田さん、よく知ってるじゃん」

「そりゃ知ってるさ、時の人だろ！　え、もしかして――」

「だめだめ。勝手に撮ったら罰金ものだからね？　あとスンゴいお金を請求されるから」

プロのモデルの映像は商品だ。

本人といえども勝手に提供するわけにはいかないし、スーパーモデル級ともなると、その対価も半端ない。

「くっ、まあそりゃそうか。で、斎藤ちゃん、どっかで館を見かけなかった？」

「館？」

「一層のスライムが突然いなくなったんだよ。またあの館が出現したに決まってるだろ！」

「ええー？　さまよえる館って、モンスター一種類につき一回の出現だって聞いたよ？　一層ってスライムしかいないじゃん」

つまり一度出現している以上、館が出現する可能性はゼロのはずだ。

「しかし、何かが起こっていることは確実だ」

そう言って吉田は辺りを指し示すように両手を大きく広げた。

「そりゃまあ、そうかもしれないけど……」

「それに、何事にも例外は――」

そのとき、早くしてくれないかなーと後ろ手を組んで、辺りを手持無沙汰に見回していた遥が声を上げた。

「り、涼子！」

「え？　何？」

「あ、あれ……」

彼女が指差した通路の奥には、そこにあるはずのないものが鎮座していたのだ。

「ええー!?」

「なんだよ、何か――」

その通路に歩み寄った吉田は、大きく目を見開いて言葉を詰まらせると、それから目を逸らすことなく、急いで手だけを大きく動かして城を招いた。

「なんですか、吉田さん。大袈裟だな」

「と……」

「と？」

「録れ！　今すぐ！」

「はぁ？」

カメラを持ち上げて、その通路を覗き込んだ城の目は、ファインダー越しに写るありえないものに釘付けになった。

「ドア？」

そこには、ドアがしつらえられていたのだ。

「なんですか、あれ？　ダンジョンの中で、あんなの初めて見ましたけど」

「知るか！　とにかく開けるぞ！」

いきなりそう言った吉田に、涼子は眉根を寄せた。

「ええ？　危なくない？」

「知るか！　ここであれを開けなきゃ、一生後悔するだろ！」

なにしろ全員がさまよえる館の経験者で、遥と涼子は、さらに追いかけてくるアイボールたちを目の当たりにしているのだ。

あの扉の向こうに、ぎっしりとそれが詰まっているかもしれないと考えると腰が引けた。

「ねえ、はるちゃん――」

逃げとこうと言いかけた涼子は思わず息を呑んだ。そこには目をキラキラとさせた遥がドアを見ていたのだ。

そう言えば彼女は、知り合いが考えているよりは子供で、冒険が好きだったことを思い出すと、涼子はがっくりと肩を落とした。

なにしろ、何も知らなかった頃、最初にダンジョンに行こうと言い出したのは彼女だ。

「え、なに？」

「うんにゃ、なんでもない」

よっぽど彼女の方が吉田陽生探検隊に向いてるんじゃないのと思いながら、それでも涼子はすぐに逃げられる態勢を整えて、逃げるルートを思い浮かべていた。

恐る恐るを装いながら、誰よりも早くその扉の前へと到達した吉田が、「我々はダンジョンの深層で、その深淵へと続く不思議な扉を発見した」と、カメラの前で語っているのを聞いて、遥は思わず苦笑した。

「ここって一層だよ？　それに確認もしないでダンジョンの深淵って……盛りすぎじゃない？」

「まあまあ、あれがバラエティー的演出なんだよ」

そうして吉田が深淵へと続くらしい扉のハンドルを摑んで引っ張った。が……

「むっ」

その扉はびくともしなかった。だが鍵穴のようなものは見当たらない。

「何か、秘密の仕掛けが施されているようです」

カメラに向かってそう言う吉田に、城が「押すんじゃないですか？　蝶番がこっちからは見えないですし」と、ポーズボタンを押しながら言った。

「へ？」

間抜けな声を上げた吉田は、ごまかすように咳払いをすると、気を取り直したように表情を引き締めてテイク２(ツー)を開始した。

そして、もう一度さっきのセリフを喋りながら、今度はドアを押し出した。するとドアは音もなく――

「な……」

――開いた。

「なんだ、こりゃあああ⁉」

一気に白飛びしたファインダーの画面が、徐々に色を取り戻していく。

そうしてそこには、碧く広がる海と真っ白な砂浜が、ずっと先まで続いていたのだ。しかもドアが開けた穴は、空間を突然四角形に切り取ったかのように空中へと繋がっていた。足元の二メートル下には海があり、砂浜までは三十メートルほどだろうか。

「わー！　凄いきれいだよ、涼子」

「まあそうだけど……ここってダンジョンだよね？」

燦々と太陽が輝く砂浜には人影一つ――

「あ、あれ？」

「どうしたの？」

「あれって……」

涼子が額に手を当てて影を作り、目をすがめながら指差した砂浜の向こうに、なにやらパラソルのようなものが刺さっていた。

そうしてその下には、ビーチチェアが……

「誰かいるぞ⁉」

「第一海人発見！」

城がカメラのズームを十倍まで拡大しながら、そこに寝そべっている人影を捉えて言った。

「女っぽいな」

彼がそう呟いた瞬間、遥と涼子は顔を見合わせて頷きあった。

ことダンジョンの中で信じられない出来事が起こり、そこに人間の女性がいるとしたら――

「三好さんだ！」

そう言って、涼子は遥の手を引っ張って、「ひゃっほーい！」と叫びながら二メートル下の海へと飛び込んだ。

「きゃあああ！」

女性の悲鳴とともに、何かが水に落ちる音を聞いた三好は、ビーチチェアの上で上半身を起こして、音のした方を振り返り目をすがめた。

「なんだ今の?」

ビーチパラソルの脇にドリンク類を取り出しながら、俺が顔を上げると、三好が向こうを指差しながら「誰か来たみたいですよ」と言った。

「誰か来た?　ここへ?」

よく見ると、そこには黒く小さな穴が海の上の空間に浮かんでいた。どうやらそこから誰かが飛び込んだようだ。

「ほんとだ」

「なんだか空中に穴が開いてるっぽいですよ」

特定のダンジョンのフロアへ別のフロアから繋がる入り口は大抵一つしかない。

この空間も似たようなものだとすれば、あそこがこのフロアからどこかへと通じる出入口なのだろう。

「あれがもしこの空間への唯一の入り口だとしたら、少々探したくらいじゃ見つからなかったかもなぁ……」

なにしろ海上二メートルの位置にある、何もない空間なのだ。

「ま、食料は一杯ありますから」

「しばらく行方が分からなくなっていたりしたら、政府が大騒ぎしてるかもしれないぞ」

鳴瀬さんに説教されるくらいならまだましだ。

「それはちょっと勘弁してほしいですね」

これって、もしも一般人が空間を作って出口が見つからなかったら、その空間の中で餓死するんじゃないだろうか……

大抵携帯が繋がるとはいえ、そこがどこだか分からなければ、救助に来られるはずがない。さすがにGPSは仕事をしないだろう。

Dファクターで食料も作り出せるのかもしれないが、まさか一生をそこで過ごすというわけにもいかないだろう。

「こりゃ、新たなる問題の発覚だな」

「テストプレイは大切だってことですね」

§

「もう！　涼子ったら何するのよ！」

「いやー、やっぱ夏は海じゃない？」

「こんなかっこで泳げるわけ……あれ？」

「さすがはダンジョン協会推奨の初心者装備。ちゃんと浮力もあるし、水に落ちたときのことも考えられているんだねー」

初心者装備の各部には、結構な浮力があって救命胴衣ばりに浮かぶし、水の中でもそれなりに動けるようだった。

「それにしたって、いきなり飛び込むなんて」

「美人が二人で、びじょびじょだね！」

「……オヤジギャグはモデルの寿命を縮めるんじゃなかったっけ？」

「私はモデルじゃないから大丈夫」

「何それ」

「とにかく、浜に上がろうよ」

涼子はそう言って、上の二人に手を振ると、砂浜に向かって泳ぎ始めた。

「おい、俺たちも行くぞ！」

「ちょ、吉田さん、待ってくださいよ！　下って足が着くんでしょうね⁉」

「なんでだよ。お前カナヅチなの？」

「違いますよ！　海水に浸けたりしたらカメラがおじゃんになるでしょ！」

「ええ？　業務用なんだから防水防塵（ぼうじん）じゃないのか？」

「バカ言わないでください。なんのためにレインカバーがあると思ってるんですか」

城は憤慨したように言った。

「アクションカメラじゃないんですから、防水――しかも海水ＯＫな業務用カメラなんて、ほとんどありませんよ！」

なにしろ、業務用ビデオカメラは高額だし、しかも会社の備品だ。海に飛び込んだら壊れましたでは、上も許してくれないだろう。

「深さが大丈夫なら、ロープで下ろして……」

そう言いかけた城が、突然、沖の方を見たまま固まった。

「なんだ？　どうした？」

吉田も、城の視線につられて沖へと目をやった。

そこには一本の白い線が、岸に向かって泳いでいく二人を目指して引かれていた。

「ま、まさか……」

その線を見た二人の頭の中には、ズンズン、ズンズン、ズンズンズンズンズンズンズンズン、と低音が響く有名なＢＧＭが聞こえてくるようだった。

やがて、その白い線から、大きな三角形の何かが姿を現した。

§

「あれは……」

〈生命探知〉に引っかかる人間の数は四人。しかも今海岸に向かっている二人は、どうやら知り合いのようだ。

「御劔さん？」

「ええ？　先輩、いつの間に連絡したんです？」

「いや、してないっての」

俺は慌てて否定した。

「まだ、どうなるかどころか、できるかどうかも分からない環境の作成に、誰かを巻き込むはずないだろ」

「私、巻き込まれてる気がするんですけど？」

ビーチチェアから足を降ろして、ジト目でそう言う三好に危険な香りを嗅ぎ取った俺は、慌てて言い訳をしようとした。

「い、いや、三好くんなら何があっても大丈夫かなーってね。ほら今までだって、色々と――」

「先輩！」

三好が突然真顔になって指差す先を振り返った俺は、岸に向かって泳ぐ二人の後ろに白い線が引かれるのを見た。そうして、そこから三角形の大きなヒレが――って、ヒレ⁉

「お、おい、三好！　あれって……」

「考えてる場合じゃありませんよ先輩！　一体どんなイメージで作ったんですか、ここ！」

「いや、どんなって……」

確かに砂浜の色は、フィジーやカリブや沖縄の影響がないとは言えないが……

「あれじゃ、ぎりぎり追いつかれますよ！　どうにかしないと！」

三好が立ち上がってすぐさま鉄球を打ち込んだようだったが、距離がある上に、海水に阻まれて効果がないようだ。俺がやっても同じだろう。

「くそっ！」

俺は、ステータスを最大値に引き上げると、砂を蹴って走り出した。

§

「涼子。あの人たちなんだか騒いでない？」

「ん？」

扉の入り口で、吉田と城が大声で何かを叫びながら手を振って、沖を指差している。

「んんん？」

その方向を見ると、水面の上に何かが――

「うぇ!?　はるちゃん！　なんかヤバそう！　海岸へ急いで！」

大急ぎで海岸に向かって進み始める二人だったが、頭を出して足が着くくらいの深さが災いして、泳ぐんだか走るんだか分からない中途半端な行動になってしまい、焦りばかりが先行して遅々として進まない。

涼子は、遥が先行するのを見届けると、ここでなんとか食い止めなきゃと、背泳ぎラッコのポーズになりながら沖を振り返った。

海の上に突き出ている巨大なヒレは、わずか十五メートルほど先まで近づいている。

(ぐ、これは参ったなぁ……ししょー)

泣きが入りそうになりながら、ヒレと対峙していると、後方から驚いたような声が上がった。

「涼子！　何してるの！　――ええ⁉」

最後の声は私の行動に対する驚きかな？　などと思いながら、振り返りもせず、覚悟を決めた彼女が左手でサムズアップを掲げたとき、左手からバババババッともの凄い音が聞こえてきた。

思わずそちらに目をやると――

「師匠⁉」

芳村が走ってこちらへ向かってきていた。水の上を走りながら。

「何それ⁉」

芳村が水しぶきを上げながらヒレと自分の間へ滑り込み、そのまま沈んで行きながら、後ろも見ずに声を上げた。

「上がれ！　早く！」

「は、はい！」

彼女は、そう返事をすると、驚きと安堵を抱いて海岸へと泳ぎ出した。彼らが来てくれれば、大抵のことは大丈夫。彼女はそう信じていた。

§

（はー、本当に水の上って走れるんですねぇ）

海岸で御劔さんを助け上げ、バスタオルを渡しながら、三好が感嘆の声を念話で伝えてきた。

（何、暢気なこと言ってんだよ！　これ、どうすりゃいいんだ⁉）

（酸素ボンベを咥えさせて、それを銃で撃つってのが定番ですけど……）

（そんなもんが、どこにあるんだよ‼）

（エンカイ様だってぶっ飛ばしたんですから、ホオジロザメの一匹や二匹は楽勝ですよ。ポーションもありますから）

（ぜんっぜん安心できねぇ‼）

〈保管庫〉の中にも、水中で使えるような武器はない。剣にしたって水の中では振れそうにないだろう。

〈土魔法〉も〈水魔法〉も覚えてるやつは水の中では勢いを失いそうだし、それごと吹っ飛ばせそうな〈極炎魔法〉を使ったら水蒸気爆発を誘発しそうだ。

そうなると、唯一使えそうなのは衝撃波しかない。

俺は突撃してくるヒレを見ながらタイミングを合わせてジャンプすると、水の外から頭があるはずの位置に全力で掌底を打ち下ろした。

ドンッという大きな音とともに、砲撃を受けたような水しぶきが高く上がり、海底が空気にさらされる。

俺は、そこにいるはずの何かをぶっ飛ばしたつもりだったが、手ごたえが――

「なんだ⁉」

――まるでなかった。ヒレの前には何も存在していないかのように。

ヒレは唖然としている俺の横を、そのまますいすいとすり抜けて波打ち際へと進み、砂浜へと上陸した。

「はぁ？」

ヒレから足が生えたようなそれは、波打ち際でぱたりと倒れると、中から小さな女の子が出てきて、くるりと振り返るや、やあとばかりに手を上げた。

「ダンつくちゃんかよ……」

俺はがっくりと肩を落とすと、彼女の下へと歩み寄って訊いた。

「お前、何やってんの？」

「夏の海で、真打はこうやって登場すると聞いた」

「誰に？」

「タイラー」

あのおっさん……

偉い博士ってやつは、みんなどっかおかしいんじゃないか？

「違うの？」

「あー、まあ、あまり一般的とは言えないな」

「地球の文化的多様性は、ちょっとおかしい」

そりゃまあ、国家なんて概念が消失して、惑星一つが同一の文化的基盤の上に成立しているような社会から見ればその通りだろう。

だが、これは文化的多様性とはなんの関係もないと思う。

§

「おい！　録ったか、今の!!」

ダンジョン探索中に現れた、碧い遠浅の海に現れる巨大なホオジロザメと素手の探索者との戦いだ、しかも砲撃のごとく立ち上がった水柱と、雨のごとく降り注ぐ海水のシャワー。

モーゼもかくやと言わんばかりにたち割れた海中の空間に、辺りの海水が大きな渦を巻きながら吸い込まれ、さながら神話の一節のようだった。

「ばっちりですよ！　凄い画になってるはずです！」

「よおし！　斎藤ちゃんたちも無事みたいだし、これで番組は安泰だ！　しかもあの子供！　早速インタビューに突撃するぞ！」

そう言って、吉田が飛び降りた場所は、ぎりぎりつま先立ちで顔が覗くかどうかという深さだった。

「カメラ下ろします！　濡らさないでくださいよ、うちの備品なんですから！」

「お、おお……」

ロープを結んで下りてきたカメラを万歳スタイルで受け取ると、ぴょんぴょんと跳ねながら吉田は岸を目指し始めた。

§

「地球の海には、ジョーズとかメグとかいう恐ろしい肉食系のモンスターがいると聞いた。あと空飛ぶサメとか」

「は？」

「ピラニアとかトマトも飛んで人を襲うって」

「待て。その知識はどっから——おお⁉」

そのとき、空間に開いた穴の縁にいた二人が、海へと下りてこちらへ向かっているその沖で、海面が大きく盛り上がった。

「おいおい、また新しい演出か⁉」

「だけどダンつくちゃんは、ここにいますよ」

「じゃあ、あれは……」

盛り上がった海面は、そのまま弾けるようにして——

「げぇ……」

——中から巨大なタコの足のようなものが、うねうねと現れたのだ。

§

「ちょっ、吉田さん！　後ろ、後ろ！」

「後ろって……おわっ！」

盛り上がった水面に押された吉田は、なんとかカメラだけは濡らすまいと、不自然な体勢でこけそうになりながらも、水面に出した二本の腕だけは死守していた。まさにプロ根性だ。

そうして、がぼがぼと音を立てながら水面に顔を出した吉田が見たものは、空中でうごめく巨大なタコの足だった。

「じょ、城！　カメラ！　カメラ！　回せ……うぷっ」

必死にカメラを城に渡そうとする吉田だったが、タコの足が起こす波に翻弄される。

「それどころじゃないですよ、吉田さん！　あれ、あれ!!」

タコの足の中央から、巨大なサメの頭が顔を覗かせたかと思うと、それが大きく口を開けて、声にならない咆哮を放った。

「カメラ持ってちゃ間に合いません！　捨てて！　浜へ急いで!!」

「ば、馬鹿野郎！　何しにここへ——ぬおおおお!!」

サメの頭が足を動かすたびに大波が発生し、波に翻弄される吉田は、カメラを濡らさないようにするのが精一杯だった。

§

「なんだよあれ!?」

「タコの足がくっついたサメ。つおい」

「そんなのが、どこの海にいるんだよ!?」

俺の突っ込みに、ダンつくちゃんは自信満々な様子で胸をそらした。

「フロリダ。軍の秘密実験で作られたって聞いた」

「あのな……」

「タイラー博士って、Ｂ級映画のファンなんですかね？」

目の前の状況を無視した三好が、暢気な様子でいかにもありそうなことを言った。

まあ、襲われているのは現役の探検隊の隊員だ。まともに逃げようとしているようにも見えないし、きっと余裕なのだろう。

斉藤さんや御劔さんと違って、怪我をしたところで勲章のようなものだろうし。

「あれ、オリジナル(注8)は、古生代にいたダンクレオステウスとタコのハイブリッドなんですよ」

「え、サメじゃないの？」

三好の言葉に、ダンつくちゃんが首を傾げる。

「そうなんですよ。でもリメイクはサメですから、いいんじゃないですか」

「お前ら、なんの話をしてるんだよ！　フィクションを真に受けるんじゃゃ――」

いや、考えてみればこいつは、フィクションを真に受けてダンジョンを作り出したんだ。

宗教についての反応も、ことごとく人類の思考を統計的に真に受けたんだった……

「はぁ……」

「どうした？　元気出せ」

「お前に慰められると、余計に元気がなくなりそうだ」

「それは大変だ。じゃあ私カエル。げこげこ」

（注8）　オリジナル

嘘みたいな話だが、シャークトパスはリメイクなのだ。

元になった"Shark - Rosso nell'oceano"では、サメではなくて、古生代の生物とタコのハイブリッドだ。しかし、よくあれをリメイクしようなんて考えたものだなぁ……

そう言って彼女は、後は任せたという意味だろう、三人の女性にバトンを渡すようにタッチすると、突然消えてしまった。

「あのくだらないジョークは、誰の影響だ？」

「日本語じゃないと意味が通じませんから、タイラー博士じゃないですよね。どう考えても、先輩じゃないですか？　前に、『〜(なになに)しまうす、ちゅーちゅー』とか言ってませんでしたっけ？」

「俺!?　そんなこと……言ったかもしれないが」

緊張感のない俺たちのやり取りを聞いていた斎藤さんが、おずおずと口を出した。

「ねえねえ、ししょー。あれ、放っといていいの？」

斎藤さんが指差す先には、猛るモンスターと、それに翻弄される二人の男性が、何かが起こるのを待っているかのように硬直したシチュエーションを繰り返していた。

「え？　あれって例の探検隊だろ？　ピンチになってるのは演出じゃないの？」

「吉田さんも城さんも探索者としては、以前のファン層レベルだよ！」

「はぁ？　番組で十八層とか行ってただろ!?」

戦闘シーンだって撮影されていたはずだ。

タコサメは派手そうに見えても、モンスターの強さで言えば十四層前後だと、〈生命探知〉の反応の大きさが教えている。海の中という不利はあるが、十八層以降で戦える探索者なら、そうそうやられたりはしないはずだが……

「そこが、『カメラマンと照明さんの後に入る』ってやつよ」

「隊長の戦闘も演出なのかよ！　んじゃ、あれは――」

「必死に逃げてるんだと思うよ。真剣に」

逃げてる？　そう聞いてもう一度状況を確認したが、逃げているというよりカメラを濡らさないように万歳で頑張っているだけに見える。

恐怖に彩られ、涙で顔をぐしゃぐしゃにしている様子は、まさに迫真の演技だ。それが演技だとしたら、だが。

「いやだって、カメラをかばう余裕はあるみたいだぞ？」

「そこは、ほら、彼らもプロだし。さっきの芳村さんの映像は、かなりのバリューがありそうじゃない？」

「あのまま沈めた方がいい気がしてきた」

さっきは誰かが見ているなんて気にしている場合じゃなかったからなぁ……ああいう映像はできれば残したくない。あいつら一般人の映像は、許可なく勝手に使いやがるから。

「だけど、あの人たち一向に襲われませんよね？　とっくに食べられていてもおかしくないシチュエーションなんですけど……」

いつでも介入できる態勢を整えつつ、三好が不思議そうに言った。

そう言われれば……

「確かに、触手をうねうねさせてるだけだな」

そう言った瞬間、俺のポケットの携帯が振動した。最近の携帯は防水だからちゃんと動くし、ここにも電波は来ているようだ。

それを取り出し画面を見た瞬間、俺はガクーっと肩を落として、それを三好に差し出した。

『強そうなやつは、もったいぶってやられるのが基本』

「押さえてますね」

「だから何をだよ！」

以前はセットが安くて動かせないから、そこでうごめいているだけってのがB級映画の基本だったが、あれには関係ないよな。

（だけど助けるったって、どうすんだよ。遠距離は目立つぞ）

いまさらとはいえ、目の前で襲われているのはＴＶ番組を作ってる連中なのだ。

（しかたありません。ここは彼女たちに頑張ってもらいましょう）

（は？）

「じゃあ、御劔さんと斎藤さんにはこれを」

そう言って三好は、〈収納庫〉から取り出しておいたらしいタオルで包んであるコンパウンドボウを取り出して、二人に渡した。

「うわっ。どっから⁉」

「ダンジョンの中は常在戦場。準備を怠ってはいけません」

三好がすました顔でもっともらしいことを言うと、それにつられて二人が感心している。

いや、騙されてるぞ、君たち。

「な、なんでもいいから、なんとかっ、がはっ……ごぼごぼごぼ」

「あ、こけましたよ」

「あんなにカメラを死守してたのになぁ」

憐れカメラは水の中だ。ラッキー。

「ねえねえ芳村さんたち、いくらなんでも酷くない？」

「ちょっと緊張感が足りないよね」

う、まずい。このままだと酷い男だと誤解されそうだ。

「ゆ、弓は使う時には引き絞るけれど、使わない時には緩めておくものだろ？」

「今が使う時だって言われてるんじゃないですか？　緩み切ってますよ、先輩」

「いや、なんかもうバカ映画の撮影にしか見えなくて……」

沖でうねうねと触手を動かすだけのモンスターに、手前で万歳しながらばちゃばちゃと垂直飛びを繰り返す襲われているはずの二人。

「ですよね！」

斎藤さんと御劔さんは、俺たちの会話にため息をつくと、二人同時に弓を引き絞った。

「おお！」

射られた二本の矢は見事にサメの両眼を射抜き、タコサメは大きく口を開けて天を仰いだかと思うと、矢が飛んできた方向に頭を向けて――

「「ぬおおおおっ！」」

二人の男を波で吹き飛ばしながら、弾丸のような速度で、こちらに向かって突進してきた。

「先輩、先輩。そういえば、あれって確か水陸両用のモンスターですよ」

「上陸もありなのかよ！」

彼女たちは凄い速度でサメの頭を針山に変えていたが、サメはそれをものともせず砂浜に上陸しようとした。

「うぇっ、芳村さん！　ヤバいよ！　なんとかして!!」

「なんとかってもな……まあ、大丈夫だろ」

「え？」

ゴギャッという音とともに、サメの頭が跳ね上がる。三好が見えない位置から鉄球を顎の下に打ち込んだに違いない。

「ええ!?」

そうして、跳ね上がったサメの開いた口の中に、御劔さんが連続して数本の矢を打ち込んだかと思うと、触手が動きを止めて全体の色が一気に白くなった。

それでも慣性で砂浜へと突入したタコサメは、砂の上にきれいな線を描きながら滑走した。

「締まっちゃいましたかね？」

「ぽいな」

どうやら、連続で打ち込まれた矢が神経節を破壊して、タコを締めたときのような状態になったようだ。

停止したタコサメは、ダンジョン内のモンスターらしく黒い光に還元された。そうして後には、何か小さな箱のようなものが残されていた。

「え、え、ドロップアイテムってやつ!?」

それを見て斎藤さんが驚いたような声を上げた。

「そんなに驚かなくても、見たことくらいあるだろ?」

「いやー、自分で倒したモンスターからのドロップって、私、初めてじゃないかな」

GTB(ゴブリントレジャーボックス)はドロップとは言わないし、十層(注9)じゃ何が起きたか分からなかっただろうしなぁ……

でもとどめを刺したのは御劔さんだよ?

喜々としてそれを拾いに行った斎藤さんだったが、アイテムを手に取ると奇妙な顔をした。

「は?」

「どした?」

「えーっと……SHARKTOPUS vs PTERACUDA って書いてあるんだけど」

「なんだそれ?」

(注9) 十層
五巻に収録されているイベントで、web版には存在しない。

まあ、十層で何かあったんだなくらいでスルーしてほしい……ってこれの読者で、本編を未読の方はほとんどいないか。

「シリーズの二作目ですね」

三好が笑いをこらえながらそう答えた。

「なんだかＤＶＤのケースのような……」

「はぁ？　ＤＶＤ？　ドロップアイテムが？」

一度も聞いたことがなかったから、レアと言えばレアなのだろうか。

難点を言えば、ダンジョンに潜らなくても買えるという点だろうが……しかも今時、素のＤＶＤかよ。

「何か、希少なソフトだとか？」

それをためつすがめつしながら尋ねた斎藤さんに、三好は首を横に振って「全然」と答えた。

「はー……じゃあ記念に……はるちゃん、いる？」

「どんな話なんです？」

「プテラノドンとバラクーダのハイブリッド種が、さっきのやつと戦う話です。赤ちゃんシャークトパスが可愛いんです」

頭の上に？マークを浮かべている御劔さんを横目に、俺は思わず突っ込んだ。

「なんだよそれ？」

「三作目なんか、もと野球選手がシャチと狼のハイブリッド種になって、球場でさっきのと戦うんですよ！」

「すまん、もう何を言ってるのか全然分からん」

DVDは、ドロップ記念という名目で、とどめを刺した御劔さんに進呈された。

その後ネットで視聴したところ、内容は、三好の説明の通りだった。

§

「かはーっ……斎藤ちゃん、ホント助かったよ。もっかい番組に出ない？」

「お断りします」

「ヒュー、It's so cool. 画になるんだけどなぁ……」

吉田隊長が出演ナンパしている間に、カメラを受け取った城とかいうカメラマンは、それを三好に貰ったタオルで拭きながら動作をチェックしていた。

「吉田さーん、こいつ、うんともすんとも言いませんよ……どーすんだ、これ、高いのに……」

どうやら完全に壊れたようだった。

そもそも、防水じゃない電化製品が水に落ちたら乾燥するまで電源入れちゃダメだろ。

「それより中身だよ、中身！　メモリーカード、確認できない？」

「ここじゃ無理っすね」

「くっ、仕方ないカードだけ取り出して――」

おそらく乾かしておいてと言おうとした吉田隊長の言葉が終わらないうちに、砂浜の向こうの岩場から、何かの声が聞こえてきた。

「歌？」

「あれじゃないですか」

三好が指差す砂浜の先にある岩場では、上半身が裸の美しい女性が座っていた。ただし、腰から下は――

「アンデルセンか？　いつからコート・ダジュールが、北欧の海に？」(注10)

「さっきのタコサメくんはフロリダでしたからね。でも、人魚姫なら今や世界中にいますよ」

日本だけとっても大分の『うみたまご』を皮切りに、大阪湾や名古屋港などにレプリカが置かれている。

大阪湾の彼女は、ほんとにマイナーなところにポツンといて、メンテナンスもされてないのか、浮かび上がった緑青(りょくしょう)が寂しげで風情があったのに、今や移転されてすっかり見世物っぽくなっているのが残念だ。

もっとも、海なんか全然関係ない札幌駅にまで置かれているから、海があるだけましなのかもしれない。

「人魚ってだけなら、こないだの小浜にもいたしな」

「あれは伝統的なタイプで、腰から下が魚でしたね」

コペンハーゲンのものは、足の先だけがヒレなのだ。

それを見た瞬間、足元でうなだれていた二人が勢いよく立ち上がった。

「逃がすなー！　回せー‼」

「回すカメラがありませんよ！」

「あ、そうか！　くそっ、なら携帯で！」

「幾ら解像度が高くても、放送用素材としてはどうですかね……」

「いいんだよ！　モキュっぽいだろ！」

「吉田さん、モキュ否定派じゃありませんでしたっけ？」

「時と場合によるんだよ！　くそっ、携帯じゃ近づかないと豆にしかならん！　行くぞ！」

携帯のカメラのズームでは、いくらなんでも遠すぎるのだろう。

携帯を握り締め、二人して突撃して行ったが、カメラがないならカメラマンはいらないんじゃな

（注10）　北欧の海

コペンハーゲンの正面は、バルト海なのか北海なのか微妙な位置にある。厳密にいえば、エーレスンド海峡（重言だ！）はどちらにも属していないようだ。

なお、世界三大がっかりの一翼を担う人魚姫像から対岸を見れば、ミッケラー（クラフトビールの醸造所。醸造設備がないのに醸造所とはこれいかに）の看板が見える。そこから南へ少し下れば、あのnomaだ。

以前は結構荒んでいた場所で、今でも裏の道路にはごみが散乱していたりするのだが、どうしてあそこに引っ込したんだろう？　都市型農場をやれそうな広い場所が他になかっただけなのかもしれない。

nomaと言えば、姉妹店ともいえるINUAがKADOKAWA富士見ビルに入居していたが、残念ながら二〇二二年の三月末で閉店した。

コロナウィルスの騒動で閉店が一年にも及んだことと、シェフのフレベルさんが身内の不幸で帰国を決意されてしまったことが原因らしい。仕方がないことだとは言え残念だ。

いだろうか？

「さすがにＴＶの人は元気ですねぇ」

三好が良く言えば感慨深げに、悪く言えば呆れながらそう言うと、御劔さんが唇に指をあてながら首を傾げた。

「だけど、芳村さん」

「ん？」

「人魚姫って歌いましたっけ？」

そう言われればそうだ。あれは足と引き換えに声を失う話なのだ。

「んじゃあれは？」

「いませんか？　人魚っぽいモンスターで歌を歌うやつが」

「……セイレーンか！」(注11)

古い時代のセイレーンの下半身は鳥だ。だが中世には魚になり、現代ではスターバックスのロゴマークとして採用されている。茶色のロゴ時代は、まさに両足が魚の尾になっている二つ尾のセイレーンだった。

ふと目をやると、人魚に向かって突撃していた吉田と城が、ふらふらと歩きながら、水の中へと沈みかけていた。

吉田が構えていた携帯が、ポチャンと音を立てて水の中へと落ちると、ゆらゆらと光を残しながら沈んでいく。

城が持っていたカメラも、すでに海の中のようだ。俺としては非常に都合がいいが——

「あれってやっぱり……」

「魅入られてるんだろうな」

「あのままだと、溺れ死んじゃうってパターンじゃないですか？」

「いや、そうは言ってもなぁ……」

美しい女性の顔をした相手に、鉄球をぶつけるというのはいささか抵抗が——

そう考えた時、空気を切り裂く音に続いて何かの悲鳴が聞こえたかと思うと、唐突にその歌が途絶えた。

「やっりー」

「え？」

件のセイレーンは、頭に二本の矢を生やして、そのまま海の中へと滑り落ちた。

「いや、えって……あれモンスターだよね？」

「あ、ああ。うん、そう。……この距離で凄いな、二人とも」

（注11）　セイレーン

wikipediaには、「ギリシャ語では羽根と鱗は同じπτερνγιονだから下半身が鳥から魚に変わったんじゃないの？」と書かれていて、ネット中でそのまま引用されているが、「πτερυγιον」の間違いじゃないの？と思ったことは内緒だ。

なお、作者のギリシャ語は、芳村のフランス語以上に怪しいので識者の意見を待ちたい。

躊躇のなさに驚いたのだが、俺は思わず適当なことを言ってそれをごまかした。

まあ、人型とはいえ距離があるからディテールまでは気にしないだろう。的といえば的だ。

「特訓の成果ってやつ？」

そういやこいつ、アーチェリーの金メダリストだっけ。箔が付いたもんだよなぁ……

コロナで開催が危ぶまれた昨年のオリンピックは、日本に来るだけでウィルスが無毒化する現象のせいで無事に開催どころか世界中から観光客が殺到した。むしろオリンピックがオマケイベントのごとく、会場とは無関係な場所の宿泊施設も埋まったそうだ。

ともかくその大会では、彼女を始め、探索者出身の選手が大活躍した。

あまりの世界記録ラッシュに、大会中から探索者と一般人のカテゴリーを分けるべきだなんて議論が再燃したくらいだ。

もっともその彼女と同じくらいの精度で矢を射ている御劔さんも御劔さんなのだが……

「だけどこの海、モンスターだらけですね」

「一層にこんなのがあったら危なくない？」

「モンスターだらけなのは、主に先輩のせいですね」

「ええ？　師匠、なんかしたわけ？」

「ちょっと待て！　何を想像しているのか知らないが、違う！　絶対違うからな！」

「ええー？」

はぁ、せっかく夏っぽく海へやって来たと言うのに、次から次へとモンスターは出るは、マスコミはいるはでちっとも落ち着かない。

「なあ、もう帰ろうぜ、三好」

「え、まだ、なんにも……いや、十分堪能したような気もしますね」

「だろ?」

「そうだねー。服も乾きはしたけれど、海水でべたべたするし、シャワーでも浴びて冷たいものでも飲もうよ!」

「そうしましょうか」

斎藤さんと三好が意気投合していると、御劔さんが不思議そうに聞いた。

「そういや芳村さんたちって、どっから来たんです?」

「え、どっからって……」

俺と三好は顔を見合わせると、彼女たちが出て来た場所を指差して、「あそこだよ、あそこ」と笑ってごまかした。

§

とはいえ、足が着くぎりぎりの場所で、海面から二メートルも上にある場所に登るなんてことは、控えめに言っても不可能だ。

俺たちは、三好がさりげなく、最初から隠してあったんですよーという体で、向こうの茂みから引っ張り出してきたゴムボートに乗り込むと、御剱さんたちが入ってきた扉まで移動した。

足元が不安定だとはいえ、高さはたった二メートル。手を伸ばせば穴の縁に手が掛かる。探索者なら懸垂の要領で簡単に登れるだろう。

闖入者の四人が、順番に上がっていくのを見ながら、三好が俺に囁いた。

「ねえ、先輩。ここってこのまま存在し続けるんですかね？」

「作っておいてなんだが、この後どうなるかなんて考えてもみなかったな」

「無計画も甚だしいですね」

「うちの事務所に扉ができてれば、プライベートビーチとして使えたんだがなぁ」

「プライベートビーチというよりテーマパークですよ、これじゃ。しかもリアルに危険が迫ってきますし。ファミリー向けとは言えませんね」

もしもここがダンジョンと同じなら、さっきのタコサメも、セイレーンもどこかでリポップしているはずだ。ダンつくちゃんのヒレはさすがにないだろうが。

「ししょー、上がらないの？」

斎藤さんが入り口から顔を覗かせて声を掛けてきた。

俺はそれに片手を上げて応えると、三好を先に行かせることにした。また変なモンスターが登場したら困るからだ。そのうち、トマトが空を飛んで襲ってきても驚かないぞ。

「三好、先に行けよ」

「ボートはどうします？」

「今は置いていくしかないだろ」

三好なら、上がってから回収することもできるだろうが、マスコミ関係者が二人もいる状態で危険は冒せない。

……すでに散々やらかしたような気もするが。

「じゃあ、後でこっそり取りに来ましょう」

「吝いな」

「物を大切にするって言ってくださいよ」

そう苦笑しながら、三好は俺の手を踏み台にしてジャンプすると二メートルの高さをものともせずに、入り口へと直接飛び込んだ。

俺はあたりを見回すと、美しくも怪しかった海に心の中で別れを告げて、穴に向かって軽くジャンプした――

「げっ」

――つもりだったが、全ステータスをマックスにしたままだったことを忘れていた。つまり、そのまま武家屋敷の塀を跳び越える忍者のごとく、空間が切り取られた領域を跳び越えてしまいそうだったのだ。

思わず入り口の上側に指をかけた俺は、そこを支点に体を回して入り口へと飛び込んだ。

すると粘度の高い液体をくぐり抜けるような奇妙な抵抗を感じたが、回転する力まかせにそれを突き破った。

「今、上から来なかったか？」

やたらと派手なパフォーマンスに吉田隊長が驚いたような顔をしたが、それも後ろの扉が音もなく勝手に閉じるまでだった。

「あっ⁉」

すぐに軽い振動が伝わってきて、扉が――

「消えた⁉」

吉田隊長が、俺を押しのけるようにして扉があったはずの場所へと駆け寄ると、ペタペタと壁を触って辺りを調べ始めた。

「どうやらボートの回収は無理っぽいな」

「いや、それはいいんですけど……先輩、もしこれがダンジョンの消失だったとして、その条件って覚えてます？」

「攻略したら消えるんだろ」

「攻略ってなんです？」

「そりゃ、最下層のボスキャラを倒す――ボスキャラ？」

ダンジョンのボスキャラが、よくあるダンジョンコアのような存在だろうということは、すでに知られていた。

アメリカの廃教会にできたダンジョンの観測で、最下層のコアめいたボスが最下層を創り出す様子が確認されているのだ。

そして、そういった存在と討伐者がいなくなったときダンジョンが崩壊を始めることも、いくつかのダンジョンの攻略と共に得られた知見から事実だと言われている。

「って、もしかして、俺⁉」

三好が厳かに頷いた。

「先輩が最後まで残るタイプの人でよかったですね」

俺がダンジョンの外へ出たから、ボスキャラが討伐されたのと同じメカニズムが働いて空間が崩壊したのだとしたら、もしも俺が先に出ていたら、ダンジョンはどうなっていたのだろう。大抵、討伐した者が外へ出るまでは健在らしいが、自ら外に出たのなら討伐者はいない。

と言うか、ボスってダンジョン外へ出られるんだな……あの入り口をくぐる際の抵抗感って、まさかそれが原因じゃないだろうな。

後に残された者たちがどうなるのかは諸説があるが、なにしろサンプル数が少ないため正確なところは分かっていない。

もしも俺が最初にあの空間から出ていたら、後がどうなったかは神のみぞ知るというやつだ。

「もしもそうだとしたら、空間を作ったら最後、その空間を維持するためには、そこに居続けないとダメだってことか？」

「みたいですね」

もしかしたら別れを告げたせいである可能性もあるが――

「……大都市圏の住宅事情を解決するのは、ちょっと難しそうだな」

出勤するたびに消えてなくなる空間に住むことは難しい。購入した家具も置けやしない。

仮にイメージだけですべてを創り出せる強者がいたとしても、住所がないから住民登録はできないだろう。

一部上場企業に勤める、住所不定のサラリーマン……ちょっとかっこいいな。あ、税金払わなくてもいいんじゃないか？　それって。

「残念でしたね」

「危険な実験を行う研究所とかなら需要があるかもしれないが……」

「崩壊後に中身がどうなるのかが分かりませんから、それもどうでしょう？」

崩壊した後、中にあった危険な物質や病原体が、地球上のどこかにぶちまけられたりしたら大事だ。

ここは別の次元に破棄されたりするのだとしても、それはほぼ完全な閉鎖系である地球から、なんらかの物質が永遠に失われるということだ。いずれは、それが問題になる日が来ないとも限らないし、ゴミを捨てられた次元からなんらかの報復を受けるかもしれない。

「自分が作り出した空間にごみを捨てる産廃業者なんかは絶対現れそうですよね」

「ダンジョンに放射性廃棄物を処理させた国もあるしなぁ……」

もっともそのせいでプルトニウムの消去に応じてくれた可能性もあるのだが……

「空間が作り出せることは分かったが、細かなルールがはっきりするまで、一般への開放は無理だろうな」

「でもルールの確認って、今のところ先輩にしかできませんよ?」

「げっ」

現在の社会に、ダンジョン技術をどう取り込んでいくのかという取り組みは盛んに行われ始めている。人類のために、多少の手伝いはやむを得ないと思うが、その犠牲になるのは嫌だ。

なにしろ一万人の研究者が、それぞれ多少だと思って協力を要請してくれば、全体では全然多少じゃない量になるのだ。

一人のサンタクロースが、世界中の子供にプレゼントを配って歩くことは物理的に不可能だが、プレゼントを貰えなかった子供はサンタクロースを恨むかもしれない。

「あああ……」

突然情けない声が聞こえて来た方を振り返ると、吉田隊長が、がっくりと肩を落として膝をついていた。

「扉がなくなっちまったら、さっきの映像が本物だってどうやって証明するんだよ……」

「そりゃ、放映するTV局じゃないの?」

「バカ言うな、そんな信用があるわけないだろ!」

俺はその言い草に吹き出しかけたが、認識としては正しい。誰がどう見たところで演出にしか思えないだろう。

それを聞いた城が、おずおずと口を挟んだ。

「いや、それ以前にですね……吉田さんの携帯も俺のカメラも、あの海の中なんじゃないかと思うんですけど……」

「!?」

城はセイレーンの呪縛が解かれ、我に返ってからそれに気が付いて、しばらくは探してみたが、あの広い海の中からそれを見つけることはできなかったそうだ。

二人ともセイレーンに魅入られていた間の記憶はことさらに曖昧らしく、どの辺りで落としたのかすら分からなかったからだ。

吉田隊長は慌てて体中のポケットを探したが、当然携帯が出てくることはなかった。

城に自分の番号を呼び出してもらったが、おかけになった電話は、電波の届かない場所にいるか電源が――というお決まりの案内が流れてくるだけだった。

「うそだろ……じゃあ、あのスゲェ映像は?」

「残念ながら……」と、城が肩をすくめた。

「それよりカメラの代金ってちゃんと支払ってもらえるんですよね?」

「ああ? 映像もないのに?」

「それとこれとは別の話でしょう? ダンジョンの中にあった謎の扉の向こう側にあった海に呑み込まれたなんて、上が認めてくれるわけありませんよ」

カメラの弁償を巡って言い合いを始めた二人を、命あっての物種だろうと苦笑していると、御劔さんが自分の携帯を手に俺の袖を引いた。

「芳村さん、芳村さん」

「ん？」

「実は私――」

そう言って彼女が見せてくれたのは、サメのヒレに向かって掌底を叩きこむ俺の映像だった。

「いつの間に……」

「ほら、ちょっとカッコよかったですし、咄嗟(とっさ)に」

そういえば、あの時彼女は先に海岸へと辿り着いていたんだっけ。

もしもこの映像を、そこで言い争っている二人に見せたら、なんとしても、それを手に入れたがるだろうが――

俺の視線を追いかけた御劔さんは、にっこり笑って「お宝映像ですね」と言った後、斎藤さんの所へと戻って行った。どうやら、秘匿してくれるようだ。

「先輩がカッコよく見えるとは……つり橋効果も侮れませんね」

「やかましい」

身も蓋もない突っ込みを入れた三好の頭を軽く小突いて、俺たちはその場を後にした。

§

「あ、三好さん！　大丈夫でしたか⁉」

ダンジョンゲートを出た瞬間、俺たち一行を出迎えるかのように現れたのは、慌てた様子の鳴瀬(なるせ)

さんだった。

「大丈夫って、何かあったんですか？」

「それが、何時間か前にダンジョン震が観測されたんです」

「「ダンジョン震？」」

俺と三好は思わず顔を見合わせた。

「規模は極小だったんですが、場所が――」

「もしかして、代々木の中だった？」

「極めて近かったことだけは確かですけど、はっきりとは……って、どうしてそれを？」

そう言って詰め寄ってきた鳴瀬さんの携帯が折り良く振動を始めた。

仕方なく相手先を確認した彼女は、「ちょっと失礼します」と言って、その電話をとった。

「え？　消滅震が記録された？」

彼女の口を突いて出たセリフを聞いて、俺はこそこそと三好に耳打ちした。

「おい、三好。どう思う？」

「やっぱりあれってダンジョン扱いだったんですね」

「正直に報告すべきかな？」

「それはなんと言いますか、原因の義務というか、Dファクターの濫用をした方の責任だと思うんですよね」

「濫用……って、お前、さりげなく俺に押し付けてない？」

「芳村さん？」

三好に向かって理不尽を説こうとした矢先に、背後から冷たい声が掛けられた。

夏だと言うのに背筋が凍りそうな冷気を感じるぞ。

「は、はい」

「何かご存じなんですね？」

目が笑っていない笑顔で、にこやかにそう聞かれた俺は、言葉に詰まった。

「え？　えーっと、ご存じと言いますか、なんと言いますか」

(お、おい、三好……三好⁉)

すでに彼女は速攻で逃げ出していて、更衣室から出て来た斎藤さんたちを誘って、代々木カフェへと向かっていた。

こっちへ向かって小さく手を振りつつ、舌を出していたのを俺は見逃さなかった。

(あ、あの野郎！)

そのとき俺の脳裏に「野郎じゃありませーん」と聞こえて来たのは、念話かはたまた幻聴か。

「よ・し・む・ら・さん？」

「ひー」

そうして俺は、ひと夏の思い出を、鳴瀬さんの厳しい追及と説教で締めくくることになる。

Dファクターによる環境作成を開放するのは、まだまだ先のことになるなと実感しながら。

SECTION :

解説

ちょっと悪乗りが過ぎました。

前書きで書いたとおりの状況だったので、当時、書籍版では登場すらしていない三人が出てきます（うち二人は名前だけですが）

実はそれに気が付いたのは書き終わってからでした……いわゆる、後のカーニバルというやつで、修正する時間などまったくありません。それ以前にダンつくちゃんがいないと話がごそっと落ちてしまう。すでに二巻のSSでもやらかしてましたし、まあいいか、ネット発の小説ならではってことで許してくれるよね……と、読者諸兄姉の広い心を期待して、そのまま公開してしまいました。

さて、Dファクターで、誰もがなんでも作れる時代が来ると、国家や商業のあり方が激変することは間違いありません。

生産業はサービス業と一体化し、インフラ業界の一部とサービス業以外は壊滅するか、規模を大幅に縮小することになるでしょう。最初は生産の多様性を維持しようとするでしょうが、それのみに依存する危険性を認識しながらも、ヒトが生存するために必要なものは、空気や水を始め数多くあるのだから、それがもう一つ増えたからといって何が問題なんだと開き直る人が出て、徐々に衰退していくと思われます。主にコストを理由に。

紙幣や硬貨はなくなるでしょうが、通貨という概念自体は、価値の交換用に生き残るでしょう。誰かがＤファクターを使って銀行口座の残高を操作する方法を思いつくまでは。

今までのような税収がなくなった国家が、どんなアクロバティックな税を考え出すのか興味は尽きませんね。もしかしたらミナキズムが極まって、究極の小さな政府が生まれるかもしれません。

Ｄジェネでそのあたりが描かれるのは、おそらく作品全体のエピローグあたりではないかと思います。気長にお付き合いください。

なお、繰り返しますが、この物語はＩＦストーリーです。このような未来に本編が進むかどうかは、いまだ茫洋(ぼうよう)たる時の彼方にかすむ、帳(とばり)の向こう側に隠されているのです。

第 05 章

D Genesis 05 SIDE STORY

It's gone

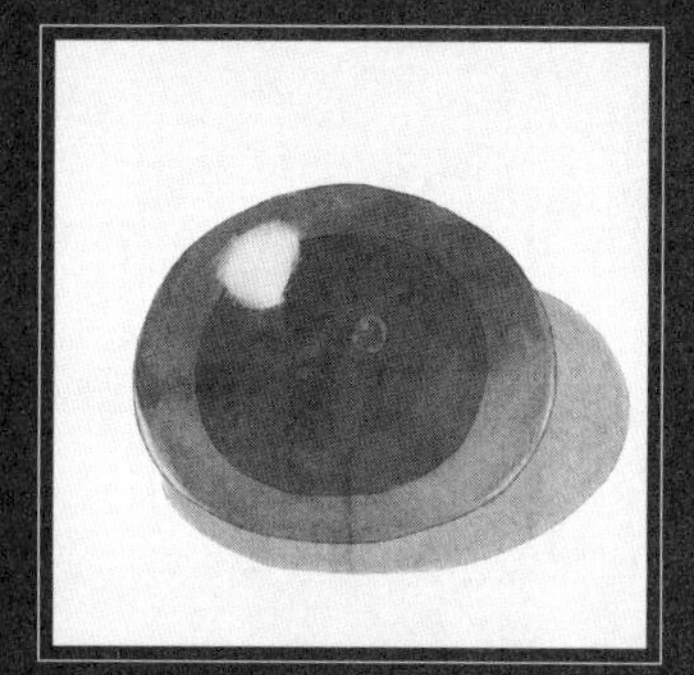

CHAPTER 05

Three years since the dungeon was made.
Suddenly,I became the world's top rank.
I am leaving the company and living leisurely.

SECTION：

前書き

この話は、とてもきれいなスライムのコアを外部に持ち出した小麦(こむぎ)さんの顛末です。

この話も、本編から漏れたプロットの再利用でした。

小麦の特訓が始まったとき、最初から、「こいつは、絶対コアを持って帰るよな」と思っていました。まるで宝石のような球体ですから。

それで当然騒動が起きるわけですが、ファントム様騒動と吉田陽生(よしだはるき)探検隊が思ったよりも文字数を食ったため、メインのストーリーに影響を与えず、ほどよく落とせるイベントがこれしかなかったという……不憫じゃ。

しかし、こうしてSSを並べてみると、ホラー率高いですよね。

だって好きなんだもん。

It's gone

SECTION :

プロローグ

「ふわー、綺麗ですー」

日曜日の午後も大分遅い時間、そろそろ終業の準備をしようかという頃、昼過ぎからずっと同じ場所に座って何かをごそごそとやっていた小麦にスタッフの波多見(はたみ)が声をかけた。

「あれ、六条(ろくじょう)さん。まだやってたんですか?」

その声に我に返った小麦は、覗いていたルーペから目を離して振り返った
「え? まだって?」

「いや、もう終わりですよ」

「ええ?」

ダンジョン探索は三百六十五日、二十四時間営業だ。たまに三百六十六日の年もあるが。

だから周辺の機関も突然の依頼に備えて交替制勤務をとるところが多いが、GIJ(日本宝石学研究所)に緊急の依頼が持ち込まれることは稀だ。そのため休日はシフト制だが、勤務時間は十八時までとされていた。

驚きながら部屋の時計を見上げる小麦に、「もしかしてこの人、五時間もずっと石を見ていたのかよ」と、波多見は内心呆れたが、同時にその凄い集中力に舌を巻いて、「さすがはマニアック、その二つ名は伊達じゃないな」と、感心もしていた。

「そんなに集中するような石なんですか、それ？」

波多見が不思議そうに訊いた。

彼女が見ていた石は、少し見た感じだとフェルドスパー[注1]（長石）の一種のようだった。もしも鑑定を依頼されたのだとしたら、珍しいどころかおかしいと言ってもいい素材だ。

一般に複数の鉱物が集まってできたものは岩石と呼ばれ、宝石品質のものもあることはあるが、それを鑑別するのは難しかった。名称の決定には構成鉱物の同定が必要になるのだが、それには破壊検査を必要とすることが多いからだ。

なにしろ宝石検査は非破壊が基本だ。検査のために対象を破壊していては価値そのものが失われてしまう。そこを押して鑑定するとしても、最初からほとんど価値がないと分かっている素材に金を支払うクライアントはまずいない。

「もちろんですよ！　見てください！　このシラー効果！」

かぶせ気味に、ずずいと突き出されたその石の表面では、淡いブルーの霞がかかったような光が揺らめいていた。

「き、綺麗なアデュラレッセンス[注2]です……ね？」

通常長石のシラー効果は、層状構造——二種類以上の物質が交互に層をなすように重なっている構造——による反射と錯乱が原因で起こる。

主にムーンストーン等に見られる、霞がかかるように石を輝かせる現象だ。層の一枚一枚が薄いとブルーに、そうでなければ白になる。

この石も角度によって様々な表情を見せながら、淡く輝いていた。

しかしムーンストーン系の石にしては色も透明度もおかしかった。思わず半疑問文でそう言ってしまった波多見は、自分が見たもののおかしさに思わず驚きを口にした。

「なんだこれ？」

そこには、アルカリ長石にはあり得ない奇妙なイリデッセンス(注3)があった。

イリデッセンスとは、虹の女神イリスにちなんでつけられた効果の名前で、その名の通り石が虹色に輝く効果をそう呼んでいる。主に斜長石系に発生するが、アルカリ長石には出ない。確かに透明に近いラブラドライトかと言ってラブラドライト(注4)かと言われるとインクルージョンが少なすぎる。確かに透明に近いラブラドライトにはインクルージョンが少ないものもあるが、これは透明度が低い。

「でしょでしょでしょー！　変だよね、変！」

「どこからの依頼なんです？」

「ううん。私物」

それを聞いた波多見はがっくりと肩を落とした。「私物の石を五時間も眺めてたのかよこの人は、仕事しろよ、仕事！」という心の叫びを上げながら。

だが、先輩に向かってそんなことを言えるはずがない。しかも、彼女がしでかす事件にここのスタッフは慣れていた。そして意外とリスペクトもされていた。

彼女の机の周りには、大量のダンジョン産を含む、鉱物っぽいものがずらりと並んでいた。

鑑定を依頼されたはいいが、ほとんど価値のないものも多く、そういうものは返却せずに個人で買い取ったりしているからだ。

そのコレクションは彼女のデスクの周りを中心に、今では部屋のあちこちに飾られていた。

ゲーム開発現場で、美少女フィギュアを飾るその筋の社員とやっていることは同じだ。石の方がやや高尚に見えるかもしれないというだけで、本質的に変わりはない。

つい先日も大量の石をずらっと並べて悦に入りながら眺めているのを見て、同僚たちは、半ば呆れながら、それでも文句を言う者は一人もいなかった。

なにしろ彼女の業績や知識は誰にもまねのできないものだったし、彼女のコレクションも大きくなるにつれ、そこに添付されている取得の場所や状況の情報を含めて貴重な資料となっていて、かなり勉強の役に立っていたことも確かだったからだ。

「六条さん。それを本部へ持って行って、勝手にＥＤＳ(注5)（エネルギー分散型蛍光Ｘ線分析装置）にかけたりしないでくださいよ」

ＥＤＳはＸ線を利用して化学組成を分析する機械だ。ただしそれなりにお高いので、出張所にホイホイと設置されているようなものではない。使用するためには、本部へ戻って申請書を提出する必要があるのだが——

「ええ？　申請が面倒なんですけど」

「だからって、勝手に動かしちゃダメですからね。また怒られても知りませんよ」

「えー。手軽に使えるところがＥＤＳのいいところなのに、いちいち申請するってバカじゃないですか？」

「……ラボ全体の予算とか、使用スケジュールってものがあるんです」

「はぁ……まあ、正体が分からないってのも神秘的でいいですけどね」

彼女はもう一度それを光にかざしながらそう言った。

長石だとすれば、化学組成は詳細に知られている。仮に未知の石だとしても、ＥＤＳで分析すれば大抵の同定は可能だろう。だが知ってしまうと神秘性がなくなるという気持ちはよく分かる。知ることそのものが商売ではあるのだが。

「素敵ですよねー」

「確かに見事な球体ですし、傷もありませんけど……」

硬度の低さとその積層構造から、球に加工された長石にはどこかに粗ができそうなものだが、彼女が見ているそれは完璧な球体に見えた
「でしょう」

「どこのカットです？」

「原石ですよ、これ。この状態で産出したんです」

「ええ⁉」

ダンジョンからは稀にカット済みのように見える石も産出する。これもその一つなのだろうが、信じがたい精度だ。

実際、これが何かなどと、波多見には想像することもできなかった。

彼はただ、ダンジョン産の宝石には、天然石には存在しないような変わった特性のものもあるの

かもしれないなどと、漠然と考えただけだった。

しばらくそんなことを考えていた彼は、はっと我に返ると小麦に退室を促した。

「そうだ。もうここは閉めますから。さっさと退室してください」

「はーい」

波多見が簡単に部屋を片付けて戸締りしているのを横目に見ながら、最後にもう一度キラキラと光るそれを光にかざしてうっとりと眺めた小麦は、名残惜しいが仕方がないといった様子で、私物が置いてある席の引き出しへと、それをそっと仕舞うと鍵を掛けた。

§

それは乾き、餓(かつ)えていた。

常に身の回りにあり、意識することもなく、ただ満たされていた何か——それが今はほとんど感じられない。

わずかに漂う残滓(ざんし)のようなそれを貪るように集めながら、動くこともできない自分にいらだち、赤黒く燻る埋火(うずみび)のような刺激が体中を駆けまわっていた。

渇望の中、むき出しになった本能が、辺りに微かに漂う何かの匂いを敏感に感じ取る。

そうしてそれは、その匂いに導かれるように、その場所へ手を伸ばそうと、自らを繊維のように細く長く変形させた。

手を伸ばした先にあった硬いもの。

それは、オアシスとも呼べない小さな水たまりのようなものだったが、それでも枯れ果てた世界で垣間見る一滴（ひとしずく）の希望のように、それの体を潤した。

ひと時の喜びに打ち震えたそれは、そのすぐ傍に同じような硬いものが、いくつもあることに気が付いた。

（注1）　フェルドスパー（長石）

一般的には、アルミノケイ酸塩にアルカリ金属やアルカリ土類金属がくっついてできている石のこと。最近では「フェルスパー」表記も多いがfeldsparだからドを付けた。代表的なものはカリウム、ナトリウム、カルシウムで、これらが比率を変えて交じり合うことで、色々な長石が作られる。

それは通常、カリウム、ナトリウム、カルシウムを頂点とした三角形で現されていて、それぞれの頂点が、オーソクレース、アルバイト、アノーサイトと呼ばれている。カリウム（オーソクレース）ーナトリウム（アルバイト）間にある長石を、アルカリ長石と呼び、ムーンストーンはここに属している（一般にサニディンと呼ばれる透明度の高いガラス質の長石はここに属している）

また、ナトリウム（アルバイト）ーカルシウム（アノーサイト）間にある長石を、斜長石と呼び、ラブラドライトはここに属している。

こうなってくると、カリウム（オーソクレース）ーカルシウム（アノーサイト）間にも何かがありそうなものだが、この領域に属する長石は天然には存在しないそうだ。

他の金属（例えばバリウムやストロンチウムなど）がくっついた長石もあるが、代表的なものは先の三種類の交ぜ合わせだと考えてよいらしい。

なお、宝石品質のものでも大して価値はない石だが、逆に言えば、大きなものでも安いので、気に入ったものがあれば容易に手に入れられる気軽さが売りと言えるだろう。

（注2）　**アデュラレッセンス**

シラー効果と意味は同じ。

（注3）　**イリデッセンス**

鉱物に虹色の輝きが出ているときに使われる効果の名前。

虹色に輝く宝石があれば「素敵なイリデッセンスですね」とか言っとけば大体大丈夫。

（注4）　**ラブラドライト**

長石のうち、ナトリウム（アルバイト）ーカルシウム（アノーサイト）間にあるものを、斜長石と呼び、ラブラドライトはここに属している石だ。

この中でも、ラブラドライトに見られる虹色のシラーっぽい効果だけはラブラドレッセンスなどと呼ばれたりするらしい。謎だ。

なお、ムーンストーンは宝石名で、実は斜長石もムーンストーンと呼ばれているが、ここではアルカリ長石のみをムーンストーンと呼び、斜長石系はラブラドライトやペリステライトと呼んで区別した。

（注5）　**ＥＤＳ（Energy Dispersive Spectroscopy）**

場合によっては、X-Ray Spectroscopyで、ＥＤＸなどと略されることもある。

物質にＸ線を照射して蛍光Ｘ線を発生させその波長や強さを測定することで、物質の定性や定量分析を行う機器のこと。

蛍光Ｘ線分析（ＸＲＦ X-Ray Fluorescence）の手法には、大きく高性能で高額で面倒くさいＷＤＸ（波長分散型）と、ちょっと性能は落ちるけど、お手軽で簡単なＥＤＳ（エネルギー分散型）がある。宝石鑑定に使われるのは通常後者のようだ。

大雑把に言えば、宝石を構成する化学組成を知ることができる機器だと思えば、概ね間違ってはいない。

SECTION : 序

「あれ？」

その日小麦は、自分のデスクの周りに置いてあったダンジョン産の石が幾つか足りないことに気が付いた。

だが、その時点では誰かが研究用に持って行ったのかなと、その程度の認識しかなかった。

しかし、翌日の朝、誰よりも先に第二鑑定室に入った小麦は、それらの石が、ごっそりと減っていることに気が付いた。

「ええ!?」

「どうしました？」

自分の席の周囲で難しい顔をして声を上げた小麦を見て、出勤してきた波多見が声を掛けた。

不本意ながら、またぞろ彼女に何かをやらかされる前に、先手を打つのが彼に課された仕事の一つでもあったからだ。

「ここにあったはずの石がなくなってるんです」

「え？　六条さんが持って帰られてたんじゃないんですか？」

波多見も、昨日から、いくつかの石がなくなっていることに気が付いていたが、小麦が何も言わなかったためそう思っていた。

「うちにそんなスペースはありません」

「いや、それを自慢げに言わないでくださいよ」

堂々と職場を物置にしている小麦の悪びれない態度に苦笑しながら、波多見は歯が抜けたように欠けているコレクションを見た。

「しかし、誰かが持って行ったにしても、なんだか奇妙なチョイスですね」

「奇妙？」

「だって、価値がバラバラじゃないですか？」

そう言われて小麦は初めて石の価値を考えた。彼女にとって、それらは等しく可愛い石たちだったので、世間一般における金銭的な価値については無頓着だったのだ。

さらに言えば、ダンジョン産でここにあるものは、その来歴を考えればあたりまえだが、一般的な意味で、さほど価値があるとは言えなかった。

「ほんとだ」

なくなった石を見る限り、その価値はてんでばらばらで、とても金が動機で持って行ったとは思えなかった。ここに勤めている人間なら誰でも、高価なものから順に選べる能力を持っているはずにもかかわらず、だ。

「比較用に置いてあるコロンビア産エメラルドの原石を持って行かずに、かんらん岩を持って行ってますね」

かんらん岩に含まれるかんらん石のうち宝石品質を満たすものはペリドットとして流通している

が、そこにあったかんらん岩は、宝石品質には遠く及ばない、言ってみれば、ただの緑がかった岩だったはずだ。物好きが買うとしても、よくて数百円といったところだろう。確か検査費用の方が高かったから現物で支払われたやつだ。

「うーん……」

一体誰が何の目的で持って行くのか。

第一、そんなものを持って行ってどうするというのか。

もしも職員だったとしたら、クビになる方がよっぽどダメージが大きい。それと引き換えにするほど価値のない石を愛でるような職員がいるはず――

ないと言おうとした波多見は、小首を傾げている小麦を見て、ここに一人いるなと思った。

「分かりました！　この子たちに一目ぼれして誘拐――」

「そんなことをするのは六条さんだけですよ」

「ええ⁉」

波多見は、心外だと言わんばかりに頬を膨らませる彼女を見て笑いながら、それでもこれは盗難だと思い直した。

「僕も気にかけておきますけど……幸い支所長が出所してますから、報告した方がいいですよ」

「ありがとう。そうします」

§

「と、言う訳なんですけど」

休憩所で支所長を見つけた小麦は、使用されていない会議室の隅で、彼に状況を説明した。

清潔だが着古した白衣をひっかけ、そのポケットに手を突っ込んで彼女の話を聞いていた猫背の男は、薄くなった髪を撫でつけながら困ったように答えた。

「いや、六条君。こう言っちゃなんだけどさ、価値のあるものを机の周りに並べて放置しておく方にも問題があるよ、それ」

「うっ」

支所とはいえ仮にも宝石を扱う会社だ。セキュリティは一般の企業以上に充実している。

入り口の監視カメラも死角がないように配置されているし、部外者では通過できないゲートもある。

それらで異常が確認されていない以上、もしも盗難だとしたら内部の人間の仕業だということになる。

「誰かが借りだしているとか、何かの勘違いだったりはしないのかい?」

「さすがに私に無断で借りていく人はいないと思います」

これを盗難だとみなすことは、企業イメージを著しく傷つけかねない。

泥棒が務めている宝石鑑定会社に、一体誰が依頼を出すというのだろう。

「仕方がない、入退室記録を確認してみよう。昼休みの後、三十分したら私の部屋に来てくれ」

「分かりました」

§

それの中で赤黒く燻っていた埋火は、ちろちろと小さな炎をまとい始めていた。

それは強迫観念にも似た本能に近い情動だった。

あらゆるものを分解し、そうしてそれを作りだせ。炎はそう命じていた。

だがそれはまだできそうにない。それが含まれている物質を吸収し、かろうじて分解できそうなところまではやって来たが、いまだそれを作りだすどころか、動くことさえままならない。

それは強くいらだっていた。

夕べは、一昨日よりも多くの何かを取り込めた。

そうして、明敏化してきた感覚器官が、より魅惑的な何かの香りを捉えた。

抗いがたい情動が湧き上がり、いつしかそれの意識のようなものは、一つの欲望で塗り潰されていた。欲しい、欲しい、欲しい、欲しい、欲しい——

そうしてそれは行動を開始した。

§

「君に言われて事件が起こったと思われる日の入退室記録を調べてみたんだがね」

支所長は小麦の前にＡ４の紙の束を置いて、ＰＣのモニターに第二鑑定室入り口にあるセキュリティカメラの映像を映し出した。それはドア付近に据え付けられたカメラで、入退室時の様子が映されていた。紙の束の方は、二日分の入退室記録と室内にいた人間をリストにしたものだった。

それに目を通した小麦は、そこから得られる結果に眉をひそめた。

「これって……」

「まあ、論理的に考えるなら犯人は明らかだな」

最後の一枚をめくった小麦は、わなわなと震える手で、それを机の上に戻した。

部屋には常に複数人の人間がいた。そして一人の時間があったのは――

「私だけじゃないですか⁉」

第二鑑定室は学校の教室二つ分より少し小さい程度の部屋で、その一角を小麦のデスクが占有している。たとえ小麦と二人きりになったとしても、消えた石の個数を考えれば、小麦の前で、それを机の周りから持ち出していることに気付かないなどということは、さすがに考えにくかった。

「ついでに言えば、石が入りそうな大きなバッグを持ち込んだのも君だけなんだよ」

支所長は監視カメラの映像を早送りにして、人がいる所だけを確認したらしい。

確かに石が少しだけなくなっていた日、小麦はダンジョン帰りの荷物を持ち込んだ。それを机の一番下の大きな引き出しに突っ込んで、それっきりだ。

石が一度に入りそうなバッグを持って入ったのは小麦だけ。一つ二つならポケットに入れて持ち出せるだろうが、それを執拗に繰り返すような不自然な行動をした者はいなかった。

つまり、入退室履歴だけで見るなら、石はまだ室内に存在していて、それを隠せるようなバッグを持ち込んだ小麦の狂言の可能性が高いのだ。

支所長はどうにもならんねとばかりに、口をへの字に曲げて肩をすくめた。

「君のことだ、似たような石がうちにもあるんだろう？」

なくなった石と同じ種類のものが自宅にあるかと問われれば、たぶんある。

小麦は自分のコレクションを思い出しながら答えた。

「あります……」

支所長は、処置なしとばかりに両腕を広げた。

「こいつは警察に通報したところで——分かるだろ？」

つまり盗難を届け出たとしても、入退室記録から小麦が疑われ、そうして自宅を捜査されたら同じ種類の石が出てくることになる。それを違うものだと証明するのは骨が折れるだろうし、単なる狂言とみなされる可能性も高い。

事件化しても、企業の信用に瑕がつくだけの結果に終わるなら、できればそれは回避したいと支所長は切実に願っていた。

小麦は渋々ながら頷くしかなかった。

「それで、どうする？」

小麦はしばらく考えた後、自分でなんとかするからこの件は黙っておいてほしいと彼に頼んだ。

支所長は曖昧に微笑むと、「まあ穏便に頼むよ」と、彼女との会見にケリをつけた。

六条小麦。

神様が、すべての才能を鑑定士の能力に極振りした結果、超絶と言っていいほどのそれと引き換えに、その他はポンコツと言っても過言ではない人物。

彼女との付き合いがそれほど長くない支所長は、資料にあったプロフィールの内容程度しか彼女のことを把握していなかった。

彼は知らない。彼女にはもう一つだけ他人の追従を許さない力があることを。

彼は知らない。一人で資格を取りに渡英や渡米を繰り返し、素敵な石に出会えるかもというだけで、危険なダンジョンに平気で飛び込んで行く彼女の行動力を。

§

「こうなったら仕方ありません！」

妙にやる気に満ちている小麦を胡散臭そうに見つめながら、波多見は仕方なく声を掛けた。

「六条さん、また何かやらかすんじゃないでしょうね」

「え？」

「いや、なんか妙に張り切っているように見えますから」

つい先日、よく似た状態の小麦を見た時は、翌日からいきなり探索者になってダンジョンに潜り始めた。

石が待っているからダンジョンに潜る？　もはや何がなんだか分からない。常人の理解は、常識の内側にしか及ばないものなのだ。

それは一見個人的な活動のようにも見えるが、彼女の能力が突然仕事から外れるというのは、周囲に多大な影響を及ぼした。主にスケジュールとシフトの関係で。

「ええ？　本当に？」

「やらかす前に、教えといてくださいよ」

「べ、別にやらかしたりしませんよ。ちょっと残業するくらいで」

「残業？」

確かにそろそろ終業だ。だが、基本的にこの支所に残業はない。

今のところ、それほど多くの作業があるわけではないし、例の〈マイニング〉が本格的に稼働したとしても、あれはその層で同じものが産出するはずだから、仮に鑑定が必要になったとしても、それは初回だけになるだろう。

鑑定が非常に難しいものや正規の鑑定書を出さなければならないようなものは、設備の整った本社へと送られる。ここはあくまでも素早い簡易鑑定と価値の概算を算出する場所なのだ。

宝石の価値がない、ただの石ころに正式な鑑定書を欲しがるものはいないし、相応のコストを支払う必要があるならなおさらだろう。

「そんなに仕事、ありましたっけ?」

「ま、まあ、ちょっと……」

「六条さん、まさか——」

「大丈夫！　支所長には許可を取ってありますから」

いつそんな許可を取ったよと、腰に手を当てて苦虫を噛み潰している支所長の姿が見えたような気がしたが、彼なら「自分でなんとかする」と言ったら「まあ穏便に頼むよ」と答えるはずだ。

彼女は、「自分でなんとかする」許可をとったはずだと自分を正当化した。

「……はぁ。まあ、分かりました」

「ふー」

「いいですか、くれぐれもやらかさないでくださいよ」

「ざ、残業で何をやらかすっていうんですか」

「六条さんなら、ビルのワンフロアを吹き飛ばすくらいのことはやりかねませんからね」と苦笑する波多見に、小麦は「そんなことしませんよ！」と憮然と言い返した。

§

それは自分の本能に従って、行動を開始した。

まるで炎に誘引される小さな羽虫のように、自分の真下から漂ってくる、その香りに導かれ、それに近づこうとした。

間にある何かがそれを邪魔している。それは、その邪魔者を分解し始めた。

昨日までのように体を細く伸ばして何かを探る——そんな思考は、欲望に塗り潰された本能の海の中に溶けて、欠片も浮かび上がってはこなかった。

§

入退室記録を見る限り、犯人になりそうなのは自分しかいない。そして自分は犯人ではない。

そう考えた小麦は、入退室記録が存在する時間外に犯人が持って行ったのではないかと考えを飛躍させた。コンピューターをごまかすことは可能でも、大勢の人間の目をごまかすことは難しいからだ。それならば全員が退勤した後、ここに訪れる誰かを待っていれば、おのずと犯人が分かるに違いない。

彼女はせっせと備品の毛布を部屋の隅に集めて敷き詰めた。

そろそろ退勤しようとしていた波多見は、妙な行動をしている小麦を見て、肩を落としながら一応尋ねた。

「六条さん……いつからハムスターになったんです？」

「ほお袋にひまわりの種なんか詰めてませんから、気にしないで帰ってください。今日は残業なのです。お疲れさまでした！」

「はぁ」

ひまわりの種じゃなくて宝石を詰めてるんじゃないのと心の中で突っ込みながら、「お疲れさまでした」と言って、彼は部屋から出て行った。

誰もいなくなった第二鑑定室は、奇妙な寂しさに包まれていた。

窓の外の夜が、いつの間にか部屋の中に入り込んできているような気がして、なんとなく心細げな気持ちになった小麦は、自分が食べ物を何も用意していないことに気が付いた。

「しまったぁ……」

飲み物は会議室の外に自販機があるが、まさか今からコンビニに行くわけにもいかない。

ポケットの中にはお昼に職員から貰った飴玉が二つ。仕方なく、その一つを口の中に放り込んだ時、人のいないフロアの電源が突然落ちて、常夜灯が浮かび上がった
「ええ⁉」

それは、指定された時間になったためビル管理が節電モードに切り替わった瞬間だった。

廊下と部屋の明かりが突然落ちたのを見て、第二鑑定室の隅で隠れていた小麦は驚いたように天

井を見上げた。

「まだ人がいるのに節電モードに切り替わるの？」

不幸なことに、このビルの節電モードは単なる時間による自動起動タイプで、フロアに後付けで導入されたセキュリティとは相互に接続されていなかった。

そのため、入室管理による人間の有無と節電モードは関連付けられておらず、平時と同様の時間にその機能が実行された。

原因は、小麦が残業届を出さなかったせいなのだが、彼女には知るよしもなかった。

小さな常夜灯が点いているだけの室内は、さすがに暗く、端的に言うと気味が悪かった。

エアコンも止まったようで、外の寒さが窓越しに染み込んでくるようだった。

「ううっ……や、やっぱりもう帰ろうかな」

根性なしと罵られても怖いよりましよねと彼女が考えた時、ゴツンと何かがぶつかるような音が部屋の中に響いた。

「ひっ」

思わず首をすくめた小麦は、突然、今置かれている立場の危険性について実感が湧いてきた。

よく考えてみなくても自分はひ弱で小柄な女性だ。もしも犯人が大柄な男だったりしたら、あっという間に組み伏せられてしまうのではないだろうか。

ダンジョンの中なら絵里やドゥルトウィンが一緒にいてくれたから、特に恐れを感じたことはなかったが、ここは現実だ。いや、ダンジョンの中も現実ではあるのだが。

「ちょ、ちょーっと、はやまったかな？」

部屋の気温が徐々に下がり、部屋の角の暗闇の中に、何か恐ろしいものが潜んでいるように感じられて身震いする。それは原始的な闇への恐怖。理性では何もいないことが分かっていたとしても、その思いからは逃げられない。ましてや今は本当に何かがいるのかもしれないのだ。

そうしてもう一度、ゴトンというさっきよりも大きな音が聞こえた。その音は、どうやら自分のデスクから聞こえてきているようだった。

「お、大きなネズミでもいるのかな？」

彼女は、恐る恐る自分の机に近づいてみたが、あたりに動くものの気配はない。

机の周囲をちらちらと見ていると、ふと、何か液体のようなものが、引き出しの下端から滴っていることに気が付いた。

「え？」

机の中に液体など入れた覚えはない。一体これは何？

そこは常夜灯の陰になっていて暗かった。意を決した彼女は、恐る恐る携帯のライトを点けてそれに向けると――

「にょあああ!?」

それを見た彼女は意味不明な叫びを上げて、部屋の隅へと高速でダッシュし、そうして備品の毛布を積み上げて作った、子供部屋のベッドと壁に挟まれた狭い空間に作る秘密基地のような場所へと飛び込んだ。

SECTION : 破

「んー」

日が変わってしばらくした頃、そろそろ寝るかと伸びをして首を鳴らしたところで、テーブルに置いてあった携帯が振動した。

相手先の表示をみると――

「六条さん？」

こんな時間に？　まさか一人でダンジョンに潜っていて、何かトラブルでも――と思ったが、ダンジョン内から電話がかけられるはずがない。

「なんだろう？」

そうして取った電話の向こうから、泣きそうな声が聞こえてきた。

「よ、芳村さん！　助けて！」

「は？」

あの六条さんから発せられたとは思えないほど、妙に切羽詰まったＳＯＳに、俺は緊張の度合いを高め、携帯を握り直した。

「どうしたんです？　今どこに？」

真剣な俺の様子に、階段を上がりかけていた三好がその足を止めて、こちらに注意を向けた。

話を聞くと、彼女はＧＩＪのオフィスで、なんだか分からないものと対峙しているらしい。泥棒とか殺人鬼なら警察案件だが、もっと小さな何かのようだ。すぐに思いつくのはネズミだろうか?

「いや、そういうのって警備の人とかに連絡してくださいよ」

「しました！」

そうしたら、駆除業者に連絡してくれと言われたらしい。

それはそうだろう。守衛からみればそのフロアには六条さん以外はいないはずなのだ。ネズミだのゴキブリだのでいちいち呼び出されていてはたまらない。

「なんでそんなに焦ってるんです?」

ダンジョンならともかく、私企業のオフィスに第三者が乗り込んでいくのはまずそうだし、ＧＩＪの支所で起こった害獣駆除?に俺たちが駆り出されるのもおかしな話だと思いながら、妙に慌てている彼女にそう尋ねた。

「血が、血が！」

「血?」

そうして机の中から滴る赤い液体を見たらしい。

何か肉食性の動物が、ネズミか何かを捕食した?　それにしたって、机の引き出しから垂れるほど血が出るとは思えない。

「いや、それって大丈夫なんですか?　周りに誰もいないなら、今すぐそこを出て安全なところへ

「……小麦さん？　小麦さん⁉」

話の途中で、突然悲鳴を上げた彼女に、俺は慌てて名前を呼んだ。

だが、通話はそこで切れて、リダイアルしても留守番電話に繋がるだけだった。

「ええ……？」

何度かリダイアルを繰り返す俺を見て、三好が階段を下りて近づいてきた。

「どうしたんです？」

「いや、六条さんがＧＩＪの支所で、なんだか怪しげな現象に遭遇したらしいんだけど――」

突然悲鳴が上がって電話が切れたっきりなんだと三好に話したのが間違いだった。彼女は目を輝かせながら、こぶしを握り締めて力説したのだ。

「大変じゃないですか！　今すぐ助けに行きましょう！　先輩！」

「ええ？」

確かに何かがあったのかもしれないけれど、ここは警察に届けるところだろう。

「先輩。警察は事件が起こってから動く組織ですよ。電話が繋がらないなんて通報で、すぐに動いていたりしたら何人いても手が足りません」

「いや、だって悲鳴が……」

「本当にピンチだとしたら、警察を待っていたら手遅れになりますよ？」

「くっ」

しまった、こいつこういうのが好きなやつだった……

「弊社のスタッフが困ってるんですよ！　ぜひ、助けに行かなければ！」

「いや、三代さんはスタッフだけど、六条さんは違うだろ」

「お客さまなら余計じゃないですか！」

いや、これは業務とは違うんじゃないかなぁ……てか、この仕事の代金ってだれが払うんだ？

いろいろと止める理由を考えてはみたものの、こうなった三好は暴走機関車と同じだ。誰に止められるというのだろう。無理無理、絶対無理。

「だが、今からか？」

俺は顔をしかめながら時計を見上げた。

すでに日も変わってそれなりに時間が経っている。

「いいじゃないですか。幽霊退治もオツなものですよ」

「今、真冬だぞ？」

そもそも、ダンジョンの中にならゴーストがいるが、現代日本じゃなくても現実に幽霊なんかいるはずがない。それは人の恐怖が作りだす幻影で、正体は大抵枯れ尾花だと決まっているのだ。

「すぐに準備します！」

そう言って三好は、自分のデスクの周辺から、必要になりそうなものを次々と〈収納庫〉に突っ込んでいった。

§

「しかし、支所とはいえＧＩＪは宝石を扱う企業だぞ？　得体の知れない第三者をほいほい入室させたりするか？」

「そこは当たって砕けろってやつですよ」

「砕けてどうするんだよ」

「いざとなったらスパイダーマンになります？」

「……砕けないことを祈ろう」

それは代々木ダンジョンのほど近くにある、セキュリティのしっかりしていそうな十二階建てのビルだった。案内板によると、ＧＩＪの支所は八階のようだ
ビルのエントランスをくぐると、当然ながら守衛に呼び止められた。

「えーっと、ＧＩＪに用が――」

「ああ、駆除業者の方？　こんな遅くに大変だね」

「へ？」

「違うの？　身分証明を見せてくれる？」

「え、ええっと……」

（先輩、ここはＷＤＡライセンスで駆除探索者になりましょう）

(マジかよ……)

俺は内ポケットからを装って、〈保管庫〉からWDAライセンスカードを取り出した。

「え、探索者?　まさかモンスターが……」

「いえいえ、ほら、見てくださいよ。そんな事態ならGランクなんかに振られませんよ」

それを聞いてカードを見直した守衛は、安心したように頷いた。

「探索者がネズミの駆除ねぇ……まあ、伺ってます。これをどうぞ」

それは、首からつるすタイプのカードキーのようだった。それで移動できる場所を限定するのだろう。

それを渡すと、守衛は、奥のエレベーターを指差した。

「あのエレベーターで八階へ上がってください」

俺たちは彼に礼を言うと、ロビーのエレベーターで▲のボタンを押してドアを開いた。

「初めて来たけれど、結構大きなビルだな」

「八階は全フロアをGIJが借り切ってるみたいでしたね」

八階しか反応しないエレベーター内のボタンを押しながら、三好が言った。

「ダンジョン産の鉱物って、そんなに多かったっけ?」

この規模じゃ、賃料もバカにならないはずだ。何か別の事業をしているのかもしれないが、鑑定だけだとしたら、それほど依頼があるとも思えない。

「たぶんJDAのビルじゃないですかね、これ」

「ええ?」

「だって、入居してるのダンジョン関連の企業ばかりでしたよ」

表のフロア案内図にそう書いてあったそうだ。

もしもそうなら、ＧＩＪの扱うものの価値から言っても、一つのフロアを二つ以上の組織に使わせるのはセキュリティ上よろしくなかったのかもしれない。

「じゃあ、安く？」

「たぶん」

エレベーターが、ガクンと減速して停止する。どうやら八階に到着したようだ。

目の前の扉がゴーという音を立てて開いた。

「は？」

エレベーター内の明かりが届く範囲を見る限り、そこは、小さなロビーのような閉鎖された空間だった。正面にカードキーで通過するドアがある。

それはいいのだが――

「なんで真っ暗なんだ？」

後ろでエレベーターのドアが閉じると、そこはほとんど漆黒の闇だった。

エレベーターの階数表示のランプだけが、空中に８の字を浮かび上がらせていた。階を間違ったわけではなさそうだ。

「少なくとも非常灯くらいは点いていそうなものですけど」

非常口を表すＥＸＩＴのマークも、あちこちにあるはずの誘導灯も、何も見当たらない。

パーティションで覆われたここからは、窓の外を見ることもできなかった。エレベーターの数字を除けば、正面にある機器についている小さな白いＬＥＤだけが、光源と呼べるものだった。

「非常灯って消えるもんなの？」

「安定器が故障するか、ブレーカーの誘導灯部分が落ちるか——」

「このタイミングで？」

「ちょっとホラー映画っぽいですよね」

「やめてくれよ。真冬だぞ、今」

いきなり六条さんが心配になって、俺は辺りを見回した。

「そうでなければ、誘導灯が点灯してから三十分以上が経過しているか、ですね」

誘導灯は消防法で、非常灯は建築基準法で設置が義務付けられている。

この規模のビルなら、前者は最低二十分、後者は最低三十分の点灯時間を確保しなければならないそうだ。ただしその時間が来たからといって、いきなり落ちることはあまりない。徐々に暗くなるのが普通らしい。

俺たちは、小さな声で六条さんを呼んでみたが、どこからも反応は返ってこなかった。

「携帯は？」

「呼び出し音が数回なって、留守電に繋がります」

だが呼び出している間、周囲から呼び出し音が聞こえてくることはなかった。バイブの振動音が聞こえるかもしれないと耳を澄ませてみたが、それも無駄な努力に終わった。

三好が呼び出しを諦めて携帯をしまうと面白そうに言った。

「先輩。尻尾巻いて帰りたいシチュエーションでしょ？」

実際、不思議の国でデッドコースターに乗るようなイベントは勘弁してほしい。今すぐ回れ右してエレベーターの扉の横にある▼ボタンを押してやれば、すぐに日常へと戻れるはずだ。

まさか、扉が開いた瞬間、中から異形の何かが現れてどこかに連れ去られたり、扉が開かなかったりすることはない……ないよな？

「まあな。だが、六条さんに何かあった可能性があるからなぁ……。明日の朝、冷たくなった彼女が発見されるなんてのは嫌だろ？」

「それこそ警察案件ですよ」

「出てくる前と同じで、現時点ではなんの証拠もないからな。今度は深夜のビル内に誰もいませんって通報するのか？」

「イタ電ですね、それ」

俺はポケットから携帯を取り出すと、懐中電灯アプリを起動した。俺には〈暗視〉があるが、三好のためにも光源は必要だろう。

「ともかく何が起こってるのか調べる必要はあるだろ」

「こりゃ犠牲者になるパターンですよ」

三好は苦笑しながら、〈収納庫〉から大型の懐中電灯を取り出してスイッチを入れた。

「もう一つ考えられることがあるから気を付けろよ」

「なんです?」

俺は三好に顔を寄せて、彼女が取り出した懐中電灯を指差しながら、小さな声で囁いた。

「JDAがグルになって、俺たちの能力を推し量ろうとしている可能性」

「まさか」

小麦さんは、ダンジョン管理課が押し込んできた人物だ。しかもまるでプローブに見えるような条件で。確かに、怪しいと言えば言えるが——それにしては手が込み過ぎている。

「ま、俺もないとは思うけどな」

ぐるりと周囲に光を当てて、見つかった電灯のスイッチらしきものを押してみたが、何も起こらなかった。

三好に向かって小さく肩をすくめた俺は、正面の扉に近づいて、カードキーをセンサーにかざした。すると、ピッという小さな電子音とともにLEDがグリーンに点灯し、ガシャリと開錠される音が妙に大きく響いた。

「停電っぽいのにカードキーは使えるんだな」

「電池式ってやつじゃないですか。スタンドアローンで動くタイプです」

「不幸中の幸いってやつ?」

モーター錠や通電時解錠型の電気錠なら停電とともに状態が固定されるから、入ることすらできなかっただろう。

「不幸中の不幸にならないことを祈りましょう!」

「お前な……」

「では先輩。せめてこれをどうぞ」

そう言って三好が手渡してきたのは、初めて入ダンしたときに使った、チタン製の中華鍋だった。

俺は小さく笑って、それをテニスラケットのようにくるくると回すと、入り口の扉を開けた。

「それで、どうする？」

「広いと言っても、ビジネス用ビルのワンフロアですからね。手あたり次第、行ける所へ行けばいいんじゃないですか。全探索はゲームの基本ですよ」

「こいつは現実だぞ？　六条さんがいそうな場所から回るべきじゃないか？」

順番に回らないと、先へ進む鍵が得られないなんてことはあり得ない。

「しらみ潰しでも大して時間はかかりませんって」

入った先もロビーのような場所だった。

どうやら、ロビー部分のエレベーター前をパーティションで囲ってエリアを分割しているらしい。

壁際に自販機が置かれているが、電源は落ちていた。

左はどうやら会議室で、右は――

「ホットスポットですよ」

三好が照らす光の輪の中に、トイレのサインが浮かび上がっていた。

「なんだそれ？」

「トイレには大抵何かがあるか、何かがいるものでしょう？」

「よせよ、こんな時に」

俺は左へ進んで、会議室へと向かった。

「えぇー？　小麦さんが便座を下ろさずに座っちゃって、お尻が抜けなくなったから助けを呼んだのかもしれないじゃないですか」

「想像力が豊かなのは結構だが、それで俺に電話してくるわけないだろ。彼氏みたいな身近な人間とか、最低でも同性のお前だ」

そこは特殊な性癖が――などとぶつぶつ言っている三好を尻目に、俺はさっさと会議室の扉を開けて中に入った。

「不用意ですねぇ。モンスターがいたら死んでるかもしれませんよ」

後ろから恐る恐るついてきた三好が、周囲を懐中電灯で照らしながら言った。

「そんなもんいないっつーの」

特に警戒もせず、陰になった部分をざっと見て回ったが、当然何もいなかった。ダンジョン化でもしていれば別だが、それならダンジョン震を観測したＪＤＡが飛んで来ているはずだ。

「凶器を持った人間ならいるかもしれませんよ」

「むっ……」

六条さんからヘルプコールがあったのは確かだ。しかもあの電話の切れ方だ、ここまで来ても見当たらない以上何かがあったと考えるべきなのかもしれない。もしも外へ出ていたなら守衛がそれを教えてくれただろう。

俺はその場で、ステータスをダンジョン用に引き上げた。これでよっぽどのことがなければ即死はしないはずだ。後は、ポーションや〈超回復〉がなんとかしてくれるに違いない。たぶん。

「それで、トイレは？」

「分かったよ」

三好のトイレ推しに、俺は苦笑して足を向けたが、入り口の前でぴたりと立ち止まった。

「いや、ちょっと待て」

「どうしました？」

「よく考えてみなくても、俺に入れるわけないだろ！」

俺が指差した先には、ピンクのスカートをはいたアイコンが描かれていた。

「誰もいませんよ」

「六条さんがお尻を突っ込んでいたら大変だ、なんて言ったのは誰だ？」

入り口のスイッチのオンオフを何回か繰り返したが、照明が点くことはなかった。

「仕方がありません。ちょっと覗いてきまーす」

「気を付けてな」

「モンスターはいないんでしょう？」

「殺人鬼はいるかもしれないんだろ？」

三好がトイレに入って、個室のドアを開けているような音が聞こえてくる。

こちら側には相変わらず静かな闇が広がっているだけだった。

ダンジョンの中のような空間を見ていて、俺は自分のスキルのことを思い出した。

「〈生命探知〉があるじゃん！」

通常〈生命探知〉はダンジョンに下りた瞬間から自動的に機能し始めるスキルだ。とはいえ、地上で使えないわけではない。ダンジョン内と違って範囲が狭まり精度が落ちるし、人間が多すぎて使ってもほとんど意味がないから地上では自動的にオフになっているだけだ。なお、距離や精度の落ち方は場所によってまちまちだった。

「なんです？」

俺の呟きを耳にしたのか、三好がひょっこりと顔を出した。

「いや、こんなことをしなくても、〈生命探知〉で探せば良かったなって」

「先輩、今頃何言ってんですか」

「へ？」

「私は最初から使ってますけど、はっきりしませんよ」

「ほんとかよ？」

俺は何かを探知しようと集中してみた。

スキルの使用には明確なスイッチがない。だから感知できなかった時、スキルが発動していないのか実際に感知できていないのかが分かりにくいのだ。

「いや、向こうに何かがいるような……」

「私にはまったく分かりませんね。それって二重取りの効果？」

「かもな。しかし地上だとはっきりしない場所も多いよなぁ」

「やっぱ、Dファクターの濃度が関係してるんじゃないですか？」

「上空とか密閉度が高いビルの中は濃度が低いかもって？」

「じゃないかと思うんですよ」

確かに以前、御苑（ぎょえん）で使った時はもっと広範囲をサーチできたような気がするから、Dファクター濃度が一定以下の場所は探知不可能エリアのような効果を持つのかもしれない。

もっとも、反応が薄いアンデッドもいれば、レッサーサラマンドラやカマネレオンのように、それをうまくかいくぐるやつもいるから、複合的な要因があるのだろう。

「興味深い話だが、考察は後だ。まずは――」

「小麦さんの安否の確認ですね」

「微かに反応があるみたいだから、六条さんだとしたら生きてるな」

「微かにってところが死にかけてるみたいで嫌ですけど」

「言葉にすると現実になるって言うぞ」

俺は周囲に注意しながら、できるだけ足早に反応があるような気がする場所へと向かった。

§

「ここです？」

「たぶん」

俺の〈生命探知〉が捉えた反応は、この扉の向こうを示していた。扉には、第二鑑定室と書かれていた。

カードキーを入り口の電子錠にかざすと、ピっという小さな音がして、鍵が外れる音がそれに続いた。

俺はそっとドアをすかして、注意深く彼女の名前を呼んでみた。なにしろそこにいるのが彼女だという保証はないのだ。

「六条さん？」

三好がすばやく俺の脇を抜けて、反応があると思われる部屋の隅に向かって机を回り込む。そこには――

「六条さん!?」

――二本の足が、毛布から突き出ていた。

俺は慌ててその足へと近づくと、かぶさっていた毛布をはぎ取って、彼女の首に指をあてた。

「どうやら気絶しているだけみたいだ」

「アンモニア、ありますよ」

用意のいい奴と笑いながら、俺は六条さんの上半身を起こし、それを嗅がせた。

「ここ?」

「そうです。そこで何かが落ちるような音がして、近づいてみたら血が……」

気が付いた六条さんに怪我はないようだった。血のようなものを見た後、電話中に大きな音がして気を失ったらしい。そんなビビりでダンジョン探索は大丈夫なのだろうか。

とにかく彼女は無事だった。ほっとした俺は、すぐに支所を出ようとしたが、三好が一応調べてみようと言い出したのだ。

「血ですか?」

その場所を懐中電灯で照らしてみたが、血のシミのようなものは見当たらない。

一番下の引き出しの隙間部分に指を走らせてみたが、特に何も指先には付かなかった。

「特にそれっぽいものは……あれ、鍵がかかってますね」

「あ、ちょっと待ってください」

六条さんが財布から取り出した鍵で机の一番下の引き出しを開けた三好は、すぐに懐中電灯を向けて中を覗き込んだ。

「特に変わったものは――ええ?」

「どうした?」

「ええっと……底に穴が開いてますけど、これって前から？」

三好はその穴に手を入れると、引き出しの横から掌を出して、グーパーを繰り返してみせた。結構大きな穴のようだ。

六条さんは驚いたように首を振った。

俺は引き出しの中へ手を入れると、上の引き出しの底を探った。

そこには思った通りのものがあった。

「これ、上の引き出しにも穴があるぞ」

「ええ？」

全ての鍵を開けて引き出しを調べてみると、最上段から下に向かって、まるで何かで溶かされたような、ほぼ円形の穴が続いていた。

「なんですこれ？」

「一番上の段でエイリアンを飼っていて、そいつが自分の体を傷つけて脱出したみたいだな」(注6)

「それなら今頃、それを触った小麦さんの手は無事じゃ済みませんよ。その血？を触ったんですよね？」

「触りました」

（注6）　体を傷つけて脱出
エイリアン4で、研究用の部屋から同種を殺してその血で床を溶かし脱出した。

しかしそれっぽいものはどこにも見当たらない。

俺は地面に腹ばいになって机の下を覗き込み、そこに手を入れた。

「先輩、あんまり不用意に手を突っ込むと危ないですよ」

「いや、ここに何か……」

暗い空間があるように見えたので手を入れてみたのだが、そこにあったのは——

「——穴だ」

「穴？」

俺は立ち上がると、三好と一緒に穴の開いた机を持ち上げて横へずらした。

するとそこに現れた床には、直径三十センチほどの穴が空いていた。それはちょうど、最下段の引き出しを閉じた時、引き出しの穴の真下にあたる位置のようだった。

「レイズドフロアになっていて、床下は中空なんですね」

「一体何をどうしたら、こんな穴が——んん？」

最下段の引き出しから何かが床に落ちたのを見た俺は、それをつまみ上げた。「これ……」

それは見たことのあるものの一部のように思えた。

「先輩が作ってたポーションケースじゃないですか」

「あっ」

六条さんは、最下段の引き出しに、俺たちが渡した冒険者セットをしまっておいたそうだ。それにポーション（1）が含まれていたわけだ。

「なんというか、割れているというか溶けているというか……」

円筒形のケースは、まるで中央を溶かされて折られたような状態になっていた。

「これじゃポーションはだだ漏れだ」

「それを小麦さんが見つけた？」

ポーションの色は赤だ。

指先に付いたそれを暗闇の中で血と見間違えることはあるかもしれない。もっとも血よりもずっとさらさらしているし、量だってわずかだ。しかも効果を発揮したら消えてなくなってしまう。

しかし、ここにいた何かはそれを追いかけて床下へ？

三好が床の穴の中を懐中電灯で照らして確認したところ、何本かのケーブルが溶解し、一部は焼け焦げたようになっていて、微かに焼けた基板のような臭いを漂わせていた。

「ここのショートが原因でブレーカーが落ちたんじゃないですか？」

「かもな。ていうか、その下どうなってんだ？」

彼女が照らす床の奥。スラブのコンクリートがむき出しになった部分が他と違って見えた。

「コンクリートの床が十数センチえぐれてるみたいです」

三好が指差した部分は、まるで業務用アイスの二リットルバルクを巨大なディッシャーでくりぬいたかのように、スラブがきれいにえぐれていて、鉄筋の切断面が懐中電灯の光に輝いていた。

「床を鉄筋ごと切り取ったのか、これ？」

「断面はまるで溶かして持ち去ったみたいになめらかです」

コンクリートと鉄筋の境目を人差し指でなぞりながら、三好が「断面がつるつるしてます」と、言った。

「額に宝石のはまった、丸神(注7)の里出身の誰かがいたみたいですよ」

一通り確認した後立ち上がった三好が、冗談めかしてそう言った。

「一体何が起こってるんだ?」

こんなことができるのなら、その何かはビルのあらゆる場所を削り取ることができるだろう。

それがたまたま構造上重要な場所だったりしたら? そしてそのせいで、ビルが自重を支えられなくなったとしたら?

結果が大惨事になることは想像に難くない。

「それより犯人?はどこに行ったんでしょうね」

この部屋のレイズドフロアの高さはわずか十数センチだ。床下を這って逃げたのだとしたら、こいつの大きさ――少なくとも高さは、十数センチ以下ってことだ。

そのとき突然、部屋の向こうの机が傾いて大きな音を立てた。

「きゃあっ!」

六条さんが悲鳴を上げる。

「三好!」

その瞬間俺の〈生命探知〉に突然何かが引っかかった。

「床下に何かがいるぞ!」

それはしばらく反応していたが、俺たちが机の足元を確認する頃には嘘のように消えていた。

「一体何がどうなってる⁉」

「レイズドフロアの支柱がなくなって、床が机の重みで抜けたみたいですね」

「アルスルズは？」

「床下で影から出たら、部屋が滅茶苦茶になりますよ」

影を伝って追いかけるにしても、この世界に影響を及ぼすためには、この世界に出ることが必要だ。グラスやグレイサットでも十数センチは無理だろう。

「例のピットに落とし込めないか？」

「相手がなんだか分かりませんし、大きさもはっきりしませんから……」

コンクリートでできた床のスラブを簡単に削り取るようなやつだ。確かに何が起こるか分からないし、大きさがはっきりしないと周りを盛大に巻き込む可能性もある。

「それは最後の手段か。だがどうして突然〈生命探知〉に引っ掛かったんだ？」

「さっき言ってた〈生命探知〉に関する仮説が正しいとするなら、その場所のDファクター濃度が突然上がったとか」

（注7）　丸神の里出身の誰か
岩明均著「七夕の国」の話。空間を球状に切り取る能力を持った人が生まれる里。

そういえば今年（二〇二四年七月）、ディズニープラスで実写版が配信されるそうです。

「そいつが隠ぺいを解いて俺たちに居場所を教えたってのは？」

「理由が分かりませんよ」

「確かに……現象だけ見れば、そいつが何かを切り取る時、その場所のDファクター濃度が上がると考えた方が自然だな」

「何かを切り取る際にDファクターを放出するってことですか？」

「かもな」

物質を分解するのにDファクターを使うって可能性はあるだろう。

「とにかく、これがどこから来たのかは分かりませんが、流れを考えれば、最初にいたのは、小麦さんの机の一番上の引き出しです。その後、どういうわけかわざわざ何枚も引き出しの床を溶かして一番下の引き出しへと移動、さらには床へと向かっています」

三好は、順番に机の引き出しを指差しながら、そう言うと、最後に床の穴を指差した
「まるで何かを追いかけてるみたいに」

それを聞いた六条さんが、小さく「一番上の引き出し？」と口にした。

「ポーションか？」

漏れたポーションが床に垂れたことは、六条さんの証言から確かだろう。

こいつがもしもそれを追いかけて引き出しの底を分解し、レイズドフロアを分解し、さらに下へと落ちていったかもしれない液体を求めてスラブまで到達したとすると――

「もしかしてこいつを餌に、引っ張り出せる？」

俺はポケットからを装って、ポーション（1）を取り出した。

「かもしれません。一個百万円の餌ですけど」

そのとき六条さんがきまり悪そうに俺たちの話に割り込んできた。

「あ、あの～」

「なんです？」

「あれ、たぶん、スライムじゃないかと思うんです」

「「スライム⁉」」

そうして彼女は、ついあまりの美しさにスライムのコアを持ちだしてコレクションに加えたことを白状した。

「コアだけのスライムが、ダンジョン外で復活するのか？」

「魔結晶が近くにあったとか？」

「ＧＩＪに魔結晶？」

首をひねる俺たちに、小麦さんが事件の発端から話をし始めた。

「実は――」

始まりは机の周りにあったダンジョン産の石が消えたことだったらしい。

「ダンジョン産の石には、Ｄファクターが含まれてるよな」

「たぶん」

「そいつを使って体を再構成したのか」

「でも魔結晶と違って、そんなに大量のDファクターが得られるとは思えませんよ」

「必死で再生している最中、たまたま同じ机にポーション（1）があったってわけだ」

ポーションはおそらくDファクターの塊だ。

そいつを吸収したおかげで完全以上の復活を――

その時、誰もいない部屋に、再びガタンと大きな音が響き渡った。少し離れた場所の机がまとめて床下に落ちたようだ。

「おい、一度に落ちる範囲が広がってないか？」

「成長してるんでしょうか？」

「いや、この速度はまずい――」

だろうと言おうとした瞬間、床下から強烈な反応が発せられ、反応の移動と共に、次々と机が床下へと落下し始めた。

「ひぃー!?」

「どこのホラー映画だよ！」

窓際一列の机がすべて落下した時点で、再び反応が消え去って静寂が戻ってきた。後には、六条さんの立てる荒い呼吸の音だけが宙を漂っていた。

「こんなに高速で移動しながら分解できるんですか？」

三好が驚いたようにそう呟いた。

確かに代々木一層のスライムとはまるで別物のようだ。

「こいつは、極めてDファクターの薄い環境に置かれて、そこから再生した奴だ」

「根性がありそうですね」

「その過程で環境に適応したとしても驚かないね」

「ところで、スライムにも根性ってあるんですかね？」

「知るか」

ダンジョンの中のスライムは多い。外部の物を持ち込むと、どこから湧いてくるのかと不思議に思うくらいだ。だが、ここにはこいつ一匹しかいないのだ。

周囲に分解しなければならない物が大量にあって、それを一匹でなんとかする？

もしもそれが一種の本能で、もしもそれを可能にする力が、Dファクターのほとんどない場所でコアから再生するときに身に付いたとしたら？

「な、なんで一度に分解しないんでしょう？」

再び静かになった部屋を見回しながら、六条さんが言った。窓際の机の列はガタガタになり、多くの足は床下へと落ち込んでいた。

「食休み、ですかね？」

奴が何かを分解するときだけ生命探知に反応するのは、そこでDファクターが仕事をしているからだろう。そうしてその後、一瞬で反応がなくなるのは、それをすべて自分で吸収して周囲と同化しているからだと考えれば説明できる。一種の擬態だ。

後は分解したものを利用して自らを作り替えるのだろう。それは環境に適応するための進化と言えるかもしれない。そう呼ぶには速すぎる変化だが。

「拡大再生産ってやつですね」

「蓄積率が極めて高い、な」

とにかくこいつをこの部屋から外に出すのはまずい。

六条さんの責任がどこまで広がるか分からないし、ビルを丸ごと呑み込めるような化け物が東京のど真ん中に出現して、自衛隊と戦うなんて悪夢にしても酷すぎる。

「とにかく、怪獣映画になる前にどうにかしなきゃな」

「まあ、今回は単体のスライムですから。一発で退治できる手段がありますよ」

「うーん……」

「どうしました？」

「界面活性剤が表面を広がる速度よりも早く、その部分を切り落としたりしないよな？」

小さなスライムならともかく、それが巨大になっていたりしたら、本当に一瞬で破壊できるのだろうか？

「機序がはっきりしていませんからねぇ……そこはなんとも」

「触腕みたいなのとベンゼトスプラッシュで一騎打ちなんて展開は想像したくないんだが」

低予算モンスター系ホラー映画にはありがちだ。

「もう一度動き出す前に、おびき出して一気に決着を付けましょう」

「だな」

今のうちに六条さんには廊下へと待避してもらおう。

部屋の中の惨状は、この際諦めてもらうしかないだろう。

「六条さん、この部屋に壊れちゃまずいものってあります？」

「ええ？　全部まずいですよ！」

うんそりゃまあそうだろう。

「言い方を変えましょう。この部屋に壊れたら取り返しのつかないものは？」

「さすがにお客様から預かったものを放置したりはしてませんけど……私のコレクションは？」

「集められます？」

俺は事件の発端となった机の方を見た。

この暗さと異常な状況の中、それはとても難しいことのように思えた。

「本当に取り返しのつかない石は自宅ですから、最悪失っても……ううう」

俺は小さく頷くと、彼女を連れてドアの前へと移動した。

三好は部屋の真ん中にスペースを空けて、そこに取り出したポーションを置いていた。

ビルには構造上あちこちに穴が空いている。

床にダクトスペースはないだろうが、電気の線やＬＡＮ、電話線などが引かれている穴は必ずどこかにあるだろう。だがそれが部屋のど真ん中にあるなんてことはないはずだ。

どこに穴があるのか分からない現状、おびき出すなら部屋の中央が一番ましなのだ。

俺は六条さんを部屋の外へと追いやった。

「じゃあ、すぐに終わらせますから、静かになるまでそこにいてください」

「お、お手柔らかにお願いします」

それを聞いた俺は、微かに笑みを浮かべてドアを閉じた。

「いいですか先輩。ポーションを折りますよ」

「俺は作戦がうまくいくように祈ってるよ」

俺は近場にいくつもの塩化ベンゼトニウム溶液を配置して、ステータスを最大値に引き上げながら軽口で応じた。

ペキリと何かが折れる小さな音が響いて、机の上に液体がこぼれる。

俺とは逆の方向に移動した三好が、〈収納庫〉からベンゼトスプラッシュ用のスプレーを取り出した。

「いずれにしても一発で決めるぞ」

「床を分解して、下の階にでも抜けられたりしたら追いかけられませんからね」

「そんなことになったら、入室の手続きをしてる間にビルごと崩壊してもおかしくないからな」

「エンカイ様を思い出しますね」

「日頃の行いは悪くないと思うんだけどなぁ……」

小さくプッという音が聞こえる。

いやいや、三好君。ここは吹き出すところじゃないだろう。

「しかしコアの持ち出しが、環境によっちゃこんな事態を引き起こすなんてな」

今までだってスライムが持ちだされたことはあるかもしれないが、塩化ベンゼトニウムなしでコアの状態にするのは極めて難しい。コアの状態で持ち出したのは六条さんが初めてだろう。

「ＪＤＡ報告案件ですね」

ドンッという振動とともに、窓側の床全体が揺れたかと思うと、盛り上がった床が部屋の中央へと近づいてきた。

「来るぞ！」

俺がそう言った瞬間、いきなりレイズドフロア全体が爆発するように吹き飛んだ。

「こんなにデカいのかよ！」

「体積がおかしいですよ！　広がってるだけで厚みはなさそうで――」

大きく広がったそれは、俺たちをまったく気にもかけず、まるで津波のように部屋の中央にあるデスクに覆いかぶさった。

「チャンスだ三好！」

俺たちは同時にベンゼトスプラッシュをぶちまけた。

それがかかった部分は弾けるように吹き飛んだが、懸念した通り、それが全体に影響を与えるようなことはなかった。

「デカすぎるだろ！」

「無駄口叩いてないで、連射ですよ、連射！」

そいつは、十字架にかけられ炎の中で焼かれながら悲鳴を上げるように身もだえすると、俺たち

から逃れるように部屋の隅へと動き始めた。

俺たちのスプラッシュが命中するたびに、体が弾けてどんどん小さくなっていく。それでも何かを求めるように元の机のあった場所へと――

「先輩！　そこに穴が！」

「そこ⁉　そこってどこだよ！」

ＡＧＩ全開でスライムが向かおうとしている方向へ先回りしたが、もう部屋は滅茶苦茶で、床の穴なんか探せる状況じゃない！

「くそっ！　もう知るか！」

俺は〈保管庫〉に入れてあったガロン瓶に入った塩化ベンゼトニウム溶液の作り置きをすべて取り出すと、片っ端から床に叩きつけた。

ガラスは激しく砕けて、あたりは一面水浸しだ。それに触れたスライムがいきなり弾けて――

「先輩！　コア！　コアッ‼」

吹き飛んだコアは、何かに導かれるように宙を飛び――

「なんでそこに穴がある⁉」

俺は無我夢中でコアが向かう穴に向かってダイブした。

コアが落ちるのが先か、俺の手が届くのが先か――

世界から音が消え、すべてがスローモーションに感じられる中、俺が全力で突き出した指先に、微かにコアが触れたかのような感触が伝わってきた気がしたが、コアはそれをすり抜けて、そのまま穴へと向かっていった。

「ぬおおおお！」

その勢いのままコアとすれ違った俺は、最後の悪あがきとばかりに足を突き出し、それを蹴飛ばそうとしたが、わずかに届かず、俺はそのまま——

「がっ！」

——背中から壁に激突し、その反動でうつぶせに倒れた。

コアは穴の縁に当たって真上に弾かれ、カップインし損ねたゴルフボールのようにくるりと穴の縁を舐めて——

「神様！」

もう一度立ち上がろうとした俺の目の前で、もう一周縁を舐めたそれは、そのままぽとりと床に転がった。

ころころと転がるそれが、起き上がろうとした俺の顔の前で止まるのを見届けると同時に、世界に音が戻ってきた。

「先輩！」

「痛ぇ……」

砕けたガロン瓶の上にダイブした俺を見て、必死な顔をした三好が走ってくる。

俺の体はあちこち切り傷だらけで、血まみれ——

「——になってませんね？」

服はあちこちが避けてズタズタだったし、塩化ベンゼトニウム溶液のおかげでべちゃべちゃだったが、どこにも血がにじんだりはしていなかった。

俺の体のあちこちをペタペタ触って確認していた三好が、ほっとしたように緊張を解いた。

「先輩、ステータスは?」

「全開」

「はー。VIT(体力)って凄いですね」

「まったくだな」

もしかしたら、撃たれても平気かもってのは、戯言なんかじゃないのかもしれない。

「あのー……!?」

大騒動が終わって静かになったからか、六条さんがドアを開けて顔を出し、部屋の様子を見て絶句した。

「ああ、終わりましたよ」

「部屋も終わりそうですけど」

酷く散らかった、というよりも滅茶苦茶に壊された室内を、改めて見回した三好が苦笑した。

絶望的な表情で辺りを見回した後、はぁ、とため息をつく六条さんを尻目に、落ちていたコアを拾い上げた三好は、それを掌の上に載せた。

「いやぁ、大変な夜でしたね。でも――」

やたらとどや顔でポーズをキメる三好に、一体何を言い出すつもりなんだとけげんに思っている

と、コアを高らかと掲げ、

「謎はすべて溶けた！」と続けやがった。

それを聞いた俺は、一気に疲れに襲われたような気分になって、がっくりと首を垂れた。

六条さんはなんのことだか分からず、頭の上にクエスチョンマークを浮かべているようだった。

「それで、このコアですけど――」

「ええ？　スルー!?」

当たり前だ、バカ、という意味を込めた冷たい視線を彼女に送った後、俺は六条さんの前に、三好から取り上げたそれを置いた。

「六条さん。これはあなたの役割ですよ」

そう言って俺は、いつものハンマーを取り出すと、それを彼女に差し出した。

彼女は泣きそうな顔でそれを見つめていたが、意を決したように顔を上げて受け取ると、小さな声で呟いた。

「すごく……綺麗だったんです」

彼女は少しの間コアを見つめた後、ゆっくりとそれを振り上げて――一気に振り下ろした。

夜明け前の薄暗い空間の中、黒い光に還元されたそれは、黒曜石の破片のように輝きながら散っていった。

彼女の涙と共に。

「もうすぐ夜明けですね」

時計を見ながら三好がそう呟いたとき、外からは、サイレンの音が小さく聞こえてきた。

窓から外を見てみると、眼下にパトカーや、警備会社の車らしきものが集まってきているのが見えた。どこかでセキュリティラインを切断でもしたか、守衛か誰かが、騒ぎを聞きつけて通報したのだろう。

「もうすぐ警察が上がってくるでしょうけど……これを一匹のスライムがやったなんて言って、信じてもらえますかね?」

その部屋の惨状を見ながら三好が眉をひそめた。

常識ではありえそうにないし、犯人?のスライムは、すでに光となって消えてしまった。

後に残されたのは滅茶苦茶になった部屋と、服がぼろぼろになった俺たちだけだ。

「お前、録画は?」

「ダンジョンでもないのに、そんなことしませんよ」

「だよなぁ……」

溶けたような断面と、六条さんの証言だけでなんとかなるといいな。

「ただですね、先輩」

突然三好が真面目な顔をして俺を見た。

外から入ってくる光が、ガラスに映る彼女の輪郭を白く浮かび上がらせている。

「な、なんだよ?」

「あの……」

「あの？」

「あのスライムが、最後の、一匹だとは思えません。もし、塩化ベンゼトニウムが、公になったとしたら、あの、スライムの同類が、また、世界のどこかへ現れてくるかもしれません」

「お前はどこの古生物学者だ[注8]」

「てへっ」

しかしその可能性は少なからずあるだろう。

いつか塩化ベンゼトニウムは公開される。そうなったとき、代々木の一層には、Dカードを取得しようとする親子連れが訪れることは確実だからだ。

子犬を拾うがごとくスライムを拾い、自宅の物置でこっそり飼ったり——

そのときエレベーターがチンという音を立ててこの階に停止した。俺は部屋の様子を眺めながら、しばらくは取り調べに付き合う必要があるだろうなと、ため息をついた。

この惨状を一匹のスライムがやったと言って信じてもらえるものかどうかは分からない。なにしろ証拠は光になって消えてしまったのだ。

とにかく恐怖の夜は終わりを告げた。今はただ、それを喜ぶことにしよう。

（注8）　**古生物学者**
ゴジラに登場する山根恭平のこと。三好が言ったのは彼の名セリフのパクリ。

奇妙な読点は、映画で山根恭平（志村喬）が喋った通りに三好が喋ったためだ。

SECTION :

解説

小麦さんが登場すると、どうにもマニアックな話になってしまいがちですが、マニアックな人を描こうとするとマニアックになるのは仕方がないのです。たぶん。

この話は、本来、二〇一九年の一月十四日に挟まっていました。本編で十五日の朝、三好が眠そうにしていたところに、その痕跡が残っています。

SS掲載時は横浜事件（六巻）の後のつもりで書いたのですが、スライムに関する考察が、六巻と被っていたので、書籍にする際、十三日に起こった事件のように修正してあります。残念ながら、金曜日じゃなくて日曜日ですが。

従って、コアはブートキャンプの時に持ち出したという設定ですね。さすがは小麦さん、初日からやらかすとは。

なお、スライムがDファクターの工場ではないかという仮設は六巻で登場します、このSSの事件は時系列的にそれより前に設定されたため、切り取る際にDファクターを使用するのではないかという観点に書き直してあります。

また、コアがダンジョン外で復活するのを観察するのも同様ですが、こちらはDファクターの薄い場所で、ポーション（1）を吸収することで復活した特殊事例として捉えることで、六巻時の実

：

験ではこの件を例外として考慮していません。

いずれにしても、後付けでうまく整合性を取ろうとする作者の悪あがきを楽しんでいただければと思います。

なお、専門的な内容については、ちゃんと取材をして書いていますが、もし何か間違いがあるようでしたら教えていただければ幸いです。

第06章

D Genesis 06 SIDE STORY

AB Night

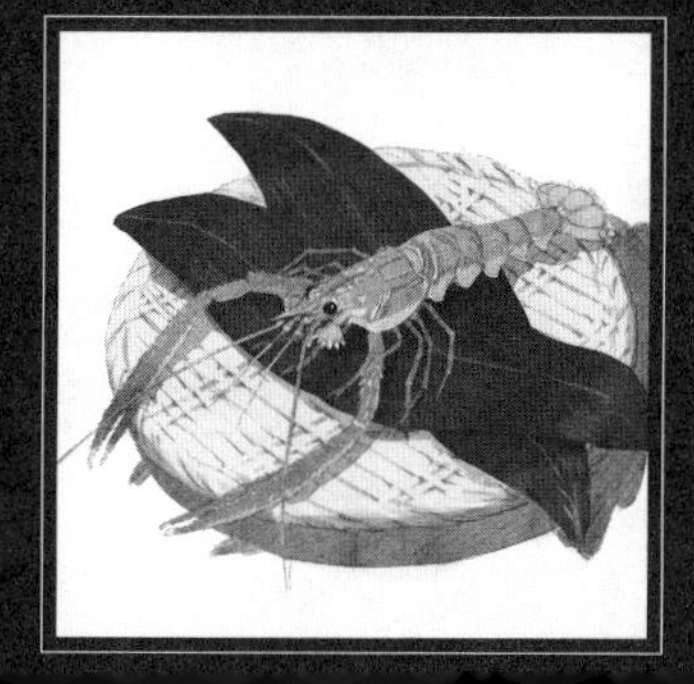

CHAPTER 06

Three years since the dungeon was made.
Suddenly,I became the world's top rank,
I am leaving the company and living leisurely.

SECTION :

前書き

くっくっくっく、これが本当に追い詰められたときの物語さ（毎回追い詰められてる気がするが、それは気のせいだ）

この話は、六巻の終わり、ダンジョンから帰ってきた二人の物語です。

歴代でもっとももくだらない、もっとも普通のSSっぽい話をお楽しみください。

AB Night

:

「ただいまー」

疲労困憊で代々木から徒歩で帰ってきた俺たちは、誰もいない暗い事務所の扉を開けて、靴を脱ぐとそのままソファへと倒れ込んだ。

「だはー」

バフンと音を立てながらうつぶせにソファに飛び込んだ三好が、女子力ゼロな声を上げた。

「だはーってなんだよ、だはーって」

向かいのソファに座ると、それまで頭の上に止まっていたロザリオが、ぱっと梁に飛び移って小さくさえずった。止まり木を作ってやらないとな。

「いや、だって、めっちゃ疲れましたよ、この二日間。盛りだくさんにも程がありますよ。もうイベントはしばらくの間おなか一杯です」

そう言った三好のおなかが小さな音を立てた。

「誰のおなかが一杯だって？　何か食うか？」

タイラー博士に出会う前、飯を食い始めたところでカヴァスが戻って来るし、食事を再開しようとしたところでロザリオの騒動だ。

もう日が変わろうかって時間だし、確かに小腹が空いたとしてもおかしくはなかった。

「そうですねぇ……ちょっと話して考えをまとめたいこともありますし」

「話？　タイラー博士の一件か？」(注1)

それ以上となると思いつかないが……

あの話は、会話が記録されていなかったこともあって、帰る道すがら、二人で内容を思い出しながらメモ的な録音はした。

「あれはあれで考えることが一杯あるのは確かですけど、ＪＤＡへの報告一つ取っても、どうするべきかなんて、すぐに結論(注2)なんか出ませんよ」

「だよなぁ……」

何が『科学者は政治的な駆け引きが嫌いだからね』、だ。そんなのが好きなやつなんて、ほとんどいないっての。

さっきの録音は、一度文字に起こさなければならないだろうが、検討は後でもいいだろう。俺たちだけでどうにかなるような問題でもないし、巻き込む連中も厳選しなきゃならない。鳴瀬(なるせ)さんは当確だけどな。

「で、何を食べます？」

「あー、面倒だから、出前……って時間じゃないな。いつもの総菜か、たまにはカップ麺ってのも

（注1）　タイラー博士の一件
もしもまだなら（さすがにそれはないか）、六巻の本編を先に読もう。

（注2）　結論
これは六巻のSSで、結論は七巻のネタだから仕方がないのだ。

ありかな」

「冷蔵庫にラングスティーヌありますよ、駿河湾のやつ」

「ええ？」

ラングスティーヌはフランス語で、アカザエビのことだ。

厳密なことを言えば異なるのだが、フレンチではヨーロッパ産もニュージー産も国産も、大抵ラングスティーヌと呼んでいる。

「そろそろ出始めっぽくて、売ってたから買っときました」

駿河湾産のアカザエビは、一月の上旬から出回り始める高級品だ。

「いや、売ってたからって……今からか？　どんぎつねでいいだろ？」

「やだやだやだー。美味しいの食べないとやる気出ませんー」

三好がソファにうつぶせになったまま、ジタジタと足を交互に振った。駄々っ子かお前は。

そもそもなんのやる気だよ。もう寝るだけだろ。

「どん兵衛、結構いけるだろ」

「先輩は、どんぎつねが好きなだけでしょ」

「可愛いよな、あれ」

彼女を最初に見たのは、同僚に騙されて行った三年前のシネ・ドライブだ。(注3)

わざわざ高円寺まで出かけて行ったのは、映画のタイトルが『星を継ぐ者』だったからだ。

「あれには参ったな。月面でチャーリーが見つかった話だと思って見に行ったら、全然違うし」

「『者』が漢字じゃないですか、『者』が。第一、日本人がそんな作品の映画化権を持っているわけありませんよ」

「わざわざ英文で"Inherit The Stars"って書いてあったんだぞ？　ホーガンだと思うだろ。それがまさか自主製作の超低予算映画だとは想像もしてなかったっての……」

「まあ、ナディアの最終話(注4)にだって、三点リーダーが一個付いてますからね」

あれだけ有名な作品なら多少は遠慮しますよねと、三好がエビぞりしながら、うんうんと頷いていた。器用なやつだな。

「なんの話だよ」

確かに『者』が漢字なのは変だなとは思ったのだ。だが、映像化されたら、そういうこともあるのかなと深く考えなかった。そして、開始二〇秒で騙された！と気が付いたのだ。

(注3)　彼女
吉岡里帆さん。

丁度このSSを書いている少し前に、契約満了で、日清の公式サイトから削除された。だからここに書いたわけではない。超タイムリーだっただけだ。ほんとですよ。

(注4)　ナディアの最終話
『ふしぎの海のナディア』の39話、「星を継ぐ者…」のこと。

古い作品だが、おもてなしとして見せられるアニメから、コナンとナディアのNHKアニメコンビは外せない(らしい)。三好のサークルの先輩に乾杯。

隣に座っていた同僚を慌てて振り返ったが、その場で文句を言うわけにも、立ち上がるわけにもいかず、仕方なくスクリーンに目を向けた。

だが、そこで見た彼女は、カレーの汚い食べ方が全然堂に入ってなくてなかなか可愛かった。

映画自体は全体に渡ってローテンションだったため、前日の徹夜が災いして途中で夢の世界へ旅立ってしまい、途中までしか記憶にないのだが……

「それに、シネ・ドライブはインディペンデント映画祭でしたよ」

「スターウォーズの新三部作だってインディペンデント映画だろ」

「アメリカと日本じゃ、インディペンデント映画の意味が違いますからね」

ちらりと時計を見上げると、すでに日付が変わっていた。

「どんぎつねがNGなら、確保してある総菜とか弁当で——」

「と言うか、冷蔵ですから。さっさと食べないと傷みますよ」

この二日間は、それどころじゃなかったからなぁ……

「——はー、しょうがないな」

俺は仕方なく立ち上がると、冷蔵庫へと向かった。

「シャンパーニュでエチュべして、サヴァイヨンかけてグラチネでも、トリュフを添えてソース・ポルトにクリームのラングスティーヌソースをエアーにして添えてくれてもいいですよ!」

「自分でやれ、自分で」

今何時だと思ってるんだと苦笑しながら、俺は冷蔵庫からそれを取り出し——

「はぁ？　なんだ、この数は……」

「四ダースです」

「誰がそんなに食うんだ、誰が」

俺が呆れたように腰に手を当てて、カウンター越しに彼女を見ると、うつぶせのままさっと床を指差した。そこには嬉しそうに振られる尻尾が生えていた。

「なんともぜいたくなお犬様どもだな」

俺は呆れながら、冷蔵庫からトレイを取り出すと、下処理しながら縦割りにしてポワレグリルに並べ始めた。

「それで、結局、どうするんです？」

起き上がって、ダイニングにやって来た三好が、俺の手元を覗きながらそう訊いた。

「塩振ってオリーブオイルを掛け回したら、イタパセ振って終わり！」

俺はそう言って、ポワレグリルをオーブンに放り込んだ。

「いいか、三好。今この瞬間から、これはラングスティーヌじゃなくてスカンピだ」

フランス料理ならラングスティーヌだが、イタリア料理ならスカンピだ。

「駿河湾産なんだから、アカザエビですよ？」

「お前だろ！　ラングスティーヌって言いだしたのは!?」

確かに、本来のラングスティーヌやスカンピは、ヨーロッパアカザエビだから属から違う。見た目も爪の形などが結構違うから見れば分かる。

大西洋や北海のやつは、ヨーロッパアカザエビ属のヨーロッパアカザエビだが、駿河湾産はアカザエビ属のアカザエビで、学名だってジャポニカスがくっついている。

もっとも売られているものには、サガミアカザエビという近縁種も交じっていたりするのだが、これはやや小ぶりになるしハサミの先が広く白いので、こちらも見れば区別できる。その辺はテキトーというやつだ。

「売り場でアカザエビがずらっと並んでいるのを見て、つい四ダース買っちゃったんですよ」

「つい、って……なんで?」

「並んでる様子がグループアイドルっぽくて」

「アカザエビ48かよ！」

それを言いたいがために四ダース買ったのか、こいつは。

「まあまあ先輩。四ダースくらいペロッといけますって」

アルスルズが六頭もいるし、大した大きさじゃないから確かにペロリかもしれないが、それにしたって買い過ぎには違いないだろ。

後は焼けるのを待つだけの俺は、グリルのタイマーを確認してダイニングの椅子に腰掛けた。

「それで、なんだって?」

メニューを聞いてそそくさと奥のセラーでワインを物色していた三好は、こちらを振り返りもせずに答えた。

「そりゃシンプルなスカンピですから、フリウリあたりのピノ・グリでフレッシュなタイプとかどうです？ ラマート(注5)なら守備範囲も広いですし」

「あのな……」

確かに地中海のスカンピの産地はアドリア海の北部だからフリウリも分からないでもないが、誰がそんな話をしている、誰が。

「タイラー博士との一件じゃなけりゃ、スライムと観測の関係だろ？」

三好は、セラーから一本のワインを取り出すと、小さく頷いた。

「ダンジョン内人工物の消滅トリガーが観測なのは経験則ながら確かだとして、今回は、どこまでが観測と見なされるのかを試そうとしたわけですが――」

グラスを二つテーブルの上に取り出した三好は、手早くキャップシールを剝がしてコルクにスクリューを打ち込んだ。

「横浜で私たちが設置した器具類は、どれも最後まで健在でした」

（注5） ラマート

いわゆるオレンジワイン。
白ブドウを使って、赤ワインと同じ製法で作られるワインだが、白ブドウなのにちょっとだけ色のついているピノ・グリージョで作ると綺麗な色が付くことになる。（もっとも製法は、スキンコンタクトからマセラシオン・フィナル・ア・ショーまでいろいろで、どのくらい色を付けるかやタンニンを出すかで生産者が工夫している。最近は薄くてエレガントな方が多いかも）
ラマートは銅色の意味のイタリア語で、フリウリあたりではこう呼ばれることも多い。
そう言えばオレンジワインを現代によみがえらせたのは、フリウリのグラヴナーだと言われているな。

危惧されていた地下二階のドア前と一階を繋いでいたケーブルや、監視に使ったカメラ類は、どれも最後の突入の直前まで消失することなく無事だった。通常ならとっくに食い荒らされていてもおかしくない時間が経過していたにもかかわらず、だ。

「もしもこれが観測の結果だとしたら、その行為には監視カメラで十分ってことになります」

録画が必要かどうかまでは分かりませんでしたけど、と三好が続けた。横浜の監視映像は、すべて記録されていたからだ。

「地下一階より上の階段部分は、単にDファクターの濃度が低すぎてスライムがポップできなかったという可能性もあるだろ？」

「地下一階の入り口付近から地下二階までの間も無事でしたし。そもそもあのときって、地下二階にスライムが大増殖していたわけでしょう？　もしもスライムがDファクターの製造工場だとしたら、それなりに十分な量が上がって来ていたと考えてもおかしくありませんよ」

コルクを抜いてソムリエナイフから外すと、三好はさりげなく液面に触れていた側を嗅いだ。様式美と言うやつだが、若いワインでも還元臭はそれなりにあるから油断はできないらしい。

三好は二つのグラスにそれを注ぐと、片方を俺の前においた。

「しかし不思議だよな。最初に観測のことを発見した研究者だって、カメラが及ぼす影響程度のことは考えるはずだろ」

にもかかわらず、その結果は公表されていない。

「政府や軍の研究で、秘匿技術にしておきたかったって可能性もありますが——」

その可能性もなくはない。ダンジョン内に人工物を配置できるというのは、ものすごく大きなアドバンテージになるからだ。だが――

「たぶんうまく実験できなかったんだと思いますよ」

「だろうな」

そんな極秘の攻略や研究が行われているとしたら、サイモンたちの攻略はもっとスムーズに進んでいるだろうし、それを利用したエバンスの攻略が大っぴらに公開されるはずがない。別動隊がいる可能性はあるが、連中以上の人材が隠されたりしていないことは確かだ。ワールドランキングリストの掲載から逃れることは不可能だからだ。

どこかにダンジョン内実験室くらいは作られていてもおかしくないが、もしもそうだとしたら、もっと重要な技術が数多く生み出されているだろう。なにしろ宇宙空間でだって、植物や動物を育ててみようとするくらいだ、ダンジョン内でそれを行っていないはずがない。だとしたらダンジョニングだって俺たちより先に発見されていたはずだ。

そもそもこの程度のことを考えない研究者はいない。

観測の仮説が発表された時点で、カメラによる監視の実験は世界中で行われたに違いない。だが、結果は一つも発表されていなかった。

「実験者がその場にいれば、カメラのみの監視とは言えないし、離れれば、モンスターによる被害に遭ったんだろうな」

人工物を直接消滅させるのはスライムやクリーナーだろうが、破壊に限れば、十八層でアイベックスもどきがドリーに突っ込んで来るのを警戒したように、それ以外のモンスターだって対象になる。そして実験設備を守るための人員を配置した瞬間、この実験は要件を満たさなくなるのだ。

「一層に適当な場所があるダンジョンを手に入れて、二十四時間体制で大人数を導入して監視しながら実験設備を設置、これだけでも大したコストですけど、さらに一斉に引き上げて観測をスタートさせたとしても——」

「思わぬ死角から破綻した場合、それがカメラによる観測失敗の結果なのか、観測自体の効果がなかったのか判断できないよな」

「仮に成功した回があったとしても、同じ方法で成功したり失敗したりすれば、それだけで論文にすることは不可能です」

「再現性がないいんじゃメソッド(注6)もクソもないもんなぁ……」

実験しても、ちゃんとした成果として出せるほどの結果が出なかった。そしてそんな曖昧な仮説に基づいて、大金をつぎ込む本番の施設を作るわけにはいかないのだ。

俺はわずかに赤みを帯びた、金色の液体が注がれたグラスに口を付けた。悪くはないが三好がこれのどこに惹かれたのかはよく分からなかった。

「これって、何か希少なワインなわけ?」

「全然。普通に買えますし、とてもお手頃ですよ」

ラベルには、ヴェニカ・エ・ヴェニカのジェセラと表記されていた。コッリオのピノグリージョらしい。コッリオはフリウウリの地名だ。

お手頃価格なイタリアワインなんて言っているが、単にコスパがいいだけで三好のセラーに仲間入りすることはできない。こいつは興味の方向が斜め上にずれているのだ。

「ふーん。そういうの珍しいな」

「ふっふっふ、そう思います？」

うっ、地雷を踏んだんじゃないだろうな……

「実はこのシリーズ、三月と五月の満月の日にボトリングされるんです！」

どうだとばかりに胸を張る三好だったが、俺は頭の上に三つくらいクエスチョンマークを浮かべていた。

「満月？　……って、何か意味があるのか？」

「何を言うんですか！　月齢と農業には切っても切り離せない関係が――ありますよね？」

なんだその自信のなさは⁉

「実は生産者が狼男で、能力が高まる日にボトリングしてるとか――」

（注6）　**メソッド**

科学技術論文の形式は、伝統的にＩＭＲＡＤが用いられる。これは、
1.Introduction（序論）
2.Materials and Methods（研究方法）
3.Results and Discussion（結果と考察）
4.Conclusion（結論）
の略だが、この二番目を、一般的に「メソッド」と呼ぶ。第三者はこのメソッドに従って追試を行うわけだ。

「インポーターが美味しく食べられちゃう日も近そうですね」

「まさかとは思うが、飲めばボトリング時の月齢が分かるなんてことはないよな？」

「どんな異能ですか。狼男がボトリングしている方がまだしもですよ」

その時オーブンがチンと音を立てて焼き上がりを報せてきた。

「ともかく、うまくすれば、ダンジョン内に施設が建設できるかもしれません」

「ダンジョン内施設か……」

俺はオーブンを開けて、ポワレグリルを取り出しながらそう呟いた。

確かにそれはダンジョン探索を行う人類の念願と言えるかもしれない。

拠点が作られれば、より安全にダンジョン探索が行えるし、行った先に安心して休める施設があれば、さらなる深層の探索も可能になるだろう。

それに、もしも通信(注7)が可能になれば、あらゆる利便性は飛躍的に向上するはずだ。

ダンジョニングの前プロセスを人工物に施せるようになれば、不要になる技術だとはいえ、とっかかりさえはっきりせず、手探りで進むしかないダンジョニングに比べれば、実現は、はるかに容易(たやす)いはずだ。

「最初は塩化ベンゼトニウムでなんとかならないかなーとも思ったんですが、簡単なやつは失敗しましたし、そもそも防水されていない電子機器の上にそんなものを撒くわけにはいきません」

一坪農園に設置された第一次ベンゼトスプラッシュシステムが、スライムの前に敗北したのは、わずか二週間前のことだ。それに、液体での防御は使い勝手がよくないだろう。特に建築物の内側には使いにくい。

　確かに観測でスライムの発生や行動を抑制できるとしたら、ダンジョン内建築物の可能性はあるかもしれないが……

「だが、論文っていう観点で言えば、今回の俺たちの件だって、仮説は立ってもそれでダンジョンの知的所有権を主張できるような内容じゃないぞ」

　スライムのポップや能動的な消化は観測によって抑制され、その観測はカメラの録画で済むという仮説は、今のところ証明できない。もっとも横浜の件で言えば反証もないのだが。

「通るはずありませんね。当面は、得られた知見を基地の作成に利用できればいいんですよ」

　そう言って三好は、スカンピを一匹つまみ上げた。

「なにしろうちには、他にはない頼れるスタッフがいますからね」

　そうしてそれを、ほいっと、並んでいる口の一つに放り込んだ。

　ドリーにだって死角はある。単に俺たちにはアルスルズがいて、細かい監視は丸投げしているから無事でいられるってだけだ。こいつらの監視網は、今のところ完璧だ。

「何度だって実験を繰り返せますし、いずれはアルスルズの処理するスライムの数はゼロになるに違いありません。そうしたら――」

「商品になるって？」

（注7）　通信が可能
九巻で可能になってしまった。

「イグルー一号も、もうすぐ完成らしいですよ」

「あれか……」

イグルー一号は、ドリーの後に注文した、一言で言えばダンジョン内基地モジュールだ。

「結構早かったな」

「デザインはともかく、中身はキャンピングカーに毛が生えたみたいなものですから。宇宙空間みたいにシールドが要るわけでもなし、精度だってそれほど求められません。ねじ一本から特注なんてわけでもありませんから」

「民生品の活用か。漆原技官が喜びそうだな」

「こういうのキヨミーがやってくれませんかね？」

「おいおい、いきなり引き抜いたりするなよ。自衛隊との関係が悪化する――するかな？」

「話を聞いた限りじゃ、次世代装備研究所のD研は、結構微妙な立ち位置みたいですからね」

ダンジョンができてから、この組織が発足するまで、たった二か月しかなかっただけあって、いろいろと泥縄だったようだ。

「評判や効率を考えれば、ダンジョン装備開発は、民間に丸ごとアウトソーシングするって可能性も……って、仮にも軍の装備研究だぞ？」

「資本主義国家の軍需産業は、大抵民間企業じゃないですか」

「そりゃまあそうか」

「それに日本には、職業選択の自由ってのがありますからね」

「おいおい。ま、あんまり波風立てるなよ」

三好は、任せてくださいよといった様子で小さく頷くと、次のスカンピをフォークで掘り起こして口に入れた。

本当に大丈夫なのかねと不安になりながら、俺もそれを一つ取って口にした。

ぷりぷりとした身を噛みしめると甘いジュがあふれ出す。いかにも駿河湾産と言わんばかりの旨みの濃厚な味わいだった。

「美味いな」

「駿河湾産ってヨーロッパ産よりも味が濃厚な気がします」

「そうだな。もしかしたら冷凍と生の違いもあるかもだけどな」

ヨーロッパやニュージー産は、当然だがすべて冷凍だ。

確かに最新の冷凍技術には凄いものがあって、さほどの瑕疵もないが、比べてみればやはり違うし、素材によってはそれが顕著だ。

特に甲殻類は地元で食べた方が断然美味しい気がするから、そういうところも影響していないとは言い切れない。

「ピノ・グリージョも悪くはないが、塩味の焼きエビときたら、ここはビールだろ」

「日本のおとーさんですね」

「いいじゃん。日本の大手メーカーのピルスナーは世界一だぞ」

なにしろ（たぶん）世界一の開発費を掛けて、日本人一般の口に合う味わいを追求した商品だ、美味しくならないわけがない。

クラフトビールのような尖った味わいは期待できないが、こんな深夜に気楽に口にするならこいつが一番向いている。

「ドリーも便利だが、下層に行くにはちょっと不安もあるし、〈収納庫〉の件も、すでにJDAは知っているから、イグルー一号のデビューも近いな」

なにしろ、六条さんたちを下層に連れて行く必要があるのだ。俺たちの経験値じゃテントは怖いし、情報を開示したとしてもドリーじゃ狭い。

「ああっ、先輩！」

俺が冷蔵庫から小瓶を取り出した時、突然三好が酷く焦った様子で立ち上がった。

「なんだ？」

「地上に戻れてほっとしてましたけど、横浜一階のクリーナーって、どうなったんでしょう⁉」

「……うーん」

もしもあのまま残されていたりしたら、分裂の悪夢再びってことになるが――

「いくらドタバタしていたとしても、さすがに確認くらいはするだろ？」

自衛隊やファルコンが確保した個体もあったようだし、俺たちが行方不明になったとしたら、鳴瀬さんが津々庵（しんしんあん）を覗きに来ることは間違いない。

もしクリーナーが残されていたとしても、適切に処理されていると思いたい。

「一応、鳴瀬さんに連絡――って、今ここにいることの説明ができませんよ……」

なにしろ三十一層から一層へ転送されたのだ。通常の感覚だと時間的におかしなことになる。調べれば、どうせゲートの通過時間でバレるのだけれど。

「んじゃ、代々木に飛ばされなかったことになる予定の、俺が連絡してみるよ」

三十一層の三好から連絡ができることは鳴瀬さんも知っているから、情報の伝わるタイミングに多少おかしな点があっても、それでごまかせるだろう。

「もしも放置されていたら、今からタクシーで横浜ですよ。いつぞやの夢がかないますね」

ワイングラスに注がれた液体を見ながら、恨めしそうに三好が肩を落とす。

『横浜』(注8)ってやつか。そりゃまあ、一度やってみたいとは言ったものの、これから横浜で後片付けなんて嫌に決まってる。

「そうならないことを祈ろうぜ」

俺は取り出したビールをカウンターに置くと、鳴瀬さんあてに簡単なメールを書いて、送信ボタンをタップした。

「しばらく返信がなかったら、直接電話するしかないか」

俺は時計を確認してそう言った。

「今回の件もあるし、セーフエリアも待ったなしだ。きっとまだ起きてるだろ」

(注8)『横浜』ってやつ
五巻の一月九日参照。

芳村が「いっぺん、タクシーを捕まえて、『横浜』とか言ってみたいよな」と言っている。

行方不明者が発見され、ついでにセーフエリアの情報が上がって来たのだ。関係各所への連絡を始め、現在のダンジョン管理課は天手古舞いになっているはずだ。

「ブラックですねぇ」

「何を他人事みたいに」

「だって今回の騒動に、うち、関係ありませんよね？」

実際のところ、横浜の核にしろ、代々木への転移にしろ、俺たちには関係ない。後者はちょっと怪しいが……ついでにセーフエリアを発見したのも自衛隊だってことだろう。ただなぁ……

「鍵を取得したのも、鍵穴の場所を示唆したのも、俺たちだったような気がしないでもないし、そもそも忙しさに輪を掛けたのは、今日がセンター試験の一日目――明けて二日目か――だったからじゃないか？」

「……不幸なめぐりあわせでした」

一言で総括してうんうんと頷きながら目を閉じた三好が、それ以上突っ込むなとばかりに話題を変えた。

「セーフエリアって言うと、荷物の運搬が問題になりますよね？　ＪＤＡって、あの〈収納庫〉をどうするつもりだと思います？」

「お前な……まあ、あれは、ちょっと勢いに任せたって感じだったからな」

時間もないし、怪しげなところに流れるのも問題だし、取り扱いには困るけれど予算はあるから、とりあえず押さえておけといったところだろう。

「そもそも三好がＪＤＡの職員だとしてだな、四百五十億のオーブを組織から使えって言われたらどうする？」

「断固拒否ですよ！　無理なら逃げます」

「だよな」

まさにリアル『六百万ドルの男』だ。

あのドラマが作られたのは、ちょうど二月にドル円が変動相場制に移行した年だ。

スミソニアン協定でドルが切り下げられた後の固定相場は三百八円だったから、当時の六百万ドルといえば、十八億四千八百万円。

もしも鳴瀬さんがこのオーブを使ったとしたら、当時のレートでも一億四千万ドル。今の相場なら、一ドル百十円弱くらいだから――『四億ドルの女』だ。文字通り桁が違う。

「もう確実に自由はなくなりますね。海外旅行なんて絶対無理でしょうし、恋愛も結婚もまともにできなくなりそうです」

金は稼げば取り返せるが、スキルは人為的にどうにかできるようなシロモノではない。失われたら最後、取り返しはつかないのだ。

「まともに海外旅行もできないのは、俺たちも一緒だけどな」

「そうでした！」

「まあそんな感じだから、使用者がいないんじゃないかと思うんだ」

「件の瑞穂(みずほ)常務あたりが、適当に部下をだまくらかして使わせるとか――」

「いかにもありそうな話だけど、幸いダンジョン管理部は管轄が違うらしいから」

「屈折した探索者なら、もしかして――」

「ＪＤＡがそんなやつに投資するもんか」

まともな探索者に使ったとしても、手に入れた後の心変わりがないとは言えないのだ。

そうでなくても、家族を人質に悪の組織にさらわれて、整形と共に新しい身分を与えられ密輸に利用されるなんてフィクションめいた話が現実になりかねない。

「転売するしかないですかね？」

「性能が分からないと、それも難しくないか？　ギャンブルをするには価格が高すぎるだろ。お前、教えてやったら？」

「そりゃ厳密に測定してみるのもいいですけど……性能がＩＮＴ（知力）依存だったりしたら、詐欺になりますよ」

「それがあったか……いや待てよ？」

俺は、以前彼女が収納庫のテストをやったときのことを思い出していた。

「三好が最初にバスでレゴ遊び――」

「してませんよ！」

「ま、まあ、二十台を収納したときって、普通のＩＮＴじゃなかったか？　お前、ドリーが来るまでまともに入ダンしてないよな？」

ドリーが納品されたのは、十一月の二十一日だ。その翌日に、三代（みしろ）事件があったからよく覚えている。

「アーシャのとき、潜りましたよ」

「あのときモンスターなんて倒してないじゃん」

「まあ、そうですけど」

「なら、最低ラインを――」

いや、でもこいつ、たしか初期値で16とかふざけた値だったよな……もしも急激に超人になるシステムだったりしたらやっぱり詐欺になる。

「先輩？」

「あー、ＩＮＴ16のときの例として、当時のスペックを報告する感じでいいんじゃないか？」

「なるほど。そうしたら、今の値が16だって誤解してくれるわけですね」

いや、そこまで考えていたわけじゃ……って、そういやこいつの現在のＩＮＴ、下手すりゃ90超えだったよな……もしもＩＮＴ依存だったとしたら、一体今はどうなってるんだ？　イグルー一号を二つも注文できるわけだ。

呆れて首を振りながら、俺はビールの栓を抜いた。そうしてテーブルに引き返すと――

「ええ⁉　俺のスカンピは⁉」

そこには満足そうにエビの尻尾を口から生やしてドヤっているグラスがちょこんと座っていた。

皿の上には殻も残っていなかった。

「あー、大変美味しゅうございました。満足です！」

「お前らなぁ……俺はまだ二匹しか……」

「先輩。スカンピなんて、普通そのくらいですって」

「三好君。どの口でそんなことを――」

悪魔の笑みと共に復讐を実行しようとした時、俺の携帯が振動した。

「あ、ほら、きっと鳴瀬さんですよ！」

「ちっ」

電話の相手は確かに鳴瀬さんだった。

センター試験の対応で、職員が駆り出されていて足りない状況で発生した横浜事件と、それにともなうセーフエリアの発見だ。関係各所への報告書だけでも手が足りなくて、明日朝一提出の書類と格闘していたらしい。お疲れさまです。

話を聞いたところ、横浜のクリーナーは件の事件と共に消えていたそうだ。

ダンジョン内で行われるはずのDファクターの消費が、外部にまで影響を及ぼしたという事実は、Dファクターが、ダンジョンから外へとまき散らされている存在で、相互に移動可能だという事実を強化した。

俺がどこにいたのかや、三十一層で消えたことになっている三好について、何かごまかそうとも思ったのだが、よくよく考えてみなくても退出時間でバレバレだ。そもそも俺たちには入ダン記録がないのだ。外にいたなどという主張には無理がありすぎる。素直に本当のことを伝えて、記録をなんとかしてもらう方が建設的だろう。

概要を聞いて驚いていた彼女だったが、さすがに時間も時間だ。細かい話は明日、遅くなっても必ず伺いますからと、強く念を押された後電話が切れた。

夜が明ければセンター試験の二日目だ。いかに専任とはいえ、さすがに朝一で突撃してくることはないだろう。

「結局ごまかせませんでしたね」

「入ダン記録はなぁ……まさかゲートを無視して出入りするわけにはいかないだろ」

「見つかったら余計大騒ぎになりますよ」

三好は立ち上がって、使っていたグラスや皿をシンクで洗い始めた。

俺は、未練がましくその皿とグラス（犬）を見比べながら、〈保管庫〉から取り出した唐揚げを口にして、手元のビールを一気にあおった。

「うっ、微妙にぬるい……」

禍福(かふく)は糾(あざな)える縄のごとし。レコードのA面とB面のようなものだ。

スカンピを二匹しか食べられなかった上に、ビールまでぬるくしてしまった不幸な俺だが、明日にはきっといいことが――鳴瀬さんに締め上げられる未来しか見えないぞ……

がっくりと肩を落とした俺を見下ろしながら、テーブルの上に陣取ったグラスが、勝ち誇ったように尻尾を振り回していた。

SECTION:

解説

ええっと……こんな話の何を解説しろって言うんだー（心の叫び）

でも文字数はそこそこあるんだよな。不思議だ。なお、アカザエビは美味しいと思う。

どんぎつね、すでにいませんが、可愛かったですよね。

写真集は、ちょっとあざとすぎましたが（笑）

ダンジョン内施設は、芳村たちも、色々な方法で実験を繰り返しています。古くは第一次ベンゼトスプラッシュシステムから始まって、ダンジョン内の素材でなんとかしようとしてみたり、観測でスライムを排除してみようとしてみたり、ですが今のところはアルスルズ頼りで、汎用に利用できるようなものではありません。

ですが次巻（十巻。この本は、九巻と十巻の間に発刊されました）のファンタジー金属は、期待できそうですよね！　うまく……いくかな？

第 07 章

D Genesis 07 SIDE STORY

Birds of a Feather

CHAPTER 07

SECTION:

前書き

タイトルの日本語訳は「同じ穴の狢（むじな）」で、日本語も英語も一般的には悪い意味に使われることが多いのですが、まあちょっと呆れと偽悪的な要素を含めてみたのです。

なぜ英語なのかというと、単に三巻を除いて全部英語タイトルだったので、なんとなくそうしてみたと言うか……SSが横書きだったからでしょうか。もっとも五巻・六巻・七巻あたりは、日本語だとうまくニュアンスが伝わりにくいタイトルでもありますね。

とにかく、前巻のSSが、あまりに追い込まれていた結果ああなってしまったので、今巻はちゃんと物語を書こうと心を新たにして書いた覚えがあります。

もちろん、できるかどうかは別の問題なのですが……

SIDE STORY -> CHAPTER_07

Birds of a Feather

「おねがいします」

その日、代々木ダンジョンのエントランスへ行くと、探索者たちに交じって、小さな女の子がウロウロしていた。あちこちの探索者たちにとことこと走り寄っては、何かを懸命に訴えているようだった。

「入ダンしたっきり戻ってこない父親でもいるのかな」

もしかしたら迷子なのかもしれないが、そういう問題は、ダンジョン管理課が対応するはずだ。素人が余計なことをしない方がいいだろう。俺のときも、鳴瀬さんが声を掛けてきたしな。

俺はそれを気にしながらも、日課のオーブハントを行うために、一層へと入ダンした。

§

二時間後。

無事に目的のオーブを取得した俺は、ゲートを抜けてエントランスへと戻ってきた。

今朝いた女の子は、もう見当たらなかったので、ちょっとほっとした俺は、そのままエントランスの門を抜けようとした。

すると、そのすぐ左側、門に続く石垣の前で、疲れたようにしゃがみ込んでいる彼女がいた。

ＪＤＡの職員が何もしていない以上、迷子などではないし、ダンジョンとは関係のない事柄なのだろう。俺はどうにも落ち着かない気分に襲われたが、今時は、小さな子供に声を掛けた瞬間に事案扱いされかねない。

どうしようかと散々迷ったあげく、俺は彼女の前にしゃがんで尋ねていた。

「どうしたの？　大丈夫？」

その子は、はっとしたように顔を上げると、まるで縋るかのように声を絞り出した。

「おじさんは、だんじょんいくひと？」

「ま、まあそうだけど、お兄さん、お兄さんな」

「おにさん？」

福はー内。って、違うよ。

立ち上がって、こちらを向いたその子は、しっかりと俺を見上げながら言った。

「おにさん。おねがいがあります」

「お願い？」

「おかあさんが、おかあさんが――」

その子は何か悲しいことでもあったのか、じわりと涙を浮かべると、ぽろぽろと泣きだした。

「え、ええ⁉」

この絵面はまずい！　思いっきり通報案件だ。しかもここは代々木ダンジョンのエントランスで、人通りもそれなりに多い。

今にも向こうを歩く人々が、ひそひそと何かを囁いて携帯を取り出しているような気がした。

「――死んじゃう」

「ええ⁉」

一瞬で周りの雑音が消し飛んでしまいそうなその発言に、俺はもう一度驚いた。

その後、ハンドタオルを渡して彼女をなだめながら聞いた話によると、どうやらおかあさんが酷い怪我をしたようだった。そうして以前、探索者がなんでも治る薬を取って来てくれると聞いたことがあったらしく、貯めていたお小遣いを握って、それを買いに来たらしい。

お父さんか親戚の人はと聞いてみたら、お父さんはいないし、親戚の人は分からないということだった。

「ひっく、これ……」

彼女が、ぎゅっと握りしめていた小さな手には、七枚の十円玉が握られていた。

「おかねなくてごめんなさい」

目を下に向けて、アヒルみたいな口で、もにょもにょとそう言った。

どうやら、朝から散々探索者にスルーされ続けてきたようで、中には心無い言葉もあったのだろう。そりゃまあ、小さな子供が七十円握り締めてポーションを買いに来たと言ったところで、取り合うやつはいないだろう。

「いや、十分だよ」

これはたぶん、彼女の全財産だ。

俺だって、たまにはヒューマニティーとやらを発揮したい。小さな女の子の母親を自己満足で救ったところでバチなんか当たらないだろう。

誰に対して言い訳をしているのか自分でもよく分からなかったが、俺は携帯を取り出して、三好の番号を呼び出した。

ダンジョン産のアイテムはパーティの共有財産だ。彼女の許可を得る必要があるのは当然だが、いまさらあいつが嫌だということはないだろう。

§

「先輩、いつからロリコンに……」

「開口一番、それかよ！」

三好は俺の電話を受けると、すぐに代々木へと来てくれた。ありがたいと言えばありがたいが、その理由が「先輩一人だと犯罪者になっちゃうかもしれませんから」というのは酷くないか。

「おにさんのおともだち？」

俺の腿の後ろをぎゅっと握って、脚の後ろからちょこんと顔を出しながらめぐみちゃんが、三好に訊いた。

「そだよー、梓お姉ちゃんって呼んでね」

「あずねえ?」

「むほー、可愛いですね!　先輩が転ぶのも分かります!」

「なんだよ、そのおっさんみたいな間投詞は」

「おにさん、あずねえといっしょに、おかあさんをたすけてくれる?」

「任せとけ」

その言葉に、ぴょんぴょんと飛び跳ねて喜んだ彼女は、俺たちを案内するように歩き始めた。

「先輩、症状も確認せずに安請け合いしちゃって大丈夫ですか?」

三好が前を行く、めぐみちゃんに聞こえないように、俺の耳元で囁いた。

「怪我ならポーションがいくつもあるし、もの凄く重い病気でも、最悪キュアポーション(7)があればなんとかなるだろ」

「いいんですか?」

「どうせ俺はエリクサーを最後まで使えないタイプだから。お前さえよければ――」

「そうじゃなくて。もしもそんなものが必要なくらい重病だったりしたら、目立ちますよ」

「あー」

一般にはあまり知られていないつもりだったが、Dパワーズや三好は、控えめに言っても各所の注目を集めている。

そんな連中が入室した後、突然、瀕死の重病人が快癒する?　何かあったことはバレバレだ。ただでさえアーシャの件で変な宗教団体が暗躍しているらしいし、やっぱりちょっとまずいかな?

「いっそのこと、こっそり行って、こっそり治して、こっそり帰るか？」

「厳重に管理されている病室に、ですか？」

「お前、以前中野の警察病院で、似たようなことをやってなかったか？」

確か、お見舞いと称して氷室（ひむろ）氏を脅しに行ったはずだ。何かの事件の当事者に、身内以外が面会できるとは思えないから、きっとこっそり部屋まで行ったに違いない。

「あそこは普通の病室でしたから。ＩＣＵに入っていたりしたら監視カメラがありますよ。そうでなくても、重傷者が入院している部屋には監視カメラがあることが多いですから」

こっそり入れても、施術（？）の様子はカメラにばっちり映っちゃうわけか。

「なら、ベッドと体の間あたりに入り口を開けて見えないように――」

「部屋の様子が分からないのに、いきなりそんな細かいことをやるのは無理ですよ」

部屋の様子を覗こうとすれば、あちこちで穴を開けている様子が監視カメラに映っちゃうかもしれないわけか。

病室の監視カメラだから天井は映っていないと思うが、それはあくまでも推測に過ぎない。

「とにかくまずは行ってみて、状況を確認しようぜ」

「了解です」

それから十数分、ただし子供の足なのでそれほどは離れていないだろう、俺たちは元代々木の複雑な路地を歩いていた。

「こんなところに大きな病院なんかあったか？」

「御苑の向こうに慶大病院が、西麻の手前に赤十字の医療センターがありますけど、この辺りの山の手の外側に、そんな重病患者を受け入れるような病院は……思いつきませんね」

もっと南によれば、東邦大学の医療センターや自衛隊の中央病院があるが、山の手周辺の大学病院は東側に偏っている印象が強い。

三好と二人で首を傾げながらいくつかの細い道を辿った後、めぐみちゃんに案内されて入った小さな路地の先にあったのは、古く小さなアパートだった。

「え？　病院じゃないのか？」

「こんなところに、めぐみちゃんのママが？」

それを聞いた彼女は、小首を傾げた。

「おかあさんは、めぐみのママじゃないよ？」

「へ？」

さすがは子供。一体何を言っているのかさっぱりだぜ。

いや、もしかしたら後妻という線も……「あなたは私のママじゃない！　おかあさんです！」的な展開が――自分で言っておいてなんだが、意味不明だな。

「そこです」

めぐみちゃんが指差したのは、そのアパートの側にある、壊れかけたプレハブの物置だった。

以前は掃除道具などを入れておくのに使われていたのだろうが、今では使われていないのか、錆びの浮いた引き戸には、小さな隙間が空いていて、鍵もかかっていないようだった。

「ここ⁉」

そこに人間が寝かされている——なんてことはあり得ない。

引っ掛かる扉をよいしょよいしょとめぐみちゃんが開けると、そこには短くなった後ろ脚に、ハンカチがつたなく巻かれた黒い——

「猫⁉」

——が横たわっていた。

車にはねられでもしたのだろう。後ろ脚は完全につぶれてちぎれているらしく、まだ死んでいないのが不思議なくらいだ。その猫の腹には二匹の小さな黒猫が丸くなって寄り添いながら、時折細い声を上げていた。

「これは——予想外でしたね」

「ねこさんじゃ、だめ？」

めぐみちゃんが、目に涙をためて見上げてくる。

「いや、ダメと言うかなんと言うか……」

怪我ならポーションでなんとでもなるが、どう見ても後ろ脚が欠損している。これを治すとなると、今のところ〈超回復〉しか手段がないが……身動きできない猫にDカードを取得させるのは、アーシャ以上に難しそうだ。

動けるのなら、塩化ベンゼトニウム溶液で濡らした足でスライムを叩かせることで——いや、それでもどうやってコアを破壊させるのか頭を抱えそうなところだが、ましてや、これでは歩くことすらままならないだろう。

泣きそうなめぐみちゃんと、死にそうな母猫と、困り果てている俺を見比べていた三好が、真面目な顔をして訊いた。

「先輩。もしかして〈超回復〉を使うつもりなんですか?」

「他に方法はないだろ。もっともDカードを取得させる方法があれば、だが」

「野良猫ですよ?」

「野良猫だな」

動物にもスキルオーブが使え、それが効果を発揮することは立証されている。

「先輩のそういう価値観って、称賛するべきなのか、たしなめるべきなのか判断に苦しみます」

三好の言いたいことは分かる。

いくら近江商人などと言ったところで、こいつがいまさらカネの話を持ち出すはずがない。

だが、サイモンの話を聞いても、ランスの話を聞いても、〈超回復〉を渇望している「人間」は山ほどいるらしい。

だけどな、三好――

「顔も知らない偉い人より、知り合いになってしまった子供のお願いの方が――」

そんな言い訳に、にっこりと笑いながら、三好が俺の胸を二回叩いた。

「ま、これは、手の届く範囲ですもんね」

そうだ、あの三十一層の闇の中で、俺にそう言ったのはこいつだった。

俺は、苦笑しながらポーション（1）を取り出すと、ぽきりと折って、息も絶え絶えになっている黒猫に振りかけた。

猫の体が仄（ほの）かに淡い光に包まれて、心なしか呼吸が安らいだ気がした。

「おかあさん、元気になる？」

めぐみちゃんが心配そうに、俺の顔を見上げてそう訊いた。

これでしばらくは持つだろう。だが、Dカード取得の問題を解決する方法を思いつかなかった俺は、言葉に詰まった。

「だめですか？」

「あー、そんなことは――」

「先輩」

三好が、困り切っていた俺に向かって言った。

「以前アーガイル博士が言っていた、副作用の件、覚えてません？」

「副作用？　なんの……あっ！」

そうだ、ダンジョン小麦にはDカードを取得してしまう副作用があるんだった。

「だが、人間以外の動物にも有効かどうか分からないし、量も不明だぞ？」

「量は体重比で計算すればいいんじゃないでしょうか。シルクリーさんが食べたのは、パンケーキ一枚だと分かっていますから」

「おにさん？」

俺はひざまずいて、心配そうな顔をする彼女に目線を合わせると笑顔を浮かべて言った。

「大丈夫そうだよ、めぐみちゃん」

「ほんと?」

彼女は涙目で花が咲くように笑うと、しゃがみ込んで、おかあさん良かったねと言いながら猫の頭をそっとなでた。

その姿に癒されながら、俺は問題点を整理し始めた。

「しかし、猫に小麦って大丈夫なのか?」

猫は食肉目の代表的な生き物だ。炭水化物を摂取すると消化不良を起こすという話も聞く。

「アルファ化したデンプンは、猫でも問題なく消化吸収できるそうですよ」

「へー」

アルファ化とは、デンプンに水と熱を加えることで分子が規則性を失って糊状になることだ。

デンプンはとても密な結晶構造を持っているため、そのままでは消化できないが、アルファ化させることで消化吸収できるようになる。

少量なら猫に炊いたご飯を与えても大丈夫と言うことだろう。

「小麦に対するアレルギーがあるとダメですけど……これは分かりませんね」

「〈鑑定〉は?」

三好は首を横に振った。つまり何も書かれていないのだろう。

アレルギーが「ある」と書かれていれば間違いないが、何も書かれていなければ、「ない」のか、ただ表示されていないだけなのかが判断できない。つまり「ある」かもしれないのだ。

そもそも〈鑑定〉が集合的無意識への接続の結果を表示していると解釈するなら、特定の野良猫にアレルギーがあるかどうかなど分かるはずもない。誰も知らないからだ。

「少しずつ、Dカードか、なんらかの症状が出るまで与え続けるしかなさそうです」

「愛猫家や専門家に聞かれたら、ぶん殴られそうな行為だな」

「人にモルヒネを使う状況だってあるじゃないですか。何かあっても、死ぬよりはましですよ」

「そうだな」

「それに――」

「？」

「いざとなったら、キュアポーション（7）だってあるんですから、症状が出たところで飲ませてやればアレルギーなんかぶっ飛びますって」

お前、さっき俺になんて言ったか覚えてるか？　俺はお返しとばかりに言った。

「野良猫だぞ？」

「野良猫ですね」

俺たちは顔を見合わせて吹き出した。

結局、できる範囲で最善を尽くすしかないのだ。

三好はその場で必要な情報を検索し始めた。

「パンケーキ一枚に使われる粉の重さは、標準だと五十グラムです。人間の体重が五十キロだとすれば、ざっと千分の一ですね」

「猫の体重は四～五キロくらいだから……四～五グラムか？」

「体重比だとしたらそうなりますけど……」

「薬じゃないからなぁ」

もしも必要なのが一定量のDファクターだとしたら、もっと多くの量が必要かもしれない。

「それにどうやって食べさせます？」

「猫がパンケーキを食うかな？」

「基本はキャットフードですよね」

「タンパク質か……猫って油は大丈夫なのか？」

「えーっと……小さじ一杯くらいならOKっぽいですよ」

「そりゃちょうどいい」

フランス料理のソースの元になるルーの基本は、小麦とバターが一対一だ。小さじ一杯はおおね五ミリリットルだから、それと五グラムの小麦で作ることができる。(注1)

それに小麦の十倍の牛乳を加えればベシャメルになるし、各種のフォンで同じように作ってやればブルーテになるが――

「ルーに白身のすり身を加えて、魚団子みたいな感じにまとめてやれば食べるだろ」

キャットフードには、猫まっしぐらなソフトタイプも多い。(注2)

「パナードの代わりにルーを使ったクネルみたいなものですか？」

パナードも、粉と水と油脂を混ぜたもので、卵を入れてシュークリームの皮と似たようなものにすることも多い。伝統的なクネルはカワカマスをムースにしてつなぎにパナードを加えるのだ。

「冷やさなきゃだめだから、しぼんじゃうけどな」

「けど、無塩でもバターは微妙みたいですよ」

「乳製品もダメなのか。ならサラダ油で代用しよう」

「最近は、オリーブオイルのルーとかありますもんね」

「だな。とりあえずポーションで応急処置をしたから、小麦を食わせて、Dカードを取得させて、〈超回復〉で後ろ脚の再生だ！」

「なんとも豪華な治療ですね」

「そりゃそうさ。なにしろ依頼料は――」

「――依頼者の全財産だからな」

俺は少し溜めてドヤ顔で言った。

「間先生よりぼったくりです」

「誰だそれ？」

「そういやめぐみって……もしかしてめぐみちゃんて、如月さん？」

「んーん。むつき、です」

「惜しい。ひと月違いですよ」

「何、訳分かんないことを言ってんだ」

§

結局あれこれ調べた結果、俺たちは鶏のササミとルーで、一個十グラムの小さなつくねを十個ほど作った。人間様でも食べられるが、味が付いていないので微妙だろう。

ポーション（1）で少し回復したのか、おかあさんは、それを素直に口にした。

そうして四つのそれを食べ終わった時、最初の奇跡が訪れた。

「動物も、ダンジョン小麦でDカードが得られるんですね……」

三好が落ちたカードを拾って、それを見ながら感じ入ったように言った。

「ペットのDカード取得がはやるかもな」

（注1）　**作ることができる**
理論値。実際にこの量で作るのは難易度が高いだろう。

めっちゃ小さなナベを使えばあるいは……

なお、ルー（小麦とバターを炒めたもの）の基本は小麦とバターを一対一の割合で使う。

フォンは出汁のこと。

ベシャメルとブルーテはフランス料理の基本的なソース。

（注2）　**クネル**
肉や魚などをすりつぶし、つなぎと一緒にして団子状に固め、茹でた料理。

ペットを家族扱いしている飼い主は多い。これほど手軽なら、いざというときのためにDカードを取得する飼い主がいてもおかしくはない。むしろいない方が驚きだろう。

「しかも、これ見てくださいよ、先輩」

三好が差し出してきたDカードを見ると、その名前欄には「おかあさん」と書かれていた。

「これも集合的無意識ってやつ？」

めぐみちゃんがDカードを持っているはずはないから、もしも俺たちのそれが原因だとしたら、凄い速度で更新されているデータベースだ。

「名前が付けられていないものの名称が、どう記載されるのかというのは興味のあるところですよね。もしも最初が空欄だったとしたら、名前を付けた途端に書き換わるんでしょうか？」

「スキルやパーティメンバーは書き換わるんだから、名前が書き変わってもおかしくないだろ」

「でも、結婚した女性の名前が書き換わったなんて話は聞いたことがありませんよ？」

「そうだな……ついでに、代々木公園の鳩あたりで――」

「カラスや鳩への餌やりは禁止ですよ、あそこ」

「うっ、だが近所の野良猫で試すのはなぁ……」

野良の動物への餌やりそのものは、法で禁じられていないが、その結果、動物がそこに居着いて周辺の環境が損なわれた場合、都道府県知事は餌やりをしている者に対して、指導や勧告を行え、改善がない場合は、その勧告に係る措置をとるべきことを命令できると、動物愛護法二十五条で定められている。

「『勧告に係る措置をとるべきこと』って言い回しが怖いよな」

「法律の文章って無駄に威圧的ですから」

「だよなぁ」

　厳密に定義された法律用語は仕方ないにしても、これなんか「勧告された内容を命令できる」でいいじゃないかと思わないでもない。

「それに野良猫や公園の鳩にだって、誰かが勝手に名前を付けているかも知れませんし、実験室のマウスが無難でしょう。そのうちネイサン博士がＤＦＡ（食品管理局）で試してくれますよ」

　そうして俺たちは、念のために籠に入れたおかあさんをダンジョン内に連れて行き、代々木の一層で〈超回復〉を使用した。

　籠の中に一緒にスキルオーブを入れると、最初は、てしってしっと前足でそれを叩いていたおかあさんだったが、しばらくすると使用エフェクトが現れ、春先の宵に、外から聞こえてくるような声を上げた。

「おおっ！」

「猫でもちゃんと再生するんですね」

「カードの表記は？」

「予想通り、〈超回復〉はグレーアウトしています」

「しかし、他人には見せられないな、それ」

「大騒動が起きますよ。非人道的な実験動物まっしぐらですね」

おかあさんは、おそらく世界で最初で唯一の〈超回復〉を取得した猫だ。

〈超回復〉の機能を調べるためにアーシャを切り刻むわけにはいかないが、猫ならという研究者は少なくないだろう。とは言え、〈超回復〉をわざわざ動物に対して使用するのは、あまりにハードルが高く難しい。だがそこに、それをすでに持っている猫が現れたとしたら？　結果はおそらく、想像したくないものになるはずだ。

俺と三好は、おかあさんのDカードを永遠に〈保管庫〉の肥やしにすることにしたが、その前にどうしてもやっておかなければならないことがあった。

「これはもう、世界中でペットを飼っている人たち全員の関心事ですからね！」

興奮したように三好が拳を握りしめた。

それはまあそうだろう。すべてのペットがアヌビス化するかもしれないのだ。しかも小麦が食べられればペットにDカードを取得させることは難しくない。

俺は、おかあさんのDカードと自分のカードを重ね合わせ『アドミット』と念じた。そう、俺たちは、おかあさんをパーティメンバーにしたのだ。

これでもし、会話ができたりしたら――いや、単純な感情だけでも伝わって来たとしたら、世の飼い主たちは、歓喜の涙にむせびながら、雲霞のごとくダンジョンへと押し寄せるだろう。

（……聞こえますか……聞こえますか……おかあさん……おかあさん……いま……あなたの心に……直接……語りかけています……）

「なにやってんですか」

「様式美だろ、様式美」

「そんなの、猫に分かるわけないでしょ」

三好は俺とパーティを組んでいるから、何をしているのかはバレバレだ。

(……おかあさん)

「(にゃー)」

「へ？」

「(にゃー)」

おかあさんの発した音は、念話も声も、どちらも「にゃー」と聞こえたのだ。

「そう上手くはいかないか」

おそらく猫には、ボディランゲージ込みの感情表現があるだけで、語彙という概念がないのだろう。念話は感情を伝えるものではないし、ましてやボディランゲージが含まれたりはしない。

外国語がちゃんと母国語に聞こえるということは、音素を言葉にする部分をすっ飛ばして、言語を理解する知覚性言語中枢に直接語彙を置換して渡しているに違いない。

俺たちは籠を抱えて立ち上がると、そのままダンジョンを後にした。

「おかあさん、げんきになった？」

「なった、なった。もう大丈夫」

代々木のエントランスへ戻って来た俺たちは、待っていためぐみちゃんと二匹の子猫に出迎えられた。籠の中で寝ているおかあさんの様子を見た彼女は、嬉しそうに、ぴょんぴょんと飛び跳ねて喜んでいた。

§

その後のおかあさんは、どういうわけかうちの庭にいる。

めぐみちゃんが住んでいる、あの古いアパートで飼うのは難しかったからだ。

仕方がないので、うちでしばらく預かっていたら、いつの間にか事務所の庭に住み着いて、ボスみたいな顔で見回りをしていたり、うちのガレージ内でカヴァスとエジプト座りで向かい合って、まるで説教をするおばちゃんのような態度を見せたりしていた。

おかあさんの前で、カヴァスが困ったようにうなだれているのが、ちょっと面白かった。

野良なのかといえば、三好が与える餌を食べているようだし、ガレージの隅にちゃっかりと寝床も作られていた。しかも、三好が置いた猫トイレまで、ちゃんと使っているようだった。

最近の猫トイレは、砂だけでなくパウダーが使われていて、簡単で清潔になっている。

ダンジョン内の排泄などという、重要だがマイナーな領域で開発されたパウダーが、世界的な大ヒット商品になっているのは、普通のキャンプに使われたり、簡易トイレやキャンピングカーに使われたりすることもさることながら、ペット用品としての需要が大きいからだ。

各種トイレを皮切りに、散歩のお供はすでにビニール袋とスコップではなく、パウダーが主流になっていた。

「あ、そろそろアイちゃんたちのご飯ですね」

そう言って、三好が携帯を取り出した。

最近の自動給餌器は、携帯アプリから情報を得たり、操作できたりする。なんだか携帯と紐づけされて情報を抜かれ放題な気もするが、便利さに勝てはしないのだ。人間だもの。

せいぜい、家電を関連付けた専用の携帯を用意して、リモコン代わりに使うのが精一杯の抵抗だろうか。〈収納庫〉があれば不便もない。時間に連動した機能を使いさえしなければ。

「アイちゃん？」

俺は聞き慣れない名前に首を傾げた。

「母猫がアイちゃんで、二匹の子猫がノワールとネロということになりました」

「おかあさんでいいじゃん、可愛くて」

「名前が一般名詞と同じだと困ることもあるでしょう？」

そう言われれば、俺たちだって最初は誤解したもんな。

「それにアイって、マラーティー語で、母って意味なんだそうですよ」

どうやらアーシャとのやりとりの中で、おかあさんの話題が出たらしく、彼女からそう聞いたそうだ。

「やっぱり、そのノリなのか」

俺はそれを聞いて苦笑した。

子猫の名前だって、ノワールはフランス語、ネロはイタリア語で「黒」だ。安易――いや、あえて分かりやすいと言おう。

　猫たちが住み着いたため、めぐみちゃんも時々遊びに来るようになった。

ガレージで、アイたちと遊んだ後は、キッチンで三好とお菓子を食べたりしているようだ。アイはアイで、迷惑そうな、けだるそうな顔で、それでも彼女の猫じゃらしに付き合っていた。

「どうするんですか、先輩」

「何が？」

「あの子、先輩のことを魔法のお医者さんだと思ってますよ」

「あー……まあ、光栄――なのかな？」

「無免許で、法外な報酬を要求しますけどね」

「なにしろ全財産だからな。ＢＪより酷い」

「間先生」は、間黒男（はざまくろお）のことで、ＢＪの本名だということを後から三好に聞いた。古い作品だし、細かい内容は知らなかったので改めて読んでみたのだが、改稿版なら今でも普通に買えるところが凄い。おかげで如月(注3)の謎も解けた。

　めぐみちゃんは、しばらくしてから一度だけお願いをしてきた。今度も全財産の百二十円を握り締めて。どうやら、そのためにせっせとお小遣いを貯めていたらしい。依頼の内容は「ママに何かあったら助けてください」ということだった。彼女は母親と二人暮らしなのだ。

　もちろん俺は、それを引き受けた。

：

ポーション（1）は十層でそれなりに手に入るし、今なら、虎の子のキュアポーション（7）もあるから大丈夫だろう。

「先輩って、ときどきバカだとしか思えないことをしでかしますよね」

「いいんだよ。子供の夢を守るのは大人の仕事だからな」

三好は、仕方ないなぁと言わんばかりの笑顔を浮かべると、俺の背中をバンバンと二回叩いて、鼻歌を歌いながらキッチンでお湯を沸かし始めた。

§

その後、老朽化に伴う立ち退きのために、あのアパートを出て行かなければならなくなった、めぐみちゃんのお母さんのために、三好がDパワーズの仕事を斡旋するのは少し先のことになる。

結局、俺たちは同じ穴の狢だったのだ。

（注3）　**如月の謎**

如月恵は、ブラック・ジャックが研修医だった頃の同僚で、初恋の女性だ。
なお、睦月は一月、如月は二月のことなのは言うまでもない。

SECTION :
解説

みんな大好き、めぐみちゃん登場回です。

いや、「やっぱ子供と小動物は鉄板だろ」などと考え、超適当に書き始めたなんて、とても公にはできません。

ところで、猫のあの座り方が「エジプト座り」だなんて、初めて知りました。そう言えば、大英博物館にある有名なバステトの像（the Gayer-Anderson cat）はこのポーズですね。頭の上にあるスカラベがキュートなやつ。そう言えばあれも黒猫だ。胸の飾りのホルスの目が、ウジャトじゃなくてラーなのは、やはり、キーボードの上で暴れまくって仕事を破壊するからでしょうか（笑）

香箱なら昔から猫のポーズとして文学作品に登場していますが、エジプト座りなんて、いつ頃から誰がそう呼び始めたのでしょう。当然昔からあのポーズはあったわけで、日本語でそれを表現した人もいそうなものなのですが、調べてみても分からない。青空文庫を対象に「エジプト座」を検索してみても、ヒットした件数はゼロでした。

何もかもを網羅した辞典が手元にあったとしても、どこを見ればいいのか分からなければ、それが何かを調べることはできないのです。がーん。

なお、英語圏だと、the statue. pear. the humpback whale. などと適当に呼ばれているようでした。前の二つはまあ分かるけど、なんでザトウクジラなの？　差別用語扱いされてここには書けない三文字の背が曲がった状態のクジラ？　なんでクジラ？　謎です。
ちなみに香箱座りの方は、見た目から、bean や meatloaf そこから転じた、cat loaf あたりが定番のようでした。ポーズの名前って意外と付いていないものなのですね。
結局「ちょこんと座って両手をそろえ、おすまし顔で首を傾げていた」とか、「両手をまっすぐにそろえて座りながら頭を高く上げ、神経質そうに辺りを見回していた」とか、ちゃんと描写するのが正義のようです。
ダンジョン小麦を食べたことによるDカードの取得ですが、SSの初出時は、WDAの報告書を見て知ったことになっていました（なにしろ元は七巻のSSで、その効果は七巻のエピローグで語られていたためです）が、芳村たちが本編でそれを知るのは、二月五日（八巻）のことで、そこには直接ネイサン博士に話を聞かされた二人が驚くシーンが描かれています。さらに、ネイサン博士もこの問題を報告せずに来日して、二人に相談したことになっています。（八巻では、注釈16にお詫びの形でこの件が書かれています）
そのため、この物語は二月五日以降の話に再設定され、修正されました。
さて、本著の出版を受けて、これらの物語は正史に組み込まれたわけですが、めぐみちゃんや、めぐみママは本編に登場するのでしょうか？　それは幾重にも重なったページのヴェールの向こう側に隠された謎なのです（何も決まっていないとも言う）
そうそう、何を隠そう、実は私もエリクサーを最後まで使えないタイプです。

第08章

D Genesis 08 SIDE STORY

黒猫

CHAPTER 08

Three years since the dungeon was made.
Suddenly,I became the world's top rank,
I am leaving the company and living leisurely.

SECTION：

前書き

アイちゃんを主人公にしようとしたら、いつの間にか、夏目漱石とポーが合体してしまったお話です。そうしてこのSSこそが、本書が出版される切っ掛けになった話でもあります。

詳しくは巻頭にある「刊行にあたって」をご覧ください。

黒猫

どうやらアタシは猫[注1]らしい。名前はおかあさん。アイちゃんと呼ばれることもある。

この家に住んでいる声の低い方のヒトが、「黒猫だからプルートーだろ」と言うと、声の高い方が「壁の中から声が聞こえてきそうだから嫌です」などと言っていたが、いくらアタシがスマートでも壁の中まで入り込んだりはしないニャー。

……なんだか語尾にニャーを付けなければならないような気がするのはなぜだろう？　なんとなく嫌だ。気を付けなければ。

と、とにかく、ヒトというやつは、こちらに断りもなく勝手に名前を付けては、その存在を縛ろうとする度し難い性質（タチ）の生き物だ。そもそも、統一くらいはしてくれないと、呼ばれる方も困るというものだ。

それに、今までは、ただ大きくて、があがあと喚くだけの不快な生き物だと思っていたが、道路を走っているあの忌々（いまいま）しい化け物に襲[注2]われ、苦痛を味わい、もうろうとした時間から目覚めたときには、連中が何を言っているのか分かるようになっていた。

それ以前のことは、どうもぼんやりとしていてはっきりしないが、めぐみちゃんと呼ばれていた、あの小さなヒトが、アタシをかくまい、大きなヒトを二人連れて来て助けてくれたことだけは、なぜかはっきりと覚えている。

その後連れて来られた場所は、それまでいた狭い場所に比べればずっと清潔だったし、二人の娘が育っても縄張り争いをしなくてもいい程度には広かった。

時間が来れば食べ物も出てくるし、トイレの場所さえ気を付けておけば文句を言われることもない。だから、快適と言えば快適なのだが――

アタシはちらりと軒先から、裏の大きな建物を見上げた。

あそこから、嫌な視線を感じる気がして、どうにも気味が悪かった。きっと何か良くないものがいるに違いない。

日々あくせくと慌ただしいヒト連中は、寒いときは暖かい、暑いときは涼しい場所で丸くなり、自由に猫生を謳歌しているアタシたちと違って鈍いのだろうか。

家には図体の大きい犬も何匹かいるようだが、皆、家の中にこもっていて、ちっとも番犬の役には立っていない。庭で、でーんと寝そべるだけでも少しは威嚇になるはずなのに、それが分からぬ犬どもはやはり頭が悪いのだろう。

ヒトの言葉が分かるアタシは、さしずめニャンザピテクス[注3]から進化した猫に違いない。……って、ニャンザピテクスってなんだろう？　最近どうもなんだかよく分からないことが頭に浮かんでくる。

これが賢いということなのかニャー。

ご、ごほん。

まあ、度し難いヒトのうちでは、そこそこ殊勝と言ってもいい連中だ。

（注1）　猫らしい

漱石の吾猫のモデルも黒猫だったと、どこかで聞いたことがある。

高等遊民たるアタシに奉仕するべく、今日もまた一日、連中が仕事と呼ぶ何かに忙殺されているようだし、仕方がないからアタシが守って――

「おかあ……じゃなかった、アイちゃん、元気？」

む、その声は、めぐみちゃん？

「ふふふっ、ほらほらー」

小さなヒトが、後ろ手に隠していた、何か、先にふわふわしたものが付いた、柔らかい棒のようなものを取り出して振っている。

残念だけれど、そんなものにつられるほど子供じゃ――

「ふぎゃー！」

「ふふっ」

はっ！　思わず飛びついてしまった！

こ、これは……そう、仕方がないから遊んであげてるんだからニャー。はっ。

§

『新しい住民？』

『住民と言いますか、いつの間にか住み着いて、どうやら部屋へも上がっているようなんです』

イギリスの監視チームのリーダーで、今しがた本国への召還から戻ってきたばかりのカーターは、突然消えてしまったにもかかわらず、いつの間にか強制送還されていたアダムスの代わりに、チームへと補充されたアレンから渡されたレポートをめくった。

しかしてその対象は――

『猫？』

最近アレンと組むことの多かったデンバーが、カーターのしかめっ面を見て小さく吹き出しながら言葉を添えた。

『ホラーハウスに黒猫とは、また素敵な組み合わせでしょう？』

デンバーの軽口に、チラリと冷たい視線を向けたカーターに気付かなかったように、アレンがさらなる軽口で応じた。

『なにしろ、魔女の館ですからね。きっとリリーなんて名前の彼女がいるに違いありません』

彼はやや偏った日本通だ。(注4)

(注2) 分かるように
もしかして、今ならペットと念話が通じるのかもしれない。

(注3) ニャンザピテクス
千三百万年以前、ケニアにいた霊長類。

ケニアの西の端にあるニャンザ州で発見されたため、この名前がある。ニャン・ザ・ピテクスではないことが実に残念だ。

日本語がペラペラで優秀なのはいいが、時折何を言っているのか分からないことがある。

カーターは不思議な顔をして言った。

『レポートでは雌だとあるが？』

『いいじゃないですか。リリー（百合）。ぴったりです！』

それを聞いたデンバーは、処置なしとばかりに天を仰いで肩をすくめた。

『お前はターナーの裸婦画を燃やしたおっさんか』

純潔の象徴だったからだろうか、ビアンを最初に百合に例えたのは、ジョン・ラスキンだと言われている。

彼は、光の画家とも言われるターナーのパトロンだったが、偏った美意識がインフレしていたのか、作者のプロデュースに躍起になっていたのか、とにかく、彼の描いた裸婦像をすべて焼却してしまったことでも有名だ。

『あれって、知らないうちに自分の恋人たちをモデルにされて憤ったたって噂（注5）、本当ですかね？』

『知らんよ』

カーターは、一通り目を通したレポートを机の上に置くと、ソファに腰を掛けてから尋ねた。

『で、この猫を利用して情報を得る？　どっかの国（注6）が二千万ドルもかけて結局失敗したって話がなかったか？』

『三十年以上前と現代じゃ、技術が違いますよ』

そう言って、アレンは、ペットに埋め込むマイクロチップサイズのデジタル盗聴器を皮下に埋め込むためのインジェクターを取り出した。

　プランが出来上がってからすぐに、大使館経由で手に入れたものだ。

『小さいとはいえ、こいつを皮下に埋め込んだ場合、抱き上げられたら手触りでバレないか?』

『二匹の子猫の方が捕獲が楽そうなんですが、大きな猫を狙うのはそれが理由です』

　子猫は抱き上げられる機会も多いが、大きい方の猫は抱き上げられるのを嫌うのか、ほとんどそんなシーンはなかった。

『なるほどな』

『あの家は音波の対策はなされていますが、室内で携帯を使っていますから電波は通過するでしょう。バレるまでにいくらかでも情報が取得できるのではないでしょうか』

『ふーむ』

『それに、上の階でも同じようなプランが動き始めると思いますよ』

　ここはフォンテーヌの四階だ。五階にはアメリカとロシアの部屋があることは公然の秘密だった。

(注4)　やや偏った日本通
平たく言うとヲタクの類い。

リリーはもちろん、魔女の宅急便に登場する白猫のこと。主人公のキキの相棒であるジジ（黒猫）の彼女。

(注5)　噂
創作。そんな噂はない。

ターナーのイメージを壊すからという理由で焼却したというのが通説だ。

向こうもこちらのことを知っているだろう。

　これだけ近場に固まっているとトラブルが起きそうなものだが、そこにはお互いにタッチしないという奇妙なルールのようなものが暗黙のうちに形作られていた。

『早い者勝ちということか？』

『ここのところ、アメさんは及び腰ですがね』

　サイモンたちが懇意にしていて頻繁にあの家を訪れているから、下手に刺激してそれが険悪になる方が問題だと考えているのかもしれない。

　うちもウィリアムあたりがそうしてくれれば楽なのだが、いかんせん最初にトーマス（注7）がやらかしやがったそうだからな……

『よし、可能なら実行してみろ。猫の捕獲プランは？』

『こちらを』

　アランが先ほどとは別の計画書をカーターに手渡した。

『オペレーション・プルートー？』

『なにしろ、壁の向こうから秘密を教えてくれるのが黒猫ですから』

　だが名が体を表しすぎだ。これではプロジェクト名から作戦内容までバレかねない。

　カーターは苦笑してそれをめくった。

『あの猫は、雨の日を除いてほとんど決まった時間にあの家の塀の上を歩いて一周するんです』

『縄張りのパトロールみたいなものか』

『時々、塀の上端をひっかいてますね』

縄張りを主張するときは高い位置に爪の跡を付けるというが……見えないほど高い位置に爪痕を付けても意味があるのだろうか？

『こちら側の塀の上に来たとき、上から即効性の麻酔銃で狙います』

『ほとんど真下への狙撃は難しいぞ』

『たった10メートルですよ。それに外したところで命の危険があるわけではありません』

狙撃を担当する予定のデンバーが、なんてことありませんよと言わんばかりに軽く応じた。

『まあそうだな』

そうして下に待機する予定のエクレが、すばやくインジェクターを使用して、ターゲットを塀の向こうに放り込めば終了だ。二十分後には何事もなかったかのように目覚めるだろう。

（注6）　どっかの国
アメリカのお話。

二〇一九年（つまりこの年）機密指定が解除されたCIAの文書で、一九七〇年代の後半にイルカやカラスや猫を利用したスパイのプロジェクトがあったことが明らかになった。

ただし公開されたのは秋口なので、このお話よりも少し後かも。そこには目をつぶろう！

（注7）　トーマス
怖い顔の機関車——ではなく、超回復の売買時、アーシャたちにくっついて来ていた口ひげの男。諜報機関ではなく政府筋の軍関係者らしい。

録音されたデータはバッテリーが切れるまで間欠的に発信される。常時警戒していない限りそう簡単にはばれないはずだ。

一通りそれに目を通したカーターは、顔を上げて宣言した。

『いいだろう。オペレーション・プルートーを発動する』

§

「なあ、三好」

「なんです?」

「時々見かけるけど、あれ、何をやってるんだ?」

事務所の奥のガレージで、ドゥルトウィンと思わしき巨体が小さな黒い塊を目の前に、しょぼんと首を垂れていた。

小さな黒い塊は、腕でテシテシと地面を叩きながらニャーニャー言っていた。

§

だから、上にヤなものがいるニャー！

済まなそうに、しゅんとしているくらいなら、威嚇するニャー！

「ぐるぐるぐる」

姿を見せられないじゃないニャー！　でっかい図体、見せてなんぼだニャー！　引きこもってどうするニャー！

はっ。またニャーニャー言ってるニャー。

§

三好はダイニングからガレージを覗くと、くすりと笑った。

「アイちゃんがドゥルトウィンを説教してるみたいですね。前にカヴァスもやられてましたよ」

「説教って……あいつら、話ができるわけ？　種が違うのに？」

「どうですかねー。だけど、どちらも私たちが言っていることを理解している節がありますから、話が通じてもおかしくはないと思いませんか？」

ヘルハウンドと猫の共通語が日本語？

「いや、おかしいだろ」

そもそもあいつら音で会話しているようには見えないし、仮に念話だったとしても、おかあさんの念話は『にゃー』(注8)だったぞ。

って、念話？

ふと湧き上がった疑問を、俺は三好に尋ねてみた。

「なあ、三好。モンスターAがモンスターBを倒したとき、モンスターAのDカードってどうなってんだ？」

「そう言われれば……」

動物がモンスターを倒してもDカードがドロップすることは周知の事実だ。

今のところモンスター同士が争う現象は直接確認されていなかったから、そういう事態は想定の範囲外だったが、召喚魔法などというものが存在している以上、モンスターはモンスターを倒すことができるのだ。

「最初にカヴァスたちがモンスターを倒したのは、召還後の十層だが、あの騒動じゃ、仮にDカードが現れていたとしても気が付かなかったかもしれないな」

「でも先輩、グラスが最初にスケルトンを倒したとき、それらしいものはドロップしませんでしたよ」

「ああ、あのどや顔の最中にゾンビに襲われかけた」

俺はそのときのことを思い出して小さく吹き出した。

ソファに寝そべっていたグラスは、小さく片目を開けて不満をあらわにしたようだったが、彼にしては珍しく、触らぬ神に祟りなしとばかりにもう一度目を閉じた。

確かにあの状況(注9)でDカードがドロップすれば気が付いたはずだ。

「モンスターがモンスターを倒してもDカードはドロップしないのか？　ルールに一貫性がないと
ちょっともにょるな。もっとも、召喚前にすでに倒した経験があったって可能性もあるが……」

召喚されるモンスターがどこかから呼び出されたのだとしたら、すでに経験済みであってもおか
しくはない。

そうだとしたら、無からスキルで作り出されているという仮説は否定され、死んだらそれまでと
いうことになるが——実験は無理だな。

「召喚された何かがモンスターを倒しても、それは召喚者が倒したことになるんじゃないですか？

ほら、ドロップアイテムも召喚者の周りにドロップしますし」

「なるほど」

確かに、三好の経験値はアルスルズたちがモンスターを倒しても増える。

もちろんパーティ同様、経験値の分配率が主百パーセントならそういうこともあるだろうが、モ

（注8）　『にゃー』だった
七巻のSS『Birds of a Feather』でそういうシーンがあった。
芳村は「語彙という概念がないのだろう」と推測したが、カードを取得した直後だったからそうなっただけ
で、言葉が理解できるようになった今なら、もしかしたらペットと意思を疎通できるかもしれない。

（注9）　あの状況
五巻、一月十六日の話。

ンスターを倒すとアルスルズたちも強くなっているように思える。それに——

「以前カヴァスから聞き取ったとき『戦闘によっても成長するかも』って言ってなかったか？」

もしもそうだとしたら、経験値分配率が百パーセントというのは無理がある。

「かも、ですからね。私のＭＰ増加で、間接的に反映されてるってこともありえますよ」

経験値そのものは三好に百パーセント分配されているが、それが三好のＭＰを増加させ、結果としてアルスルズたちの強化が行われるってことか。

「それじゃいきなりは強くならないな」

「だから、かも、なのかもしれません」

モンスターにステータスがあること自体は三好の〈鑑定〉ではっきりしているから、鑑定のレベルが上がれば召喚獣のステータスも表示されるようになるのかもしれない。

それまで結論はお預けだろう。

「で、結局、どうして説教されてるんだ？」

「以前カヴァスに聞いた感じだと、役に立たないとかなんとか怒られたとか」

「なんの役に？」

「さあ？」

ペットと意思を疎通できる世界は遠いな。

：

§

もう、本当にあの犬は図体ばかり大きくてダメだニャー。

それでもどうにか、陰から協力させる約束は取り付けた。こうなったからには、アタシが先頭に立って、この家を守ってやらなければ。

今日も今日とてパトロール。

このうちの塀は、少し丸くて狭いので塀歩きのアマチュアには難しいだろうけれど、アタシにはなんてことのない道だ。

塀の上をトコトコと歩いていたら、今日はどうも妙な視線を強く感じた。

§

『ターゲットはポイントAを通過』

麻酔銃を構えたデンバーの隣で、観測を行っているビーツが言った。

『これより木の陰に入る。引き続き観測はエコーに引き継ぐ。オーバー』

『こちらエコー、ブラボーから観測を引き継ぐ』

地上でエクレがこちらの通信を受けて引き継いだ瞬間、その猫は足を止めて、チラリとこちらを見上げた。

ビーツは目が合ったような気がして、一瞬ピクリと体を緊張させたが、それが何もなかったかのように歩き出すのをみて、気のせいだと小さく首を振った。

『ターゲット、ポイントBを通過——え？』

『エコー？　どうした？　エコー？』

応答を求めるビーツの小さな声に重なるように聞こえてきたそれは、最初、遠くにいる子供のすすり泣きのようだった。

だがそれが急に高まると、まったく異様な、人のものではない、一つの長く高い連続したガラスをひっかくような音となった。

『なんだ？』

まるで何かが近づいて来ているかのように、徐々に大きくなるその音に、デンバーは麻酔銃を構えたまま、訝しげに顔を上げた。

ちらりとビーツを見ると、顔面を蒼白にしてヘッドセットに手を当てたまま固まっていた。彼の視線は、まるで宙の一点に縫い付けられたかのように動かなかった。

『どうした？』

ベランダチームの異様な雰囲気に気が付いたカーターが部屋の奥からそう尋ねると、デンバーは、ビーツが見ているものを確認しようと、彼の視線の先を追い掛けながら困惑したように答えた。

『いえ、何か音が……』

『音?』

カーターが眉をひそめるのと同時に、階下にいるエクレから続報が届いた。

『ベース、こちらエコー。ターゲット、ポイントBを通過した途端……消えました』

『消えた?』

『塀の向こうに飛び降りたのかも知れませんが……こちらからは確認できません。もしも歩き続けていれば、そろそろ予定の場所です。そちらから確認でき――』

『ひっ』

無線の声に耳を傾けていたカーターは、ビーツが息を呑む音にベランダを振り返った。

そこでは、デンバーとビーツが固まったまま何かを見つめているようだったが、彼の位置からはそれが見えなかった。

二人の異様な様子にカーターは、机の引き出しからすばやく銃を取り出すと、警戒しながら窓際へと向かった。

数歩窓に近寄ると、突然彼の耳にもそれが届き始めた。

それは、まるで地獄に墜ちてもだえ苦しむ者の慟哭と地獄に墜として喜ぶ悪魔の嘲笑が、一つの喉から共に生まれてくるような声だった。

カーターは徐々に重くなる足を引きずるようにして窓に近づいた。するとその声は、半ば恐怖の、半ば勝利の、号泣――慟哭するような悲鳴――となっていった。

『な、なんだ⁉』

困惑するカーターの視界に、窓枠に隠されていた部分が広がった。

そうしてそれが、ベランダの手すりの上に姿を現したのだ。

『ああ、神よ！　魔王の牙から私を護り、また救いたまえ！』

突然そう叫んで頭をベランダの床にこすりつけたビーツは、後頭部で手を組んでひたすら何かに祈り始めた。

以前アダムスの消失を見ていたビーツは、その家が得体の知れない何かのように思えて仕方がなかったが、そんなことを主張したところで相手にされるはずがない。

むしろ精神の病を疑われて、仕事から外されるのが関の山だ。結局彼は虚勢を張った。だが、それが崩れるのは一瞬だった。

何もない空間から突然そこに現れたのは、金色に光る二つの目を持った、まるで暗黒の化身のような何かだった。

『くそっ』

二十一世紀にもなって神も悪魔もあるかよと、彼は、手にしていたサプレッサー付きのルガーを構えると、銃声のことなど考えもせず、ベランダの手すりの上に向かって引き金を二回引いた。

弾丸は確かに、突然現れた黒い塊に吸い込まれた——はずだった。だが、金色に光る二つの目を持つ暗黒は、みじんもその影響を被っているようには見えなかった。

『ば、ばかな！』

サプレッサー付きの二十二口径とはいえ、この距離でそれを食らってなんの反応も見せないはずはない。跳ね返されれば弾は手前に落ちるだろうし、めり込めば小さな穴の一つも開くはずだ。だが、現実はそのいずれでもなかった。弾はそれに届く瞬間、まるでこことは違う世界の理（ことわり）に支配されているかのように、どこへともなく消えてしまったのだ。

悪魔などいないし、地獄などというものがあったとしても、それはここだ。

ここ以外に世界などないし、現実は今も確固たる姿を――

そう強く信じようとしたとき、世界は揺らぎ、カーターは、まるで自分の足元から、それが溶けてあやふやになっていくような感覚に襲われた。

ベランダの床ではデンバーが大きく目を見開き、誰もが知っている聖書の一節を口ずさみながら、手にしていた銃を暗黒に向けて、それが麻酔銃だと言うことを忘れたかのように、何度も引き金を引いていた。

カーターはパニックになりそうな自分を無理矢理押さえつけるように、残りの弾をすべて撃ち込んだ。そうして弾が尽きたとき、それがまるで笑うように白い牙を見せ、地獄へと続く門のような赤い口を大きく広げるのを見た。

彼は、自分の身に、何かおぞましい事態が降りかかろうとしていることを、半ば確信し、戦慄した。

それがまさに現実のものと化そうとしたとき――

「アイちゃん。ご飯だよー」

ていった。


「にゃー」

眼下の家から能天気な声が聞こえてきたかと思うと、緊張に張り詰めた空気が嘘のように霧散し
得体の知れない闇そのものであったそれは、ただの黒猫と化して、ひょいとベランダから飛び降りた。

『なっ⁉』

ここは四階だ。そこから飛び降りてただで済むはずが——我に返った彼が、慌ててベランダから身を乗り出して下を覗き込んだとき、その姿はどこにもなかった。

『今のは……現実だったのか？』

綻びかけた世界が再びその姿を取り戻し、足が硬い床を踏みしめていることに安堵したカーターは、自分がびっしょりと気持ちの悪い汗にまみれていることに気付いた。まるで、何か途方もなく悪い夢から飛び起きたばかりのように。

『全員が同じ夢を見たんじゃなければね』

その声にカーターが振り返ると、あらゆる感情が抜け落ちて、まるで人形のような顔のアランが言った。

『あれは警告ですよ』

『警告？』

『俺たちがあんな計画を立てたから……』

『アラン？』

『他になんて言えばいいんです⁉　見たでしょう？　あの悪魔は、どこにでも現れることができて、なんでも好きなようにできるんだ……』

『ばかな！　悪魔など――』

いない。

レトリックならともかく、本物など――だがそう言おうとした言葉は、彼の喉に張り付いて外へは出てこなかった。

そのとき大きな音を立てて、ドアが開いた。

カーターは、反射的にそちらに銃を向けた。すでに弾倉が空であることも忘れて。

『うぉ！　ちょっ、待って、待ってください！』

撃つなとばかりに両掌を正面に向けて、飛び込んできたのは地上班のエクレだった。

突然無線の応答がなくなり銃声が聞こえてきたことから、慌てて引き返してきたようだ。

『エクレか』

『エクレかじゃありませんよ！　一体何があったんです？』

『何が……』

カーターはそう言われて今しがた起こったことを考えた。

だが、白昼、全員でまとめてトワイライトゾーンに踏み込んだとしか言いようのない事態に、うまくそれを説明できるとは思えなかった。

『……いや、何があったんだろうな』

『は?』

彼は茫然としながら部屋を見回した。

ビーツはベランダで、ガタガタ震えながらうずくまっているし、デンバーは放心したように大の字に転がっていた。

アレンは、監視席でヘッドセットを首に掛けたまま目を閉じて天井を仰いでいるし、カーターはサプレッサー付きのルガーをぶらりと下げたまま、放心気味だ。

何かが起こったことは確かだが、何が起こったのかはまるで分からなかった。

だがやらなければならないことは一つしかない。

『さっきの銃声で通報されるかもしれません。まずいものだけは、今のうちに始末を』

『あ、ああ、そうだな』

そうしてエクレは非常用の袋に銃などの非合法に持ち込んだアイテム類を放り込んで、それを大使館から借りている車へとしまい込んだ。

そうして戻ってきたときも、彼らは放心したままだった。

§

高い声のヒトに呼ばれたときは、いつの間にかカリカリした食べ物が出てくるお皿以外に、缶に入ったお肉やお魚が付いていて、これがなかなかいけるのだ。

施しだと言われれば業腹だが、今日は連中の平和を守ってやったのだ。これは立派な報酬だ。

愚かなヒトには分からないかもしれないが、日々の安寧はアタシが守ってあげているんだから、これからもアタシに尽くすように。

分かったか「にゃー」

「ん、なに？　美味しい？　なら今度からその缶にする？」

「にゃー」

「ネコ缶に味の違いなんかあるのか？　いつも美味そうに食ってるように見えるけど」

「いえいえ、アイちゃんは、なかなかのグルマンですよ」

ささみを湯がいてやったとき、ブラジル産の若鶏はきれいによけて、阿波尾鶏(注10)のものだけを食べたらしい。

ちなみに、残ったものはネロとノワールが気にした様子もなく食べたそうだ。もっとも、二匹の娘は普通の猫なのだが。

「確かに匂いはちょっと違う気もするが……野良猫だったくせに、なんつー贅沢なやつ」

低い方の声のヒトは、ちょっと失礼なやつだ。

今度あの小さいめぐみちゃんとか言うヒトが来たら、彼女が持っている奇妙にそそられる棒を追いかけ、偶然を装ってひっかいてやろう。

それにしても、名前を呼ばれれば、この楽しみが味わえると言うのなら、名前を付けられるというのも存外悪くはないのかもしれないと、彼女は目を細めた。

§

その現代と過去とが融合した、まるで基地のような建物は、[注11]ペニーイラストレイテッドペーパーによって「テムズ川の奇妙な監視者」と名付けられた彫像の手に、セントポール大聖堂のミニチュアが乗せられている古い橋のたもとに立っていた。

男はその建物の窓際に立って、テムズ川を見下ろしながら、手にした紙を見つめていた。

ダンジョンができた当時、それは国内問題だった。

そのため、ダンジョン課はＤＩＳ（国防情報局。ここの保安課がいわゆるＭＩ５）の下に作られたが、〈異界言語理解〉以来、海外の情報が重要になったため、ＳＩＳ（秘密情報部。いわゆるＭ

（注10）　**阿波尾鶏**

名前から明らかだが、徳島県の地鶏。
地鶏の生産量としては日本一らしく、その辺のスーパーにも普通に置かれていて買いやすい。ちなみに日本の三大地鶏といえば、一般的に、比内地鶏、名古屋コーチン、薩摩地鶏だが、これらに比べると安く、下手をすれば半額で買えるお得な地鶏だ。

ＩＡ６）にもお鉢が回ってきたというわけだ。

とはいえ、日本への職員の派遣はＤＩＳ主導で行われていたため、今は向こうの職員で構成されていた。それにしても――男はもう一度その紙に書かれている内容を読んだ。

――魔女の館に黒い悪魔が棲みついた。

『……一体、なんの暗号だ？』

ここはロンドン。

館に幽霊や妖精が棲みついて夜ごとに騒ぎを繰り返し、世界にダンジョンが登場する二年も前に、ロンドン・アイの傍（そば）にダンジョン（注12）が生まれた街だと言っても、この報告はないだろう。

まるでＤＩＳの嫌がらせのようなその内容は、突然割り込んだＳＩＳへの意趣返しのようにも思えたが、さすがにそんなことはしないはずだ。

日本に派遣された職員は、皆おかしくなって戻ってくるという噂は、もしかしたら本当のことなのかも――

男はしばらくそのことについて考えていたが、首を振って、その報告書をシュレッダーへと放り込んだ。

（注11）**建物**

SIS（秘密情報部。いわゆるMI6）の建物って、どうしてあんなに基地感があるのだろう。テムズ川を挟んではす向かいにあるDIS（国防情報局。ここの保安部がいわゆるMI5）は、重厚で壮麗な昔の建物（テムズハウス）なのに。

それはともかく、橋とはヴォクソール橋のこと。ウェストミンスター橋から二本上流の橋で、知る人ぞ知る、セントポール大聖堂のミニチュアが置かれている橋だ。

欄干から身を乗り出さないと見えないけどね。

（注12）**ダンジョン**

ロンドン・ダンジョンのこと。

言ってみればちょっと悪趣味なお化け屋敷のアトラクションだが、移転前には置かれていた遺体が本物だったことが明らかになったりするような場所。

二〇二二年から二〇二三年に、ロンドン・アイ（テムズ川沿いにある大観覧車）の傍に移転した。一応、SISの窓からロンドン・アイを見ることはできる。

SECTION：

解説

アイちゃんがたまたま黒猫だったので、つい……
もしも（雌だし）三毛に設定していたら、きっとホームズ張りの探偵猫になっていたと……それは赤川(あかがわ)先生や。今後彼女がキーボードを操作するようになるかどうかは分かりませんが（ホームズの初期設定ではタイプライターを打っていたそうです）
言語を解するようになった今なら、念話で会話ができるかもという可能性に（注釈で）言及したのは、今後そういったネタが登場したときの伏線……いや、予防線です（笑）
イギリスはとても幽霊の多い国で、こういう話を書くときは真っ先に犠牲にされてしまいます。すまんなGB。
なお、アイちゃんの登場シーンには、漱石の『吾輩は猫である』や、ポーの『黒猫』をトリビュートした引用やパロディがいくつかありますが、翻訳も著作権が切れていることですし、セフセフということでお願いします。

宿須村MAP

廃社

漁村

教会

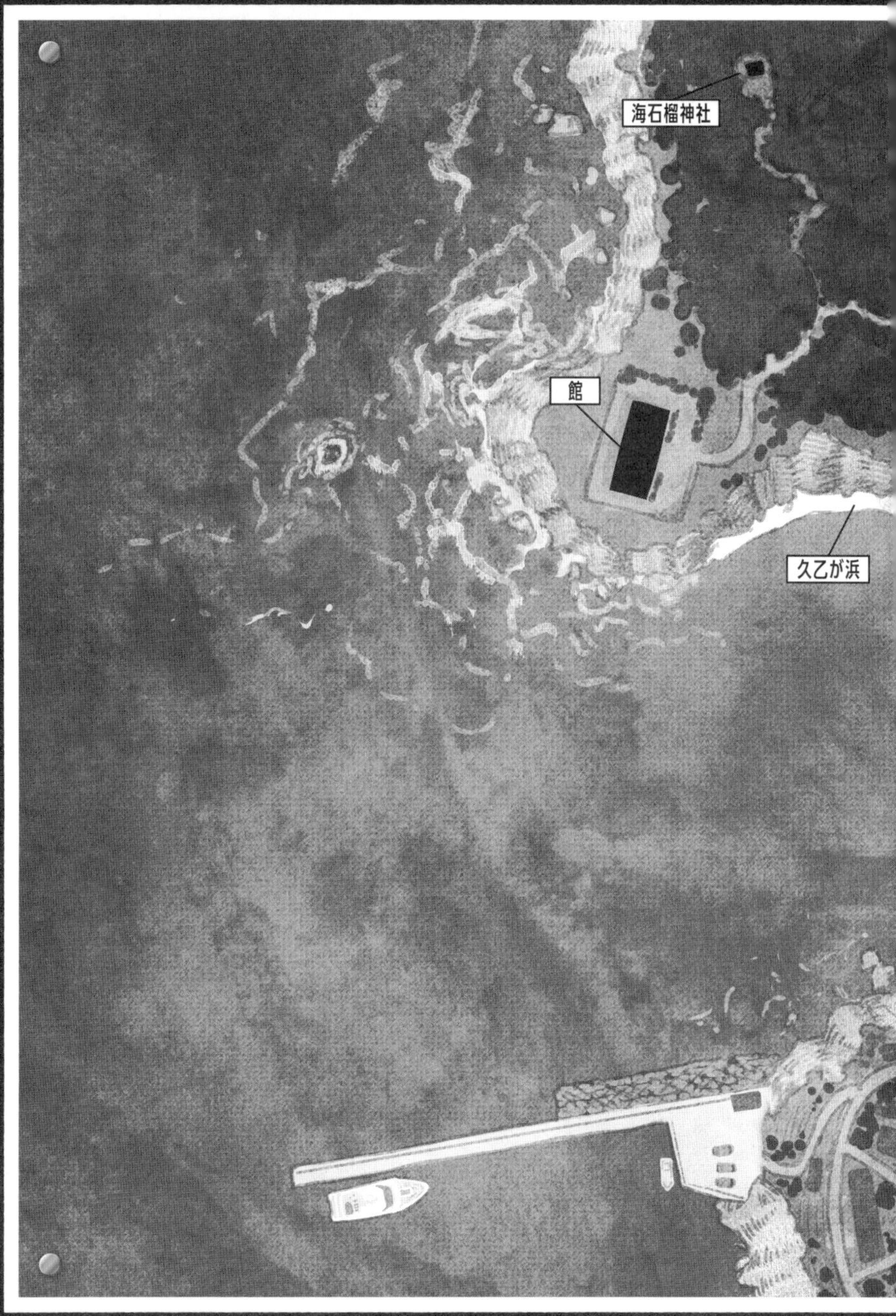

海石榴神社
館
久乙が浜

①カレーとは無関係そうな国の名前が付いたカレー屋
②インドレストラン
③午後壱
④コロロ ヨドバシAKIBA店（閉店 2021/8/10）
⑤コバラスイタ
⑥午後壱ハラール（閉店 2020/9/25）
⑦カレーなんて飲み物
⑧プラウニー
⑨ラポール
⑩カレーの市民アルパカ
⑪神の名を冠するスープカレーの店
⑫トップ・クオリティ・カリー
つくばエクスプレス
首都高速
東京メトロ日比谷線
昭和通り
ヨドバシカメラ
マルチメディア
Akiba
清美通り
神田川
柳原通り
岩本町駅
宿線

CURRY MAP
新妻恋坂
末広駅
蔵前橋
神田明神
明神下中通り
秋葉原ジャンク通り
東京メトロ千代田線
東京メトロ銀座線
湯島聖堂
秋葉原
UDX
神田明神通り
秋葉原
ダイビル
JR 総武線
旧中山道
JR 中央線
東京メトロ丸ノ内線
竹むら・
・いせ源
小川町駅
淡路町駅

あとがき

こんにちは、皆様いかがお過ごしでしょうか、之です。

本編はずっと冬なのに、どういうわけか夏っぽい話が多くなっているのは、発売時期をちょっとだけ意識した結果です。

こうして各巻のSSを一堂に集めてみると、多いですよね、ホラー風味。どうやらこれは、作者の趣味のようです。ホラー楽しいデス。最近では、アンドレ・ウーヴレダル監督の『ジェーン・ドウの解剖』の前半は不気味で面白かったです。後半は、少々物足りないのですが、自分ならどうするだろうと考えたりするのもまた楽しいものです。

さて、雑誌連載ならともかく、書き下ろしの〆切りは緩く、遭って泣きがごとき、もとい、有って無きがごときもの（そんな訳あるかい）ですが、SSは発売日という絶対の〆切りが、でで－んと横たわっています。ですから書けないなどという甘えは許されず、ちょっとだけ連載作家の気分が味わえます。

それは、真っ白なテーブルクロスの上に、ぽつんとできたソースのしみのように、楽しかった日常に微妙な苦みが加わるところから始まります。やがて、焦りの酸が彩りを添え、世界を濁らせる毒のように、ゆっくりとあたりに広がっていくのです。苦みは時間とともに、苦しみに転化して、息もできない有様です。た－し－け－て－。

毎月これを味わって平気な人は、やはり選ばれた勇者と言えるでしょう。ボクには無理。

テーブルクロスといえば、以前は、ちゃんとしたレストランとそれ以外を区別するのに、その有無が判断基準になっていたりしました。テーブルにかけられた真っ白なテーブルクロスは、確かにかっこいいのですが、食事中にぽとりとソースを落として汚したりすると非常に目立ちます。
そうしたとき、例えばロオジエでは、こっそりと白い布を置いてくれたりするのですが、それはそれで気恥ずかしい。だからというわけではないのでしょうが、最近ではセザンのように、一流と言えるレストランでもテーブルクロスのない店が増えました。ちょっと寂しい気もしますが合理的なのかもしれません。

閑話休題。

というわけで、そんな思いを八回も繰り返してこの本は作られたはずなのですが、喉元過ぎれば熱さを忘れるのは人の世の常（私だけではないはず！）、九巻のSSでも同じことをやらかして（同時期に書いていたのです）、しかも過去一でぎりぎりになるというていたらく。
産屋の風邪は一生つき、雀は百まで踊りを忘れないと申しますが、ここは、明日はまた、明日の太陽がピカピカやねんってことにしておきましょう。
それではまた本編でお会いしましょう。

二〇二四年　夏　之貫紀

8巻の水着の口絵で
モニカを入れられなかったことを
残念に思っていたところ
ちょうどいいスペースと、
海がテーマのお話、
そして、コミカライズvol.6の
モニカかわいいブーストが
あったってワケです。

著: 之貫紀 / このつらのり

PROFILE:
局部銀河群天の川銀河オリオン渦状腕太陽系第3惑星生まれ。
東京付近在住。
椅子とベッドと台所に強いこだわりを見せる生き物。
趣味に人生をオールインした結果、いまから老後がちょっと心配な永遠の21歳。

DUNGEON POWERS 紹介サイト
https://d-powers.com

イラスト: ttl / とたる

PROFILE:
九つ目の惑星で
喉の奥のコーラを燃やして
絵を描いています。

Dジェネシス ダンジョンが出来て3年 Side Stories

2024年10月30日　初版発行
2024年11月30日　第2刷発行

著　之 貫紀
イラスト　ttl

発行者　山下直久
編　集　ホビー書籍編集部
編集長　藤田明子
担　当　野浪由美恵
装　丁　騎馬啓人(BALCOLONY.)

発　行　株式会社KADOKAWA
〒102-8177 東京都千代田区富士見2-13-3
電話 0570-002-301(ナビダイヤル)

印刷・製本　TOPPANクロレ株式会社

●お問い合わせ
https://www.kadokawa.co.jp/(「お問い合わせ」へお進みください)
※内容によっては、お答えできない場合があります。
※サポートは日本国内のみとさせていただきます。
※Japanese text only

定価はカバーに表示してあります。

ISBN 978-4-04-738070-7 C0093